KAMERON HURLEY

光能战士

THE LIGHT BRIGADE

[美] 卡梅隆·赫莉 著
艾德琳 译

花山文艺出版社

图书在版编目（CIP）数据

光能战士 /（美）卡梅隆·赫莉著；艾德琳译． -- 石家庄：花山文艺出版社，2022.10

ISBN 978-7-5511-6057-5

Ⅰ．光… Ⅱ．①卡… ②艾… Ⅲ．①幻想小说－美国－现代 Ⅳ．①I712.45

中国版本图书馆 CIP 数据核字（2022）第 028836 号

著作权合同登记号 图字：03-2020-122

书　　名：光能战士
GuangNeng ZhanShi
著　　者：（美）卡梅隆·赫莉
译　　者：艾德琳

责任编辑：梁东方
责任校对：王李子
美术编辑：王爱芹
装帧设计：吴黛君
出版发行：花山文艺出版社（邮政编码：050061）
（河北省石家庄市友谊北大街 330 号）
销售热线：0311-88643221 / 34 / 48
印　　刷：大厂回族自治县德诚印务有限公司
经　　销：新华书店
开　　本：620 毫米 ×889 毫米　1/16
印　　张：22
字　　数：296 千字
版　　次：2022 年 10 月第 1 版
2022 年 10 月第 1 次印刷
书　　号：ISBN 978-7-5511-6057-5
定　　价：69.00 元

致汉娜

都是她的错……

不要只与黑暗对抗。要带来光明。

他们把叛乱者从圣彼得堡的废墟中拖了出来。灰烬在空中飞舞。这个叛乱者无疑是个斗士，尽管他的指节都已瘀青，却还是打破了一个士兵的鼻子——咔嚓一声，骨头碎了，血和鼻涕啪嗒啪嗒地淌下来。当终于把叛乱者按倒在地上，他们只听到一声可怕的号叫——不是恐惧的哀号，而是胜利的欢欣鼓舞。

“真可怜啊，你们这些不老的杂兵。”那个叛乱分子说着，露出了牙齿——那张嘴里只剩一颗残缺的门牙和一颗破碎的犬齿。“我已经恭候多时了。”

1

人人都说：战争时代，吾即光明。

英雄能为世界增辉添彩，我也想成为其中一员。我就是这么对负责征兵的人说的。我也是这么对我的第一位班长说的。我还这么对每一位指挥官说了——我原本有两位指挥官。我也对自己说过同样的话，那时我与所属军队的排失散，在黑暗中踽踽独行，天空中燃烧着炽红的烈焰，热得连一支撤离小队都派不过来，还有个刚当兵的孩子在战场上惨叫濒死。

但这话不是真的。

我当兵都是因为那场“闪袭战”，为了报复他们在圣保罗犯下的滔天罪行。我所崇拜的英雄全都屹立在通往光明的道路上，不管现状可能会变得多么黑暗。就连爱当滥好人的社会党寄生虫都能假扮骑士立誓复仇为暴力正名。我又有什么不可以的呢？

敌人吞噬了我的家庭和曾经熟知的生活，我如今只能带着恐惧断断续续地回忆起那段过往，像受到飓风影响的老旧卫星图片一样。我想要成为光——做个救世主，当个大英雄，这是理所当然的。

但除此之外，我还想歼灭敌人。

不知道有多少其他公司的士兵参战是为了钱、为了投票权、为了还清债务、为了能买得起好房子，又或者是为了有资格能够得到高塔里的工作呢？

我相信我的理由要比他们高尚一些。

圣保罗“闪袭战”发生之后，我报名参军，却和朋友一起惊讶地发现征兵中心居然还没有被挤得水泄不通。爱国者们都上哪儿去了？他们都不知道外星人干了什么事情吗？

我觉得所有不来报名参军的人都是懦夫。当你们忙着升级沉浸式设备，对着某个新游戏狂打飞机的时候，我们却在与真正的威胁交锋。我们才是值得称颂的人。

你们只是一群没用的软蛋。

我从没想过参军之后会发生什么，也没想过我要成为什么样的人。在我看来，这个世界是泾渭分明的——不是好人就是坏人，不是隶属于公司的公民就是流浪街头的“食尸鬼”，不是公司爱国者就是社会党奴隶。

你要不然是我们的朋友，要不然是我们的敌人。自己选一个吧。

“闪袭战”后不久，我参加了一个派对，从一个可降解纸浆袋里取了一杯混合饮料来喝，那味道尝起来就像飞机燃料。这时候，我在基础教育课上认识的一个孩子晃晃悠悠地走过来。

此前我和六个朋友一起报名加入了特内 - 西尔维亚企业军团，我们中的四个立刻就动身离开了。我和另外两个人——鲁本 · 穆贾斯和安德里娅 · 帕特尔——好歹是赶去了派对。鲁本走到里面去了，可能是喝太多有点儿撑不住，我和安德里娅则留在草坪上回答大家的问题。安德里娅兴致很高，她没喝酒，一直欢蹦乱跳的，对我们的新事业充满了激情。

“你们参军有奖金吗？”一个牙齿长得乱糟糟的小孩问，“他们会当场给你们公民身份吗？”

“不会。”我说。

安德里娅放声大笑起来。她把一头瀑布般的卷发绾到脑后。点点雀斑分散在她红苹果一样的脸颊上。我还记得她那时候纤细的样子，双腿很长，身段矫健。只是那时我还没见识过饥饿对一个人造成的影响，到后来我才明白。

“除了那些被他们闪袭的，你还有别的家人吗？”另一个女孩问我。我是在基础物理课上认识她的，特斯拉瓦能源公司赞助了这个课程。

“没有。”我说。

“你态度好一点儿。”安德里娅说，“我们所有人都在这场战争中失去了很多东西。我早就恨不得要打爆外星人的脑袋了。”

“我听说他们会教你们八十种杀人的方法，”那个牙齿长得歪来倒去的孩子说，“等你们一到门多萨[1]就开始了。”

“我不想杀人。”我说，“我只想杀外星人。”

“我听说那些外星人曾经也是人类。”物理课上的女孩说。

“才怪，”另外那个孩子说，“人类做不出他们在圣保罗做出的那种事来。”

“我想我会搞清楚的。”我说。

“他们会把你的名字给抢走的，”一个高个子男人从派对主帐篷的气球下面走过来，“我敢打赌，对于你这种‘食尸鬼’来说，名字就是你最大的优势了。”

我皱起眉头。弗兰克林·科瓦尔斯基比我重二十五公斤，差不多有两米高，我不得不仰起头才能对上他的目光。两年前，他打败了我，当上了第一梯队四分卫。教练说，所有的直播频道都喜欢他那样的长相，而且只有让收视率保持上涨，那些公司才能保得住美式足球队。我不喜欢别人告诉我该做什么。结果就发生了讽刺的事情——我加入了该死的军队。

“我听说他们就爱吃企业军团里的大块头，弗兰基，”我说，“我相

[1] 门多萨是阿根廷的门多萨省的首府，一座历史名城。

信你肯定很好吃。为什么不参军试试呢？”

“已经参军了。”他说。他把两只大拇指插进裤袋里，露出一丝狡猾的微笑，我知道他接下来就要把脑子里乱七八糟的垃圾想法一股脑儿吐出来了。

安德里娅翻了个白眼，“我还是去看看鲁本吧。他可能正往一只斜挎包里呕吐呢。”她伸出手来，想拉拉我的衣袖，但我躲开了她。

这就是安德里娅，她一直都在照顾我。然而我呢，一直都在自我毁灭。

“你得知道，你是要去跟外星人打仗的。”趁弗兰基还没开口，我抢先说道。

那个长着一口歪牙的孩子窃笑起来。安德里娅噘了噘嘴，站着不动了。物理课上认识的那女孩睁大了眼睛，立刻转过身，头也不回地走回了派对帐篷。她可能是我们中间最明智的人了。

“他们是不是叫你爸爸‘疯子迪兹’来着？”弗兰基说，“就是被特内收容教育了四次的那个人？我听说他们为了股票期权把他卖给了伊芙康公司。”

“你给我滚远点儿吧，弗兰基！”我说。

他却朝我靠过来，动作比我想象的要快得多——我毕竟喝了几杯——然后用舌头舔了我一口，在我的脸颊上留下一道长长的口水痕迹。我瑟缩了一下，吓得愣在原地。

在之后的日子里，我时常会想起这一刻来。我很想知道我当时究竟应该做出什么样的反应，而不是像个傻孩子似的呆住不动。若是在别的时间，情况肯定会有所不同。我会打烂他的鼻子，踢碎他的膝盖骨——也就是眨眼间的事情。这才是一个战士会做的事情，也是之后的我会做的事情。然而现在的我还不知道什么是真正的战斗，只懂得我们在球场上的那些搂抱摔。我还没有习惯暴力，只有被激怒后才会动手。如果我还能有什么别的表现，我们也就不会在这里了。

他大笑着躲开了，“还让我滚？做你的春秋大梦去吧！”他说，“你这个傻子杂兵！”

安德里娅开口了，“嘿，别招惹……”

我用尽全力朝弗兰基猛扑过去。笑容消失了，他栽倒在地。

人们开始大喊大叫起来，还有人欢呼。空气中混杂着草和泥的味道，还有化肥的刺鼻气味。弗兰基口水四溅，朝我吐了一口。我用胳膊肘抵住他的喉咙。

“认输吧。”我说。

“去你的！”他说着，朝我的太阳穴来了一拳。

一道亮光闪过。我眼前一黑，站立不稳，余光瞥见他正想要站起来。我又朝他扑过去，狠狠地咬住了他的左耳朵。

他尖叫起来，抓了我的脸。他耳朵上的一块肉被我咬了下来。我尝到了像铜一样的咸味，一口把嘴里这块嚼不烂的肉吐了出去。

然后就有人抓住了我，很多双手把我拉开，把弗兰基拉了起来。整个世界天旋地转。室内传来咚咚咚的音乐声，节拍正好对应上我脑中的搏动。我的脸庞湿漉漉的。他把我的鼻子打破了。那湿漉漉的是血。

我朝天空挥起一只拳头，遮挡住月球扭曲的残影。月球有一大块都消失不见了，这种情况已经维持了将近一年，但那个旋绕其周围的忽隐忽现的卫星状碎片轮廓还是需要花时间去适应。月球破碎之后的几周，地狱之火如雨落下，每一块破裂的碎片都像核弹头一样朝地球猛冲过来。

“你给我好好睁开眼看看头顶上！”我朝他大吼道，“因为我会从天而降，把你打得屁滚尿流！”

“企业军团会招收你这种人，就因为你是个无处可去的‘食尸鬼’而已，”弗兰基说，“你第一次降落就会死成渣渣。”

商损管小队——商业损失管理小队——出现了，他们是一群穿着凯夫拉合成纤维套装、戴着防暴眼镜的矫健男女，手里已经拿起了电击枪。他们从帐篷门口蜂拥而入，将我们团团围住。安德里娅跑开了，可能是去找鲁本了。我不会怪她的。

“你们可真丢人啊。”把我的手捆起来的那个女人说。她关掉了防暴眼镜上的录像功能。我害怕了。防暴眼镜是为了让我们放心，这些探员并没有用个人视网膜显示设备记录我们之间的冲突。个人视网膜显示设备是作为外部镜片佩戴在眼中的，除非主动通过眼睛传输数据，否则几乎不可能被发现。我当个“食尸鬼”也算够久的了，明白商损管探员关掉外部设备往往是一顿毒打或者当场格杀的前奏。

她凑近我，低声说:“你还有大好前程，何必在这儿跟人置气呢？你不是还想当个战士吗？”

商损管探员的防暴界面都内置了人脸识别功能，直接连接到我们的档案。毫无疑问，她已经知道了我上一段恋情的所有私密细节，甚至已经知道了我今天早上是在哪儿上的厕所。

我一个字都没说。除非商损管探员援引了你居留合同里的公司披露条款，否则绝对不要和他们谈话。自从我们成为特内 - 西尔维亚公司的居民之后，我妈妈就一直向我灌输这个观念。她和我爸爸都拼命工作挤破了头才拖家带口进了公司，但是进来之后又是一整套全新的规矩条款。如果这破事发生在十年之前，我可能会挨上一顿痛打，打死也不为过，所以大概就是那些规矩条款救了我的命吧。

“我们需要优秀的孩子上前线。”商损管探员说，“你得先搞清楚你站在哪一边。别在这儿浪费你的生命了，孩子。战场在火星。”她重新打开了录像功能。

我想当个英雄，就像那晚面对弗兰基的挑衅时知道该怎么处理的那种人。我也羡慕派对过后有家可归、不用回留守儿童宿舍的孩子，还有不单单是被愚蠢的血腥复仇誓言所驱使的孩子。我根本不在乎参军会不会把我引向死路，因为那时候我根本就不明白死亡是什么。

我要当英雄，我要复仇。仅此而已。

但那不算是真正活着。

“闪袭战”过后，我已经不知道活着还有什么意思了。

也许到最后我才会懂吧。

2

关于战争……

这场战争有很多战线。人类的分布远至小行星带。我们之前也居住在月球上，不过后来敌人痛击了那里，我们的人就被消灭干净了。

我们所属的公司，特内 - 西尔维亚公司在月球上拥有不少产业，比如采矿业务、研究实验室，还有从事绝密工作的公民。有些规模更大的公司，比如马苏基桑公司、辛哈纳公司，以及伊芙康公司都一样在月球上有产业。不过“六巨头”中的大多数公司都在月球被炸飞之前，就把自己的核心产能转移到火星上去了。火星是企业军团的下一个前线。那些大公司并不在意火星上已经有些来自地球的独立主义者建立了城市，还自称为火星人。它们纷纷来到火星抢占地盘，还打着“科学”“研究”和“建立社区关系”之类的友好旗号。

那么，既然有这么多前线，我们怎么忙得过来呢？

这就是诀窍所在，不是吗？

你要怎么才能去到火星之外的地方呢？人类生来离不开地球。我们都被牢牢束缚在地球上——我们的血液、内脏和骨头都离不开它。

想要去往地球之外，最大的障碍是距离。这些距离大得难以估量。有些夜晚，我仍然会仰望星空，思考着宇宙的浩瀚无垠，直到头疼。“六巨头”在量子纠缠和粒子物理等概念的基础上进行研究，建立了一种可以跨越这种距离的即时通信技术，但是想要传输人的话，质量是个更难解决的问题。

如果你知道光速的极限，那就能理解他们解决质量问题的方案了。

从一个前线到另一个前线最快的办法就是把我们变成光。

想想看吧。光到火星需要多久？用“光分钟”计算差不多只要十二分半。到小行星带大概也只要二十到四十“光分钟”，这取决于它的轨道位置。

和大多数改变世界的发现一样——比如青霉素或者治愈癌症的办法——把我们分解后变成光的方法也是偶然诞生的。当时“种子之战”刚结束，“七巨头”也在“公司大战”过后变成了“六巨头”。这导致人们都试图摆脱“六巨头”，纷纷建立起自己的公社和激进共和国。那是一段危险而可怕的时期。所有的沉浸式设备都有提及这段历史。绝望的时代需要孤注一掷的行动计划。换成你，如果各方面都在瓦解，并逐渐滑向无政府主义深渊的情况下，要怎么维持生活方式呢？每个人都爱假装自己对这件事有十足的把握，但你又要怎样管理五十亿人口呢？

他们把我们变成了光。

我母亲说过，她还记得第一次看到有人从光中显形的情景。当时她听到声音，就走到工作楼层的共用厨房里。有两个身穿灰色军警服饰的女人站在食品打印机旁边，正挥手赶走一个想过去倒咖啡的员工。空气中弥漫着烧焦的柠檬的气味。一个年轻男人的躯干从食物打印机中间垂了下来。

“他脸上的表情很平静。”多年之后，我妈妈对我讲起这个故事，“我到现在还记得。”

她当时赶紧回到了自己的工作台。“我知道看见了军方不为人知的事会有什么下场。”她说，“那个被她们挥手赶走的同事，当天就不见了。我再也没见过她。官方的说法是当时发生了一起军事训练事故。”

十年过后，他们才公布了这项新技术。在此之前，所有的领航都是人工完成的。

我父亲是战争中的一个货运工人，负责使用穿梭飞船把火星上的死尸运送回月球的回收工厂。他就是在飞船上学会的领航技术。在火星和月球爆发早期冲突的时候，他和我母亲开始为特内服役。正是他们的服役让我们全家获得了居留权。

这个世界在“闪袭战”之前还发生了不少事情。几十年前那批离开地球的人成了真正的火星人，此后肯定发生了一些不可告人的事情，然后越来越多的公司产业才想霸占火星土地。

不管发生了什么，最终火星的通信“静默”了。

大多数公司都从火星上撤回了自己的研究员和科学家，只留下平民，并缄口不言自己公司的平民们都怎么了。

特内 - 西尔维亚公司的说法是，火星人全是些疯狂的社会党人，炸毁了他们的研究站。然而伊芙康公司讲了一个不一样的故事，他们说火星人把公司的平民都拉去加入了邪教。其他四个公司也都讲了些奇奇怪怪的故事。这种事情时有发生，这些公司对事实各执一词。如果你能接触到自己公司之外的其他媒体的话，会发现听“六巨头”的说辞，就像听一群喋喋不休的老年人，在晚餐时试图回忆起一件儿时发生的怪事，每个人都有着不同的记忆，都不甘示弱，于是纷纷提高嗓门儿，好像这样会让记忆显得更加真实了一样。

我敢肯定，二十年来，没有任何人跟火星上的人交流过。火星也没有和我们交流过。我不知道他们拥有什么样的技术或筹码，居然能在保持“静默”的同时让地球公司不敢接近，好像火星不存在了一样。我们无从知晓所有留在火星上的人的情况。他们变成了外星人。

在他们“静默”二十载之后，有个分裂出来的火星组织和我们交流了。他们说非常想为地球尽点儿力，并且暗中与他们的社会党政府抗衡。他们还说，只要我们能让他们回到地球，在种子之战炸毁的那片焦土上殖民，他们就有办法用新技术修复受污染最严重的土地……

好几家公司都同意了。火星殖民者让北方的土地重新长出了粮食，而且长势比以往都要更好。

那之后……

发生的“闪袭战”让“六巨头”都同意是一场无妄之灾。

那天，圣保罗有两百万人。

紧接着……他们一闪而过，都消失了。

火星政府是不是因为我们接受了那些殖民者所以大发雷霆？还是说他们其实一直都在静候时机，只待我们得意自满，就可以一劳永逸地毁灭我们？他们大概根本没有忘记过地球公司想要侵占火星的仇怨，始终都计划着要报复我们。

在科技方面，火星一直领先于我们。这种事情公司可不会宣之于口，不过我们会在私下谈到。否则他们是怎么离开地球的呢？又怎么会有能力发动“闪袭战”，让两百万人在一闪之间全部消失？

在地球定居的火星人被围捕审问，但他们好像不清楚这件事，有些人还进行了反抗。直到我报名参军的时候，大家还容忍着他们继续在地球上生活。我们还要忍多久？这是个大问题。

这正是我所知道的战争，我所理解的事件。我正是因此决定站在战争中的哪一方，而且我做到了。我站在了正义的一方。

没人会觉得他们站错了队。

我们都认为：战争时代，吾即光明。

3

只靠听说很难理解一件事情，你要身处其中才会有所感触。

加入企业军团也是一样。

强制训练的第一周，他们会给你注射一大堆东西，不管你能不能挺得过来。因为就算你被淘汰了，还是可以去做些后勤保障工作——一些他们不想找平民来做的危险苦役。

我是有居留权的。我本来可以去化工厂工作或去焊接军用硬件，直到牙齿都掉光了。到时候公司会本着人道主义精神，批准我用一杯混合了神经肌肉阻滞剂和氯化钾的鸡尾酒，来结束自己的生命。

但我并没有选择那条路。

今时不同往日，你已经没办法置身事外。就算我不加入军团，我也会通过其他的方式来支持战争。我一直吃不饱，也不太喜欢挨饿的滋味。有居留权不意味着有公民身份，但总比当个合同工好，在更糟的情况下，你会沦为一个“食尸鬼”—— 一个失业的游魂。当个“食尸鬼”意味着永远也填不饱肚子，生活在别人的垃圾里，每一声咳嗽都得祈祷不会变成肺炎。一个“食尸鬼”很清楚坏疽散发的气味，擦伤的膝盖一旦感染就可能致死，还得靠吃路上被车撞死的动物为生。

我宁愿当个英雄。

入伍之后，他们做的第一件事情是把你的衣服脱光，给你植入追踪器——生命体征追踪器。他们会把这玩意儿植入到肩胛骨之间，这样就能随时随地像靶子一样瞄准你。这个位置自己也很难把它取出来。

“是怕我临阵脱逃吗？”我问技术人员，还以为自己很幽默。

“这是为了在必要的时候保证迅速的医疗撤离，而且能确保我们监控你的身体和情感状态。”

“情感状态？”

“我们没办法消除你的情感。”她说，“暂时还不能。”

“明白了。”我说。她脸上浮现出一种表情，我到现在都不敢断言看懂了。“别的又是干什么的呢？”

“你就别管这么多了。”她说，又给我注射了另一支提前装好的针剂，里面装着乳白色的黏稠物质。

她不断地拿出一支接一支的针剂，把一盘子针剂都打完了。我想，因为军团知道病患是出不了力的，所以给我打了所有能打的疫苗。然而在我见过这个技术人员之后，他们又把我从一个房间推到另一个房间，新面孔，新手套，新针头，至少给我打了十几针。

没人告诉我针管里都装了些什么，我也没再问过，问问题感觉……很冒犯。毕竟我已经把身体交到了他们手上，也在那些没读过的表格上签名了。我觉得不理解他们在做什么是自己的错。

接下来我们又配备了头戴式显示器。这名字听起来像是某种笨重的科技产品，但其实只需要把镜片塞到眼睛里，和普通人戴的视网膜显示设备一样。这些镜片让你有权查看通信、示意图表，以及任何指挥官给你发送的指令。你甚至还能通过眨眼来查看自己的生命体征——所有信息都显示在左眼的左下方，往下看能让信息升起来，再抬抬眼睛，就能把它们划走。

第一次戴上这东西的时候，我并没有为它惊叹。我以前戴过视网膜显示器，用来操控沉浸式设备和上课。我们取得居留权之后，七岁大的我第一次去学校上课，结果他们都说我迟钝，但那是因为我以前从来没上过学。为了赶上学习进度，我花了不少时间在沉浸式设备上学习。

成为一名居民之前，我从来没有接触过“克努”。“克努”是一个复杂的量子纠缠的数据节点系统，为所有大公司存储和传输信息。“克努”上的信息访问分层次，不是所有来自不同公司的“克努”节点都能互相交流。作为一个居民，我对“克努”的访问权很有限。当了兵之后，这种权限被限制得更严了。强制训练期间，我们和外界是完全隔绝的。每一次我点一下“克努”的图标，都会跳出来一个“受限”的警告，然后就把我踢出来了。

最初的几天里，军团一直保持着比较轻微的通信量。体能训练、起床时间、熄灯安排之类的信息就在视野底部滚动，闪烁着提醒你往下查看信息并标注已读。你几乎忘了他们也用这套设备来记录你所看和所做的一切。

我听说他们给我们打疫苗是为了预防敌人带来的疾病，而这些疾病正是火星用来与“六巨头”抗衡的制胜法宝。火星要想宣布长期封锁地球，还有什么办法比人为制造的瘟疫更好呢？也有人说他们给我们注射的全都是些能变得更快、更聪明、更强壮的药物。大家都想变得更强，不是吗？

穆妮奥斯正是这么想的。

入伍和培训之后，我认识了穆妮奥斯。企业军团里每个人都剪了规定的发型。她有浓黑的头发和眉毛，她的膝盖和手肘关节突出，瘦弱到我都不明白她是怎么通过重重考验的。军团给她双份口粮，想把她喂胖点儿。每当她开口说话的时候，一侧的嘴角总是会翘起来，让你觉得她不是被逗乐了，就是被恶心到了。

我们班一百三十七人共用一个简易宿舍，里面搭着三层床。穆妮奥斯想抢我们那张床的上铺。我把她从上面拽了下来，结果被教官罚做五十个俯卧撑。穆妮奥斯看起来毫不惊讶。

“你的俯卧撑做得烂死了。”她说。在我做完俯卧撑之后，她递给我一块口香糖。不是从配给箱里拿的，说明肯定是她偷带进来的。真是个壮举啊！

我接过口香糖，“你懂什么？”

“我能做一百个。”

“瞎扯！”

“你来这里之前没受过什么训练吗？真希望你能用聪明才智跟上大家的训练。得承认，你看起来速度也不怎么快。”

“你这么瘦小，想速度快点儿当然是小菜一碟了。”

“我可是玩过美式足球的人。”

“腰上绑旗子的那种美式足球？”

“姐看不上那种。”

“你是踢球手？”

她翻了个白眼，“你是接球手？还是四分卫？你那态度就像个该死的四分卫。”

“我打的橄榄球。你这么能说，难道是辩论队出来的？来自公司信息部门？来这儿是因为你想搞张重婚许可证？”

“那也比当个‘食尸鬼’好。你肯定不需要许可证。你看起来像个明白人。我来这儿是想进入公司的情报部门。”

“你这话自相矛盾了。”

“你还会用成语呢？运动健将。”

“四个字呢。”

“我叫穆妮奥斯。”

“迪兹。”我们碰了碰手肘。

第一次体能训练之后，我和穆妮奥斯一起坐在餐厅里。她讲起对奇怪的疫苗接种的猜测。

“他们是想把我们全都变成超级英雄。”她说。

我们吃的是上面浇了浓缩蛋白质的土豆泥，也可能是红薯泥，全部堆在吐司上。

“我爷爷管这玩意儿叫‘木瓦片的屎’。”穆妮奥斯说着，把可降解勺子捅进一大坨滴滴答答的烂玩意儿里，任由它从勺子上滑落，“他还说，他们趁这玩意儿还在传送带上的时候就把它吃了，因为这是食物打印机唯一能精确打印出来的东西。我猜这就没变过。”

“还以为当英雄能吃好点儿呢。”我说。

“说不定情况会好起来。”

结果并没有。第二天我们都生病了。

无论如何，教官们还是把我们拉去体能训练了。当你边跑边吐的时候，这种感觉真是糟透了。

“我们都是狗屎。”穆妮奥斯参加第一次体能训练时说。她在赛道上蹒跚而行，把早饭都吐出来了，“一堆要跑出光速的狗屎。”

我拍了拍她的背，大声说道：“你跟得上再说吧！”然后拖着脚步从她身边走过去了。教官骂了些脏话，但我充耳不闻。

在参加基础训练之前，我还以为身体很好，能一口气跑上十一公里不带休息的。然而在那一周里，那些药物可把我们害惨了，甚至还害死了两个人——一个精瘦的小兵，叫法罗斯；还有个年轻女人，叫阿科斯塔。他们俩都在第二次训练的时候死了，被自己的呕吐物呛住，身体脱水，精神失常。至于我，我真想撕破这副皮囊爬出去，去吊一瓶盐水——那感觉像得了急性肠胃炎，有个扭曲的怪物在肠子里面，拼命想逃出来。

“我真的快没命了，迪兹。”晚上，穆妮奥斯对我说完后，趴在床边吐了起来。

我们铺的第三个同伴——拉契——把她臭骂一顿，扔条毯子盖住呕吐物，然后翻个身又睡着了。

我跌跌撞撞地朝厕所走去，还没走到，就差点儿吐了出来。厕所里不止我一个人，凄惨的声音此起彼伏，像一群没有吃晚饭的丧尸在一同呻吟。

“一般人一天只拉得出来一磅。”在我旁边蹲坑的家伙说，他黝黑的圆脸上汗如雨下。他向前弯着腰，湿气聚集到宽大的鼻尖，混合着汗水和鼻涕，再滴落到地板。他是个五大三粗的人，但腰部线条柔顺。

“英雄是不拉大便的。”我说。

“那我们算什么呢？”

“小兵而已。”我笑了，直到感觉胆汁又一次从喉咙里冒出来。

“看来我要在蹲坑里把该死的战争蹲过去了。”

“想美事儿吧！”

他哼了一声，呻吟起来，又一股爆炸性的湿气从身体里窜出来，“我叫琼斯。”他说。

“迪兹。”

“等不及要当兵了。”

“先从这儿开始吧。”我说，然后吐了自己一脚。

4

你在身体受创时该如何反应?

你能用指南针找到路吗?

如果你掉进敌人领地，饥肠辘辘，你有能力去觅食，免于饿死吗?还是说恐惧会击垮你?

这些是强制训练期间他们需要你回答的问题。你学不会，就会被淘汰。如果你有公民权，会被剥夺公民权；如果你获得了居留权，会被剥夺居留权。反正你离开时肯定比入伍时拥有的更少了，而且你依旧是他们的附属品，他们会把你移作他用。

我来告诉你他们是怎么打垮你的吧！

从你在门多萨训练基地下车的那一刻起，就没有一件事情是做对的。你走路的姿势不对，看人的样子不对，说话的方式也不对。没人喜欢你，更没人会爱你。你以为自己身体好？你以为自己很聪明？那还差得远呢！在企业军团里，没有最好，只有更好。他们要的是盲目服从。

这样一周过后，你对任何事情都会变得如饥似渴了。你会渴望一句“对了”或者“干得漂亮”。你会期盼爱，期盼融入感。强制训练之前，我以为这些都是胡说八道。我不相信我们会受人摆布，但是我错了。教官们太明白这个道理了！他们对我们了如指掌，并把我们玩弄于股掌之间。

他们正是这样教会你如何杀人的。

你可能会觉得惊讶，但事实证明大多数人都不想杀人。我们都不是天生的杀人狂。

你会想要把一个陌生人的眼睛挖出来吗？你试过吗？情况如何？几乎没有人会做这种事情；即使真的动手了，那也是出于一时气愤或者癫狂。只有百分之一的人是会做这种事情的精神变态。我们其他人必须学。

强制训练之前，我虽然打过不少架，但对手大多是弗兰基那样的男人，也有几个那样的女人。然而打架不是为了杀人。打架是为了摆姿态，让对方服输——把招惹你的人撂倒，强迫他认输，让其他人知道敢惹你的下场，这会在日后省下不少麻烦。打橄榄球的经历、获得居留权之前的艰苦生活，还有受过的基础教育都教我打这种架。

但强制训练教给我的是杀人。他们教会我如何渴望杀戮。

比起渴望空气、渴望食物、渴望性接触，他们让我变得更渴望杀人。你迫不及待地想要杀人，这是唯一能取悦教官的方式。若是一个人手上紧握所有的赞美，人们会为了这个人的赞美不择手段。有必要的话，他们甚至能把彼此给生吞活剥了。

你知道人们是怎么训练斗狗的吗？

这些狗都是从小被抓来单独养大的。他们会把狗拴在铁链上，靠近彼此，但又保持距离，不能互相接触。他们会给铁链增加重量，以此增强狗的上半身力量。这些狗会挨打、挨戳，被激怒，忍饥挨饿。

训练狗的时候会用到“诱饵动物”。这种动物可以是兔子，但大多数时候是其他狗。你只需要把诱饵狗拴起来，再任由那只饥肠辘辘、挨打受气的狗在围栏里变得越来越愤怒。

等你觉得狗已经准备好了——当它长到九、十个月大的时候——就可以把链子松开，静待它杀死诱饵狗。

等狗杀死了诱饵狗后，你要表扬它、喂它、奖励它，并告诉它“干得漂亮”。它此生第一次感受到人类的善意，就是在杀死同类的时候。

我们和那条狗没有什么不同。

真希望我那时候明白这些。真希望很多事情我都能早点儿明白。

“你为什么参军？”两周后，我在食堂里问琼斯，而穆妮奥斯正被食物搞得作呕不止。

“我全家都是公民。”他说，“早在种子战争时期，我们家就从军了。不过和他们在火星静默事件之前的经历比起来，现在所有事都不同了。你呢？”

“我有我的理由。”我说，“不过我的家人，他们都……”

“是‘食尸鬼’！”穆妮奥斯边说边在脸旁摇晃着手指，“都是‘食尸鬼’。”

“滚远点儿，穆妮奥斯。”我说。

“你是公民吗？”琼斯问她。这个问题有点儿冒犯人，还好琼斯比较讨人喜欢。

“刚刚才合法。”她说，“我的两个爸爸都有公民身份，不过妈妈来的时候就没有。不过她还是拿到公民身份了，在我满十八岁的前几天。”

“那也太走运了吧！”我说，“你就别再装倒霉了。”

她耸耸肩，“反正我都报名参军了。我会靠自己赢得公民身份的。”

“是啊，也就再花个二十年吧。”我说。

她瞪着我。

“那太好了。”琼斯出来打圆场，“我的意思是，我们都有来处。”

“我不是‘食尸鬼’。”我说，“我是个居民。”

“你还是个小屁孩儿的时候，你妈妈就努力工作挣来居留权了，对吧？”穆妮奥斯说，“别跟我说你的居留权来得很公平。你一点儿力都没出。”

“但我在为获得公民权努力。”我说，“我可不想死于癌症，或者像我妈那样被什么慢性病折磨死。”

“我的曾祖父以前就是个居民。”琼斯说，“他开公交车，开到最后一头栽倒，死在了驾驶座上。他是靠自己获得居留权的。你会成为公民的。就算你没成功，你的后代也会成功的。”

“没人能指望得到施舍。”我说，这是爸爸常说的话。

“没错，是这样的，”琼斯说，“天底下没有免费的午餐。”

教官出现，吃饭时间结束了。我又刨了几口饭——我总是吃得不够快。

最开始的几周里，我们说话做事都会挨打挨骂。我们站是错的，说话或者不说话都是错的，喊不喊长官也都是错的，跑也是错的，做俯卧撑也是错的，洗澡的步骤也是错的。他们会教你怎么走路、怎么吃饭、怎么穿衣，和怎么整理床铺。他们摧毁了你自以为了解的所有基本观念——比方说打理个人卫生。有谁会不知道怎么洗澡呢？

我们洗澡的时候，教官和联络员都会站在浴室里，大声发号施令。墙上还挂着一个牌子，以免有人忘记洗澡步骤：

排好队。

迈步走到莲蓬头下。

打湿你的头。

给你的头和脸打肥皂。

冲洗。

给你的左臂打肥皂。

冲洗。

给你的右臂打肥皂。

凡此种种。若是你很清楚如何清洗自己的生殖器官，企业军团会告诉你错了。军方比你更清楚。没有人比他们更了解一切。

我们重新学习了怎么穿衣服、怎么上厕所（膝盖抬起来！蹲着，不许坐）、怎么清洗我们的靴子，和怎么说话（说之前要先喊长官，说完后也要以长官结束）。你要么赶紧适应，要么被扫地出门，失去一切。

你得记住，我们中的很多人一旦参军就别无选择。他们会告诉你有全部的自由——有工作的自由，有离开公司的自由。这话是不假。你是可以不工作，被踢出军团。你还可以离开公司，像以前我和父母那样住在劳工营的棚户区里，希望一场流感不要夺走你的性命。然而那不算什么选项，对吧？他们正是用这种办法愚弄你的。好比玩一个沉浸式游戏，你面前有三道门可以选择，但是每一道门都引向同一个终极大反派。这背后其实根本没有别的选项。

我是个好胜心强的人。最初几周里，我们大多是各自表现，所以好胜心强一点儿也无伤大雅。除了星期天，我们每个早晨都要跑五公里，再进行两个小时的体能训练。我每次都能排到前三名，但是从来没有得到过表扬——仅仅达到预期的表现是不会有人表扬你的。

他们把所有表扬都留到你学会杀戮的时候。

第二周，我们拿到自己的武器。

我们的脉冲步枪只有一斤重，一枪就能以极强的爆炸性能量将生物体轰成渣子——就像一把私人的激光制导式榴弹发射器一样，只不过没有榴弹。你一枪正中目标后，只会留下一阵细碎的红色薄雾。

我们枕着这把枪睡觉，把它拆卸组装了太多次，以至于周末的时候，蒙着眼睛都能拆装。我的枪法不错，不过穆妮奥斯更胜一筹。然而她似乎不怎么满意，至少不像我想的那样。

“想加入情报部门，这可不算什么顶尖技能。”她说，“我的意思是，连你都会。”

星期天早上我们有四个小时的私人时间。大多数人会浏览公司消息、补觉，还有——第二周才终于有机会——查看和记录私人消息。终于能见到这些消息，每个人几乎都欢喜得晕头转向，除了我这种心里清楚根本没人会给自己发消息的人。

我们在连队里没什么隐私——军团里到处都没有隐私。我们需要在餐厅外面的露天摊位上查看自己的消息。第一天早饭之后去看消息的队伍排得实在太长了，所以我晚点儿才去——那时星期天的休息时间接近结束。我收到了六条来自前女友维鲁伊斯的消息。我看也没看就删除了。它们只是一些阴魂不散的幽灵消息，我以前也收到过很多，已经学会了直接删除。另外几条消息来自安德里娅和鲁本——入伍前和我一起参加了最后一场派对的那两个朋友，感觉已经是上辈子的事情了。原来他们早我一周被分入了另一个班级，也在门多萨。

我们的头戴式显示器通常可以帮忙管理信息，帮我们直接联系到要找的人，但是军团不希望我们接收到任何未经处理的外界信息——我们收到的每一条信息都经历了过滤、审查、再过滤，而且还必须在公开场合查看。

我激活了来自安德里娅的消息，她的脸出现在屏幕上，清晰到能数清楚下巴上沾了多少草屑，还能看清瘀青的左眼下一根根破裂的血管。她蜡黄的脸庞因为烈日暴晒而变得肤色不匀和脱皮。虽然我早知道她的头发会被剃光，但是乍一看还是惊讶不已——浓密的黑色卷发被剪去，只露出精致倾斜的前额和头顶上覆盖的黑色绒毛。在她身后，鲁本对我做了个什么手势，但被一个路过的新兵挡住了。

“迪兹！”安德里娅说，“你现在是训练第二周，对吧？我太了解你了，你肯定快到第三周才会来看消息，哈哈！唉，我真的有好多话想跟你说，但我敢打赌会被他们审查掉的。我和鲁本很好，都没问题。你可别被淘汰啰！我们还得一起上前线呢！我们三个都不能少。小兵也要有人来当，对吧？看看这个！”她举起左臂，左手腕上的手已经不见了，取而代之的是一种半有机的替代品。你能看得出来那是只假手，因为肤色太亮了，假肢的颜色永远都是那么突兀。她挥出一拳，出奇地快，“等实弹演习的时候，”她说，“你应该……”视频断了，只剩黑色背景，还有表面剪辑的痕迹。我等了一会儿。视频又切回来了。安德里娅正在往后看，朝鲁本大喊道：“知道了，再等我两分钟！”然后又转向我，“我们肯定能赢得战争的，迪兹。”她举起双手，手指向天，“大赢特赢，全身而退！”视频又被掐断了。

后面几段都是这样的，大多是安德里娅鼓舞人心的讲话。她真的太了解我了，也可能是在同情我。我真希望她别那样。

“家里有什么好消息吗？”第二天我们在餐厅里吃午饭的时候，琼斯问。我不知道他是在问我，还是在问穆妮奥斯。

“我们什么时候才能喝个大醉呢？”穆妮奥斯问，“这才是我心心念念的事。不知道还得等几周？”

“是不是家里来了坏消息？”琼斯问。

“没有。”穆妮奥斯说，“就是些陈芝麻烂谷子的事而已。迪兹，你呢？你有朋友吗？”

“当然了，穆妮奥斯，我还不至于连朋友都没有吧。”

“我的意思是，像你这种一天到晚四处散发‘魅力’的人……”

她说。

“还会用成语，对吧，”我说，“是个人都会为我倾倒的。”

琼斯说：“那你读过若热·亚马多[1]和马查多·德·阿西斯[2]的书吗？”

“我看迪兹连大字都不认识几个。”

“我听说过亚马多。”我说，“另一个就没听过。他们都被审查限制了吗？”

“公民是可以读到的。”琼斯说，“马查多·德·阿西斯曾经说，确切地说是曾经写道：‘每个人都知道如何用自己的方式去爱，但方式本身并不重要，重要的是知道去爱。’”

“你说这些是什么意思？”我说。

“我看到你删掉了一堆信息。”琼斯说，“还是某个姑娘发给你的。”他扬起眉毛。

该死，真的连一点儿隐私都没有。

穆妮奥斯一下子来了兴趣，“迪兹，你还有女朋友呢？”

“没有。”我说，“以前有，现在没有了。”

“你这家伙是不是单相思啊，人家姑娘知道吗？”穆妮奥斯说。

我不想在这里谈起小维的事情，“你是不是每个场合都有合适的名言引用啊？”我问琼斯。

琼斯拿起一块蛋白质蛋糕，慢慢咀嚼，翻起白眼，然后开口道：“我倾心于微笑的眼神，致歉的姿态，蕴含千言万语的爱抚与尽在不言之中的沉默。”

[1] 若热·亚马多，巴西最有影响力的作家之一，现代主义小说家，代表作《加布里埃拉》等。

[2] 马查多·德·阿西斯，巴西著名作家，创作体裁有诗歌、小说等，代表作《高贵的卡什米洛》等。

“姑娘们都吃你这套吗？”我问。

“你眼红吗？”

“要是她们真的都吃这套，那我当然眼红了。”

“我在家乡可是有不少佳人痴痴守候。”琼斯说，“姑娘们都吃这套！不过事情也没那么简单，参军倒是容易，而对付哭哭啼啼的戏码就麻烦多了。”

“你引用点儿死人的话就能泡到妹子？”穆妮奥斯说，“那你肯定是穷乡僻壤里出来的，只有小地方的没见过世面的女孩才会被你泡到。”

“琼斯，你怎么不去当个诗人呢？”我说。

“你觉得特内会养吃白饭的诗人吗？别傻了，迪兹，你这话说得跟那些没见识的‘食尸鬼’似的！”

“我这是讽刺说法。”

“不过公司里确实有些福利不错的写作职位。我挺想当公司的记者，可能等战后吧。”

“那不是他们说什么你就写什么吗？”

“不是啊，只不过你需要在文章发表之前，得到公司传媒办公室的批准。在创作方面你有很大的自由，只要写的是他们认可的主题。”

“你还得是个公民才行。”我说。

“只有公民才能当记者。”琼斯说。

“为什么？”我说。

琼斯耸耸肩，“就是这个规矩。”

“你真是公民权模式下的受益者。”穆妮奥斯说，“不过要是公司给出的消息有诈，恐怕公民记者会遭受更多损失吧。我的意思是，要是迪兹在这儿公开抨击特内，他们也不能拿这个一无所有的家伙怎么样。”

“滚吧！”我说。

“我觉得你这话太悲观了。”琼斯说，“公民们只不过更善于巧妙地谈论这些话题。毕竟我们——你知道的——接受过教育。”

穆妮奥斯笑得前仰后合，那笑声都快变成尖叫了。她说：“你们这种老派公民家庭，全都是一样的嘴脸。我就好像在跟一张宣传海报说话。”

“什么意思？”琼斯说。

“安德里娅本来想告诉我们接下来会有什么训练，结果军团不准她说。”我插话道，因为我不喜欢这场谈话的走向——我不喜欢谈论政治。

“说这个有什么关系？”穆妮奥斯说。

“但还是被审查掉了。”我说，“她要告诉我们的事，这周就会发生。”

“好极了。”穆妮奥斯一边说，一边把叉子捅进食物里，怒瞪着琼斯，“可真是个好兆头啊！”

审查制度是有充分理由的。军团有自己的理由——它要保护自身。

接下来是酷刑模组的训练。

一个星期二的早晨，我们排好了队。天气炎热、潮湿，一场蒙蒙细雨笼罩了一切。

“敌人会对你们做出很多可怕的事情。”教官说，“而我们的工作就是帮你们准备好应对，因此我们会先做出这些可怕的事情。”

穆妮奥斯翻了个白眼。我没有。我认真盯着教官看，想找出些线索，看看接下来会发生什么。

我不会告诉你关于酷刑模组的事情——现在还不会。我只能说那是地狱般的三天。沉浸式体验真的让人特别沉浸其中！他们真的应该在事后送我们去看心理医生。

然而他们没有。

我们只能继续下去。

因为战争就是这么残酷。你只能继续战斗到战争终结，或者自己战死沙场。

5

“这周该教你们如何不挨饿。”教官说道，“这大概是必要的，毕竟下周就要把你们这群软蛋扔到丛林里面去，看看你们会不会陷进沼泽里淹死，或者被美洲豹和寄生虫活吃了。”

这是第三周的第一天，我们排好了队。我这辈子从来没有这么累过。穆妮奥斯站在我身边，双腿止不住地发颤。教官没告诉过我们，在那个虚拟酷刑训练营里一次次地直面恐惧，意味着你之后没办法安然入睡，无尽梦魇随之而来。我觉得眼角还会瞥见那些惨状——被打爆头的小孩，还有拿着血淋淋大砍刀的男人。我仍然闻得到那股血腥味儿。我擤了擤鼻子，想摆脱那味道。

“我们今天要远足，小兵们！”教官说，“等这次远足的最后，你们会饱尝痛苦的滋味。你们会明白真正的疲倦。最重要的是，你们会学到怎么喂饱自己，而不是狗咬狗、人吃人。”

后排的几个新兵偷笑起来。我猜他们是少数几个智胜了酷刑模组的人。我听说这些模组是可以击败的，不过一个班里只有三四个人能做到，他们一般都会被提拔到情报部门去。穆妮奥斯不是其中之一。她到现在还在生气。

教官们带我们深入丛林一共行进了十九公里。我们一开始走的是一条老路，但后来没有路了，班里剩下的一百二十个人只能艰难前行。中午时分，我们停下来休息十五分钟，喝水、小便、吃点儿蛋白棒，然后又继续前进了。

琼斯开始跟不上了，落在我和穆妮奥斯后面。他的眼神缥缈，神游到其他地方了。我把水泼到他脸上。

“动起来，迪兹！”教官在前面喊道，“穆妮奥斯！你在后面跟琼斯就是白费口舌。你一旦落后，就跟不上了。动作快点儿！”教官在下面的大路上开着一辆吉普车，催促着我们走。队伍后面还有一辆吉普车，用于骚扰掉队的人。

我们继续前进。我不明白我们为什么不能走大路。

天黑之后，我们才又休息了一次。教官和联络员把车停在前面的空地上。空地中间摆着八张折叠桌，周围围着一堆木箱子。

老实说，我以为箱子里装满了弹药和手榴弹，以为他们会让我们来一场大逃杀，看看谁能在实弹演习中活到最后。谁知道他们怎么想呢？

他们让我们喝了些水，然后就到了重头戏——我们围着桌子站着，战战兢兢，就像一群待宰的羔羊。

“好了，小兵们，”教官说着爬上一张桌子，拳头抵腰站着，“你们都饿了吗？今晚你们要自己搞定晚餐！”

联络员们踢翻箱子。

二十多只肥硕的白兔滚了出来。它们蹦着远离箱子，小口小口地啃起地上的草皮，又再次跳来跳去。

“任务很简单，小兵们。”教官说，“你们一起搭档抓住晚餐，宰了它、剥了皮，然后吃了它，赶在丛林里别的猛兽吃了它们之前。如果你愿意的话，这里的联络员们也会助你们一臂之力。现在赶快动起来！”

我抓起一只兔子，成了第一个抓到兔子的人。我凝视着它扁平的黑眼睛。穆妮奥斯和琼斯过来了，毫无疑问，他们是想让我一个人来干宰兔子剥皮的脏活儿。这可能是他们第一次和自己的晚餐干瞪眼。

“怎么啦，迪兹？”教官说，“你不敢动手吗？”

“长官。不是的，长官。”我说。

“那就快动手！还是说你宁愿挨饿？你已经习惯挨饿了？”

我盯着手里的白兔，身边那些顶多捏死过蜘蛛的小兵们，都在为杀兔子绞尽脑汁。受伤的兔子挣脱开来，蹦蹦跳跳地逃向丛林，筋疲力尽的新兵们跟在它们后面追逐。

“长官，我知道怎么杀兔子，长官。”我说，“只是觉得没有这个必要。”

他倾身凑近我，“快把兔子宰了吃了。迪兹。这可是我的命令！现在感觉有必要了吧？”

我对上他的目光——新兵是不能直视长官的，不过我向来都不畏惧权威。我讨厌别人告诉我该做什么。我只想反击他们，躲避攻击后再痛揍他们，以此来反抗他们。

我从腰带上拔出一把多功能刀，眼睛依然瞪着教官，一只手剜破兔子的颈静脉，血喷到他的脸上。更人道的做法是先用树枝折断兔子的脖子，但旁边找不到树枝，血也更能表明我的观点。

“该死！”教官说，擦掉脸上溅到的血点。

我抓着兔子猛地一拉，扯断了它的脖子。这场面够恐怖了。不管有没有立下复仇的誓言，我终究不是个喜爱杀戮的怪物。现在还不是。

“你马上给我趴下来做五十个俯卧撑，迪兹！”教官叫道。

“滚你的吧！”我说。

他给了我重重的一拳。

我脚步不稳，失去了平衡。

“每个班里都有一个你这种人，”教官说着逼近我，“就是些垃圾‘食尸鬼’生下来的小垃圾，还想竭力证明你们的老娘不是垃圾！让我告诉你一个消息吧，迪兹！你们永远都是垃圾！”

我的脸被压着倒在地上，思考着自己是不是真的应该站起来再挨一拳。教官不像弗兰基——不是那种四处显摆、外强中干的人。他知道怎么结束我的性命，知道怎么不留痕迹地狠狠教训我。他以前这么做过。

“长官。”我说。

“你想说什么？”他把我的头深深踩进泥里。

“长官。你说得对，长官。”我说。

“站起来吧。”他说。

我从泥地里爬起来。其他人都在尽职尽责地砍杀兔子，剥它们的皮，虽然都很笨拙。两个瘦骨嶙峋的新兵已经开始煮一具兔子的残尸了。那味道提醒我疲惫不堪的身体——我快饿疯了。饥饿呼啸而来，这种尖锐剧烈的痛苦让我不得不屈服。琼斯和穆妮奥斯手里还拿着我杀死的兔子不知所措。

“滚回营地去吧！”教官对我说，“回去之后站在旗杆下面立正，直到我回去让你解散。”

营地在另一个方向，距离此地十九公里的地方，而我已经心力交瘁，严重缺水。我很清楚这一趟回去会有多糟，但只能站在那里耷拉着脸，不能把这些话说出来。

“快滚啊，迪兹！你以为我是只傻子鹦鹉吗？我不会再重复一遍了！”

我跌跌撞撞地走过他身边，还因为脑袋上挨的那一拳而头晕目眩。穆妮奥斯对上我的目光，但很快移开了。我脚步蹒跚，想找到回去的路，好不容易站稳脚跟，教官一脚踢在我屁股上，把我踢得转了个圈。我的双腿痛极了，像两大块挂在身体末端的死肉一样。

十九公里啊！该死！

我气喘吁吁地走在路上。

我完成了困难的行军，挣来了这顿饭，挣来了其他的权利。睡个好觉的权利也是我自己挣来的！但我现在又在做什么呢？往回走？我还有别的选择吗？掉头回去，憋死在泥里算了？我的视线模糊了。

唯一的出路是撑过去。

最初的三十步，我全靠恐惧和慌乱在支撑。然后我恍惚了。天哪，还有十九公里！这一路上受的苦都浮现在我眼前——不断呕吐，还有止不住的发颤，该死，这永无止境的行军！

我蹒跚而行，全身滚烫，仿佛要燃烧起来了。这点儿困难打不倒我，我还能忍受更多。他只是想把我吓跑，只是想听我尖叫，想让我转头回去，跪下来乞求一点儿水和食物。他想让我被淘汰，想让我去给他洗厕所，直到我最终被淘汰出局，只能为死去的妈妈和逝去的公民梦想痛哭。

这就是他在现实生活中创造的酷刑模组。

别去想你的身体，别去想还有多远，别去想水，别去想你的身体是如何燃烧脂肪。

别去想就好了。

饥饿如同猛火般袭来，然后消退了，接着又一次袭来。你可能以为会饿死，但其实并不会。饥饿会像疲劳一样消退。我早知道了，因为我是在饥饿中长大的——饿着醒来，饿着入睡。

我想起以前和表兄弟们在塔霍卢兹河的泥泞河滩上拾荒。我弟弟还很小，挂在妈妈背上。妈妈走在我们前面，用自己做的耙子在地上耙，时不时会找到一些丢弃的垃圾。

再往上走，沙地上长着灌木丛，一个一闪而过的动作吸引了我的目光。我爬上浅丘，它的顶上有一张歪着的垫子，由塑料结、断枝、铝屑和合成纤维搭成。那上面趴着一只小乳鸽，一半身子在巢内，一半身子在巢外。它正徒劳地拍打着翅膀。我把这个可怜的小东西捧在手里。

“没事儿了。”我轻声说，用手指摸了摸它颤抖的头。它的心脏在我掌心颤动。

我从沙丘上滑下来，跑过去追上妈妈，赤着脚走过河滩上粗糙的废墟——这对我来说早就不在话下了。我的脚很脏，长满老茧。

“妈妈！”我叫道。她转过身，黑发随风飘动。太阳从她身后升起。

“妈妈，”我把受伤的雏鸟举起来说，“它受伤了。我们能帮帮它吗？”

“先把它带回家吧。”她说，帮我把脸上的头发捋到脑后，让我想起自己抚摸雏鸟的小脑袋的时候。

我朝她露出了微笑。

我们把这只雏鸟带回了家，还带回了六只软体动物、一些铜线和一个一米长的金属块——上面有几个褪了色的灰色圆圈，是诺鲁斯公司的标志。

当天晚上我伴着小鸟入睡。翌日清晨，妈妈把鸟的羽毛烫掉，然后囫囵煮了。我其实对它没有胃口。然而，如果你以为我前一天晚上给它唱歌、哄它入睡，代表着我丝毫不想把这只飞不动的小鸟吞下的话，那你真的从来没有挨过饿。

妈妈独自吃了那只鸟，这样才能有足够的奶水喂给弟弟。我坐在她对面的地板上，看着她“咯嘣咯嘣”地只用三口就把雏鸟吃了下去。

爸爸走了很远，去最近的军事训练学院外面的医疗垃圾堆里拾荒。直到他回来，妈妈出去接他，我才放任自己的眼泪流出来。几年后，特内需要更多的飞行员来与火星作战的时候，我们才摆脱了那种一文不名的状态，不再跟那里所有人一样是一家子“食尸鬼”。

我抱膝痛哭，真的太饿了，希望这种痛苦能结束。

脑中的记忆太过炽热，我不小心被自己的脚绊倒，跌进泥里。这次跌倒反而让我松了一口气。我就这么躺在那里，胸膛起伏着，呼吸着土壤中大地的气息，感觉到手指间腐烂的树叶黏糊糊的。

特内 - 西尔维亚公司安保第一次上门来找爸爸，是在我们获得居留权两年之后——也是他开始驾驶飞船穿梭于火星与月球的两年后。然而那时候妈妈已经奄奄一息，她所患的全都是些只有公民才有钱治疗的慢性病。只有公民才能获得先进的医疗服务，而我们离那个阶段还差得很远。那时我十几岁，既为父母感到骄傲，也为他们感到不齿。我弟弟留在家里照顾妈妈，他比我还笨一些，没能通过考试，不能接受基础教育。只有公民能请帮佣来照顾家里，而作为居民的我们只能自己想办法。

我爸爸会听很多非法广播。他会用一些公司不批准的沉浸式程序来观看视频，抨击时事。当时我还不明白他为什么要那么做。

当公司安保踢开我们家大门的时候，我正坐在厨房的桌子旁边抱怨吃的面包没加黄油。我记得很清楚，因为现在想来真的太愚蠢了，但是在十四岁的时候，我一定要确保我们家跟别人家一模一样——别人家吃面包都加黄油，我们怎么没有呢？

爸爸抓住我的双肩，“他们说什么你就做什么。”他说。

“趴下，趴下！”他们喊道。

爸爸拉着我一起趴了下来。

“托马斯怎么办呢？”我问。

“我的儿子！”爸爸说，“我儿子在那间卧室里，和我妻子待在一起。请别伤害他。他只是个小男孩。”

“趴在那儿别动！”两个安保人员用枪指着我和爸爸，另外四个冲进屋里。

安保人员都穿着一身黑——黑色面罩，黑色头盔，黑色靴子。

弟弟的哭喊声从卧室里传来。我听到妈妈气若游丝的声音断断续续。

“我们什么都没做错！”我说。

“闭嘴！”强壮的安保人员拿枪顶着我的后背说。

他们把我弟弟拖了出来，和我们一起，还把他按倒在地。他尖叫起来，剧烈挣扎——他虽然只有十岁大，但已经是个大块头了。其中一个安保人员用枪托猛砸了他的脸，打破了鼻子，鲜血飞溅。

爸爸想伸手去帮他。结果那女人又拿枪托砸了爸爸的后脑勺儿，他倒下了。又来了两个安保人员，一起抓住我弟弟，他哭个不停，脸上除了血迹还有鼻涕，门牙也断了两颗。

我趴在地上瑟瑟发抖。

一个穿白色长外套的女人走进踢坏的大门。两个士兵陪在她身边——是正规兵，不是安保人员。她的靴子是红色的，纤细的手臂背在身后，站得很直，而且真的好瘦。我感觉她像是一只高大的鹤，头微微仰着，露出好奇的神情。她一进门就停了下来，注视着溅血的地板，还有这间寒酸的小公寓。

“这家里还有个母亲，是不是？”她说。

“她病了，中士。”其中一个安保人员说，“在屋里。已经拘捕起来了。”

“好吧，把她带出来。”

“我让玛蒂安娜留在后面看着她了。”他说。

“这是我的要求吗？”

那个安保人员大喊道：“玛蒂安娜，中士让你把那个女人带出来！”

“求您了，”爸爸说，“求求您放过她吧！她病得很重。她真的很痛苦。”

“你就是迪兹船长吗？”高个子女人问。她手上戴着一双白手套，手指拂过多媒体屏幕外面罩着的保护套。

“我是。”他说。

她用的称呼既可以指“船长”这一职业，也可以指“上尉”这一军衔。这个称呼落到我父亲身上，指的是他驾驶穿梭飞船的职业，而不是军衔。“船长”一词从这个审问者嘴里说出来，那语气几乎是嘲笑。那一刻我真的恨她超过恨任何人。

“玛蒂安娜！”安保人员又叫了一声。

白衣女人举起一只手，“等等吧，”她说，“迪兹是一个德国名字，对不对，船长？”

“这有什么关系……我不知道。”

她的手指继续沿着保护罩边缘抚摸，“德国。日耳曼。旧欧洲。现在是伊芙康公司的领地。在一次早期资本主义战争后，一些德国人来到了这片大陆，来到了当时的阿根廷。你知道吗？那地方现在分裂成了十二个区域，而那些移民中的大多数最后都留在了现在的新布宜诺斯艾利斯。离这里算远了，不是吗？”

“我不知道。”我父亲说，“我们一家都是圣保罗人。”

“啊，当然了。从劳工营来的。我一直都很想知道‘食尸鬼’们是怎么设法逃出那个营地的。”

“我很有价值。”爸爸说。

“当然了，”她说，“不过你究竟是对谁有价值呢？出价最高的公司吗？特内的出价比伊芙康高吗？还是马苏基桑出价更高？火星方面有没有接触过你？”

“求您了，”爸爸说，“我的家人什么都没做错。”

“这些德国移民里大约有一万两千人是前纳粹分子。”她说，“船长，你知道什么是纳粹吗？”

“我听说过这个词。”

“你知道的大概都是些谣传吧，那并不是历史。实际上他们组织严密，而且一心一意，相当高傲。这有助于他们的事业。他们拥有一些世界顶尖的化学家和工程师，并很好地运用了这些人才。每一个工厂工人、士兵、店主和孕妇都对一种名叫‘柏飞丁’的低剂量冰毒上瘾了。抑郁症、疲劳症、创伤后应激障碍、产后抑郁症——无论什么病，他们都开这种药。真是种好药啊！不过最终证明他们的目光太短浅。这种药长期服用会造成妄想和精神失常。他们太贪婪、太急功近利了，而你也和他们一样变得贪婪了。”

“我把一切都奉献给了特内……”

“告诉我们哪里能找到违禁品吧。”她说，“这样我们就不必把这个公寓翻个底朝天了，也不会去打扰你的妻子。我们还是可以讲点文明的，教授。”

她的手指停在保护罩的右下方。我听到她轻按了一下。

“啊。”她说。多媒体屏幕亮了，一幅清晰的景色在上面绽放开来。一片摇曳的羽扇豆田地后面，一座层峦叠嶂的山峰在远处若隐若现。“真是一幅有趣的景象，”她说，“可惜是个加密频道。你是不是知道我们会来，船长？因此你改变了这个信号的来源，对吗？”

“我的办公室里有。”爸爸说，“我可以带你们过去。求求你了，别伤害他们。”

“好极了。”她说完便关掉了屏幕，“迪兹船长要带我们去他的办公室参观参观。”

两个月后，他们把我父亲带回来了，可他却变得……不一样了。我知道他们一定折磨了他，但他身上没有明显的痕迹。然而在那两个月里，他的确老了很多。他时常坐在后阳台上发呆，望着船只驶进港口——他最喜欢下雨的日子。

一天，我放学回家，他还坐在阳台上，浑身都湿透了。

我抓住他的胳膊说：“进来吧。”

他把手放在我的手上，回以凝视的目光。“我接受了现实，”爸爸说，“眼下的现实。这样做能暂时保你平安，我的小老鼠，等你长大了，你也会提出疑问。答应我，除了我们给你的未来之外，你也要为了别样的未来努力奋斗。”

“好的。”我说，虽然我并不明白他让我答应的是什么事情。

此刻躺在阴沟里，我仍然不能确定他是什么意思，但是这段记忆让我想起我们付出了那么多代价才走到这一步。现在，我的家人都已经离世。他们一心期盼着我能来到这里，这样才有机会取得某个大公司的公民权。如果我现在放弃的话，对得起父母吗？

“站起来，迪兹，”我说，“站起来。”

我勉强站了起来。我忽略身上传来的持续不断的痛苦，它是想告诉我：我在毁掉自己，给自己造成永久性伤害。然而这身体不属于我，所以又有什么关系呢？

我属于特内 - 西尔维亚。

站起来，迪兹！

我已经站起来了。一只脚迈到另一只脚前面。

我明白，企业军团是想击溃你。他们是想抓住你的软弱之处，然后把你彻底打垮。

当我在那条黑色的道路上艰难行进，浑身颤抖，出现幻觉时，我曾有过一瞬间胆战心寒。当他们把我击碎的时候，会在我身体里找到什么呢？

6

黎明来临，我察觉天空已经变亮很长时间了，长到我以为那只是幻觉。早起的鸟儿和其他爬爬跳跳的动物发出啼鸣和叫喊声，这才让我确信自己撑到了第二天。我在小路上捡到一块石头，放在舌头下面，像妈妈教的那样。小的时候，我们总是要忍饥挨渴，把石头含在嘴里会让嘴巴分泌唾液，缓解对水的需求。然而我现在长大了，知道那只不过是骗人的。我试着集中精力想些别的事情，不去想自己的不舒服。我不知道走到哪儿了。

我跌跌撞撞地走过一个拐弯处，看到步道终点的路标。我撑不住了，只能靠在一棵树上。在我脚下，营房周围清理干净的阅兵场不断延伸着。营地中间的旗帜已经高高挂起，随风飘扬。我真想随着重力一下子扑倒在地。

但是兵营就在眼前，我又迸发出了新的活力。我抬起毫无知觉的腿，拖着身子不停地走，直到手指触到旗杆底部。我想去餐厅讨口水喝，讨点儿饭吃，洗个澡，再埋头大睡到天昏地暗，但教官的脸不断地闪现在眼前。他肯定觉得我会逃走，觉得我是个废物，觉得我一家都是垃圾。

营房里很安静。我想是我们班完成昨晚的训练之后还没回来。毫无疑问，他们都吃了新鲜的兔子肉，又经过了几个小时的睡眠，才踏上回程之路。我背靠旗杆站在那里，太阳升起来了，高悬空中，驱散了晨雾。

你能做的远比想象的还要多很多——这就是强制训练的意义所在。看看他们能把你逼到什么地步。你能把自己逼到什么地步。我在二十四小时内靠行军、蹒跚和慢跑走过了差不多一个马拉松的距离。然而我还不会倒下，现在还不会，起码要等我看见教官，再朝他脸上吐了口水之后。

我一定是昏过去了。是我们班有节奏的踏步声让我醒了过来。一辆车在前面领路，另一辆车殿后，和出发时一样。

领队车停在阅兵场外面，我挺直疲惫的身体，立正站好。

教官和一个联络员一起下了车，朝我走过来。教官脸上的表情看不出是什么意思。

“从我面前滚开吧，迪兹，”他说，“解散。”

“长官。是的，长官。”我朝旗杆外迈了一步，打算回到营房，但是腿走不动了。

我重重地摔了一跤，下巴磕在柏油路面上。

教官叫来医护人员。他在我身边蹲下，“迪兹，你想当班长吗？”他说，“我们这儿不看重自恋的英雄。知道什么是自恋吗？就是脑子里只有自己那一套的菜鸟！不但会害死自己，还会连累小队的那种逞能英雄！不跟团队在一起，你也不见得差；跟团队在一起，你也不见得好。”

医护人员带着担架赶过来，把我送到医务室，给我插上了输液管，开始治疗。

后来我才知道，我的小组也因为我的逾矩行为受到了惩罚。他们失去了两小时的睡眠时间，不得不提早出发返回营房。第二天我从医务室回来时，连穆妮奥斯都不愿意跟我说话。

但我们还是继续下去了。

企业军团没有休息的时间。

“你们对敌人了解多少？”第二天下午，奥德尔中士站在教室前面问。她是个拥有钢铁般意志的女人，各方各面都强悍不已。她大概有五十岁了，不过很难说，因为酸液或是爆炸烧毁了她半张脸（我没问过是怎么回事，其他人也都没有）。她的夹克上戴满了一大堆乱七八糟的军功章，左臂是一只有机机械混合体，走路时脚步不太稳。我不知道她在这里是为了警示我们，还是承诺我们以后也会变成那样。

我们每天至少上三个小时的课。我从来不是第一个举手回答问题的那种人，不过这次她点到了我。

“你知道多少，迪兹？”

“长官，他们都是外星人，长官。”我说。

有四五个人哈哈大笑起来。

“好吧，这是个好的开始。你是从书上学来的吗？”

马丁内兹说：“长官，我们给了他们坎努克地区，结果他们转头就背叛了我们。他们还会射杀襁褓中的婴儿……长官。”

我还没见过特内 - 西尔维亚公司外面的宣传广告牌，还不知道无论你的新敌人是谁，你只需要说同样的屁话就好。我知道的全都是别人告诉我的。每个敌人都会射杀襁褓中的婴儿。这太不可思议了。

“他们确实是外星人。”奥德尔中士说，“那么这场冲突是怎么开始的呢？”

“长官，”马丁内兹又插嘴道，“他们嫉恨我们的自由，长官。”

“为什么？”

一片沉默。后排有个女人睡着了，打呼噜的声音很大。中士走过去拍了拍她的额头，让她出去跑圈。

“你们真这么犯困吗？”奥德尔中士问，“了解你们的敌人才是打败他们最好的办法。”

“长官，”琼斯说，“我认为想打败他们，运用军事战略是更好的办法……长官。”

“琼斯，那你的战略是以什么为基础的呢？”

“经验。”他说，“长官。”

“什么经验？”她问，“当公民的经验？”

琼斯的脸色沉了下来，他的脸甚至变得更黑了。

“我们要对付的敌人咬掉了伸出的援手。”她说，“就像一只得了狂犬病的动物。这样的敌人无法预料。”

“敌人不都是不能预料的吗？”穆妮奥斯说。

“不，”奥德尔中士说，“与我们作战的是一群什么样的人呢？我们把北半球一半的土地交给了这些外星人，让他们可以重建家园。那里在种子战争和气候变化之后变成了一片废墟。没人在乎他们怎么解决那里的问题，甚至连坎克鲁什科夫公司的人也不在乎。那是他们的地盘。在外星人来到之前，那块地什么都长不出来。他们从地球上分裂出去，在火星上建立起公社殖民地的时候，就发展出了某种技术。”

“长官，”琼斯说，“可那又是种什么技术呢？就是让坎努克可以重新播种的那种技术？”

“那不重要，琼斯，”中士说，“我们还是关注我们的目标吧。当他们离开地球的时候，我们就和他们断了联系。因此，当其中的一部分人想要回来的时候，我们都非常惊讶。我猜他们觉得自己是在挽救我们，但我们并不需要挽救。不管这项技术是什么，它都消除了所有辐射，恢复了土壤的生产力——用的可能是火星人处理‘水之暴乱’后的土地修复方法——粮食也能长出来了。我们曾经是那样信任他们，可他们却背叛了我们。我不用再讲给你们听了。你们可以自己体验一下。”

奥德尔中士给我们提供了一系列增强现实的沉浸式体验，让我们亲身体会被外星人背叛时的感受，目睹我们的父母曾经见过的恐怖景象。那副场景真的叫人不忍直视。一贯如此，他们知道该拿什么给你看，知道你会做何反应。他们知道该怎么把人变成外星人，把新兵变成怪物。

之后是瞄准的训练。我们排队进行刺刀训练，刺的是实验室里培养出来的真肉真皮的假人。

教官冲我们喊道：“都给我使出吃奶的力气去捅那个破玩意儿！它们就是你们的敌人！给我拿出点儿战斗的精神来，你们这些哆哆嗦嗦的小蟑螂。它们就是炸毁了月球的敌人！闪袭了两百万同胞的敌人！捅死它们！捅死它们！”

我们所有的靶子看着都像是人类，但它们都应该是火星人才对。

大家都会问外星人长什么样。我没在公司的新闻简报之外的地方见过外星人。他们给我们的照片都是些身材高挑、面露冷笑的男男女女——穿着花花绿绿的衣服，带着古怪的超大号枪支，枪上涂画着杀戮的数字。他们就是些人类，跟我们没有区别。

这正是你要杀的人，而且还要毫不犹豫。

我还记得第一次受到教官表扬的情景，至今依然记忆犹新。我和穆妮奥斯在射击场里，我端着一把狙击步枪，她趴在我身后，充当观察员。根据她的指示，我调整风向，修正角度。

我从狙击镜里望到目标——一个身材消瘦、满脸皱纹的女人。她戴着墨镜，绑着红色头带。在远距离练习中，目标的皮肉都不是真实的，但他们尽量把她做真实了。她甚至还会动——双手能上下摆动，眼睑也会颤动。

我开枪了。

子弹击中她左眼的正上方。我把狙击镜拉开，发现教官站在我们上方，用头戴式显示器来查看我的射击结果。

“这一枪很准，迪兹。”他说。

我倒吸一口气。虽然现在说起来真的很丢脸，但我心中涌出一股由衷的放松感。即使我恨透了他，但我也还是想取悦他，而取悦他的唯一方式就是毫不犹豫地杀人。

他们正是这么把你打垮的。

7

接下来的一周，他们派我们带着枪去进行模拟侦察——一次团队演练。本质是一个夺旗游戏，不过是真刀真枪的实地演练。他们把这个课程称作“陆地导航”，貌似是个很蠢的主意，毕竟我们都有导航设备，和身上的追踪器与头戴式显示器安装在一起。

“获胜队伍第二天可以不参加体能训练。”教官说，“获胜的队伍还能多睡两个小时，多一个小时查看家里消息的时间。听起来怎么样，小兵们？”

参加了四周强制训练之后……能不去训练而多睡一会儿，真的太有吸引力了。

“演习过程中，我的同事们将不会进行实弹射击。”教官说，“但你们的通信会一直被禁用。我们会监控你们的追踪器，除非绝对必要，否则不会出手干涉。你们这些小队可以自行导航去到集合点，取到并且背回重物，放到这面旗子下面。你们有三天时间。”

我和琼斯搭档，还有个下巴很长的家伙，名叫哈迪德，我们都叫他“下巴骨”；还有个高挑丰满的女人，名叫瓦尔加斯，我们队里管她叫“老奶奶”，因为她比我们其他几个人都大起码五岁。她觉得这个绰号并不好笑，我也从来没有当面叫过。

我们会带上脉冲步枪、水袋、折叠式纸地图，还有指南针。

“该死的，谁还用纸质地图啊？”老奶奶咕哝道。

教官突然转过身看着她，“瓦尔加斯，你觉得我们是在逗你玩吗？你觉得特内是在浪费你的那点儿破时间吗？扔那么多钱进来，就是为了搞个负投资回报的垃圾演练？若是电磁脉冲烧焦了你们的装备，到时候你们就会发现通信断了。小兵们，你们知道那是什么吗？好比有人炸飞了公寓区和公民住宅区的智能供给小盒子。电磁脉冲会烧焦你的接口，你的追踪器，和所有公司装在你头上的贵玩意儿。到时候你们就瞎了，小兵们。瞎了的时候，你该怎么办呢？”

“长官，”琼斯说，“学盲文，长官。”

“这话说得对，琼斯。谁来给这个马屁精发个奖励？当霉运临头时，你们的地图和指南针就是唯一能用上的工具。即使特内能帮你算出二加二等于几，也不代表我们就要把数学课移出公司的核心课程。”

老奶奶翻了个白眼。

“我看到了，瓦尔加斯。”教官说，“不如就让琼斯来当你们这个过家家小队的队长吧？迪兹和哈迪德两个人加起来都没有一个脑细胞。我也不想再罚你跑圈了，瓦尔加斯，你连一个得痢疾的‘食尸鬼’都跑不过。让你听琼斯的话，已经算是惩罚你了。”

他们把飞机开到丛林上空，像卸集装箱一样把我们扔下去。我重重地摔在地面上，差点儿喘不过气。这样开启一次新演习未免也太糟糕了吧！

我摘下了自己的眼罩，看不到有其他队伍在附近，不知道他们是每隔多远放下一个小队的。琼斯拿着地图。我，下巴骨和老奶奶挤在他周围。我们都穿着一层光滑的军用贴身防护罩，这是一种可以调节温度，防止蚊虫叮咬的有机护套。我们都叫它“安全套”，这名字起得太好了。穿着保护措施是好，但是特别不舒服。那时候是十二月，正当南半球的酷暑季节，天气又热又闷，蚊子一拨接一拨地从灌木丛里扑出来。虫子们都想从防护罩和皮肤之间的空隙里钻进来，它们都饿极了。

琼斯把地图折起来。这是一张地形图——在他这种公民眼里，这图看起来肯定像某种神秘的占卜工具。

“希望你们在讲地形的那节课上认真听了。”下巴骨说，“我睡过去了半节课。”

琼斯把指南针往右摆了摆，又往左摆了摆。

我叹了口气，“把指南针给我吧。”

“你把每一节导航课都睡过去了，迪兹。”老奶奶说，“你就别添乱了。我可以导航。”

“我从小没接触过定位系统，还不是好端端地长大了。你以为‘食尸鬼’们都用什么来辨别方向？”

“什么，‘食尸鬼’们都没有导航界面吗？”琼斯问。

“科技产品都是属于公司的。”我说，从他手里拿过地图，顺着地形线看了看，“有一些走私货，不过没你们想象的那么多。瓦尔加斯，能帮我指一下方向吗？”

“这边是北，往那条山脊的方向。”

我七岁的时候，妈妈教过我看地图。我们在公司领地边缘拾荒的时候，大多数导航都是用航位推测法。不过一年中有几次，我和妈妈会深入丛林，去寻找一些前公司时代遗留下来的不为人知的宝藏。她用的是一张旧地图，说是她外婆留给她的。那地图是用某种能防水的材料做成的。你可以把它像手帕一样塞进口袋里，再拿出来，它依然没有一丝褶皱，和新的一样。把它拿到阳光下面放一会儿，上面的轮廓线和海拔标记就能在黑暗中熠熠生辉。我真的很喜欢那张地图，不知道妈妈去世后它去哪儿了。

我手里这张地图远不如它——普通纸，层压的，很明显不能夜光。我们正站在几棵大树的树荫下。这张地图已经很不容易看清了。我调整了地图的方向，让它和指南针的方向一致，仔细看了一下前面的山脊。

“那里是山嘴。”我指着那个地方说，“三面是向下的斜坡，还有一面朝上开口，面向我们。你们能找到水源吗？”

老奶奶把指南针塞进口袋，沿着斜坡往南走了一段路。她在一个小山沟旁边停下来，摘下几朵紫罗兰，把花插进步枪末端夹着刺刀的地方。

“你可真是个怪人。”下巴骨说。

“苦中作乐罢了。”老奶奶说。

琼斯和下巴骨兵分两路，一个朝东南方向走，一个朝西南方向走。

“嘿！”老奶奶叫道，“这下面有条小溪。”

“找到了。”我说，用地图定位了所在的位置，“要是我们越过小溪，向前走四十米, 会到达一片田野——这里标记的地方。然后继续往南走。瓦尔加斯？琼斯？你们想来确认一下吗？”

老奶奶粗略地看了一眼地图，点了点头，“我觉得没问题。”她说，“之后海拔变化会很大。”

“走这条路会快一些，”我说，“你身体不错，对吧？下巴骨？”

“我们有三天时间，”老奶奶说，“还是按自己的节奏来吧。”

“你不想赢吗？”我问。

“我更想活下来。”

“这种演练是不会有人死的。”下巴骨说。

琼斯说：“你怎么知道？”

“我入伍之前在‘克努’上查过。”下巴骨说，“大多数情况下，你遇到的都是缺水的问题。只要确保有水喝，我们就不会有事儿的。”

“你知道他们会审核‘克努’上那些破玩意儿的。”老奶奶说，“就算是公民也一样。”

“我们能边走边说吗？”我向着南面的田野走去。

其他人紧随其后，还在笑笑闹闹。只要不发生什么意外，我还是很高兴之后会有海拔变化，因为到时候他们都会走得气喘吁吁，顾不上说这么多废话了。

“人们过于高估审查制度了。”琼斯说，“其实全都是人工智能来审核的。它只会寻找关键词。只要不使用关键词，你的信息流就不会被标记，也不会被审阅。”

“不过他们还是会随机抽查。”下巴骨说，“就像设路障检查恐怖分子一样。”

“没你想象的那么随机。”琼斯说，“他们那么说只不过是为了让你保持警惕。我妈妈在公司安全部门工作。她说，只有当你做了坏事，或者公司怀疑你在密谋什么事儿的时候，才会访问你的信息流。”

“他们可能怀疑任何人在任何情况下做的任何事。”老奶奶说，“要是公司安全部门有个家伙不喜欢你，那你就完蛋了。”

“琼斯，你会不会把我们举报给你妈妈呢？”下巴骨偷笑道。

我们穿过了那条小溪然后穿过田野，向前走去。这个位置会暴露我们，但我们不觉得会有人实弹射击。穿过田野的时候，我忽然想起教官没有说过和其他队伍交火会怎么样。那会让你的胜利作废吗？别的队伍是不是已经讨论要怎么给对手下绊子了?

我嘴上不说，但眼睛还是很机警地观察着情况。每走几公里，我们都会用地图来重新定位。这地形很难走，再加上天气太热，虫子太多，就算我们穿着防护罩和结实的靴子也没多大用。我把防护罩的兜帽拉起来戴上，这样能放松一些，也能保持身体的水分不太快蒸发。

我们徒步走了一整天，就位置的问题争论了三次，最后一致同意停下来吃顿饭，再睡一个小时。丛林里的气温已经冷了下来，下巴骨坚持打开了弹出式取暖器——它放在我们围成的小圈子中间，散发热量，但不发光。我们一直开着头灯，分配好了晚餐——都是些平淡无味的即食军粮，你可以加点水让它好看一点儿，也可以直接嚼嚼咽了。不管怎么吃，这东西都不好吃，因此下巴骨把它叫作“敌不理”食物。我觉得他肯定是在克努上查到的，不然他自己肯定想不出这么抖机灵的俏皮话来。

“这些虫子真可怕。”琼斯说，“我打赌火星上没虫子。我们干吗不去沙漠里训练呢？”

“把兜帽戴上吧。”我说，“会有帮助的。”

“我才不戴那个丑帽子。”琼斯说，“戴着感觉像个大蠢蛋似的。”

“你不戴的时候不也是吗？”我说。

“你这是嫉妒我吧，迪兹？”

老奶奶说：“我们都不需要像你那样当个傲慢的混蛋，琼斯！”

琼斯站起来，朝远离热源的地方走去。他的头灯随之摆动，照亮了周围高大潮湿的树木和蜿蜒穿过林下的巨大藤蔓。整个地方都爬满了虫子——他的头灯让我们看清楚那些跳来跳去、飞来飞去、到处叮咬的混乱虫群。一般情况下，我不怎么怕虫。我可是和一只宠物蟑螂一起长大的——它是少数几种妈妈不会杀来吃掉的东西。即使只是养只蟑螂，对于我来说也算是奢侈了。

“你去哪儿啊？”我问。

“上厕所。”琼斯说。

琼斯走进嗡嗡作响的丛林，边走边踩着虫子骂。

“那奖励听起来也没什么诱人的。”下巴骨说，“我们三天不睡觉，就为了换来多睡两个小时的机会？”

“只要证明你能看懂地图，不会死，”老奶奶说，“你就过关了。”

“你怎么知道？”下巴骨说，“你参加过几次演练？”

“这是我第二次参加。”老奶奶说。

“我还以为你只是人老，没想到资历也老。”我说。

“我也才二十五岁，你这个小混蛋！基础教育之后我就参军了，在军队里撑过了五个星期。结果出了点儿问题，只能被淘汰了。”

“为什么？”我问，“你脑袋撞开瓢儿了？还是往琼斯这样的人身上撒尿了？”

老奶奶双手抱膝。我们听到远处传来琼斯吵人的放屁声。不知道他和他的屁股怎么那么多麻烦事儿。

“感觉好点儿了吗？”下巴骨喊道。

“滚蛋！”琼斯闷声说。

“没那种事，”老奶奶说，“我是完成不了第一次降落。”

“什么，就是他们部署你的时候吗？”我说，“他们把你变成光的时候？”

“是啊！就是降落的时候。他们想把我分解掉，但是我分解不了。”

“什么意思？”我问。

“你还没试过，”她说，“除非你试过，否则很难解释给你听。”

“但你好像也没出什么事儿，”我说，“你手脚都好端端的，也没有哪儿出了问题。”

“我只是分解不了，一次都不行，想断手断脚都没机会，连动一下手脚都不行。然而其他人……”她指着天空，“他们都像超级明星一样变成了光束直冲天际。我却还留在地面上，站在那里，靴子踩在泥里，望着天空。我猜是因为我太垃圾了，所以才变不成光吧。”

“我也不清楚怎么会这样。”我说，“我们应该都是……原子之类的东西组成的吧。怎么会行不通呢？我们明明都是一样的。”

“我也不是什么科学家，”老奶奶说，“不过你还记得他们给我们注射的那些破玩意儿吗？那些东西会改变我们，大概就是……改变你的身体，改变它结合在一起的方式。前几年他们又重新制定了新办法。他们重新测试过我，说这次肯定不会重蹈覆辙。我猜有很多人都不明白这其中的原理。差不多就是说，如果你想改变自然规则，把人分解开来再重组，你就需要改变人类的本质。你懂吧？我们就是一群小白鼠。这就是为什么军队喜欢战争。他们这样就有充足的理由投资遗传学研究了。”

琼斯又骂骂咧咧起来，我们听到他笨手笨脚地穿过灌木丛。

“这是什么鬼东西？”他大喊道。

“怎么了？”我问。

“踩到大便了。”

“你踩到自己的大便了？”

“不是啊，该死的。太倒霉了。”

“这是丛林嘛。”我说，“有也不奇怪。”

琼斯“噔噔噔”地回到我们散发着热量的小圈子里，还一边踢开了那些矮灌木。“火星上的社会党人去死吧，”他说，“他们的战争也去死吧！”

“社会党人和公社分子有什么区别？”下巴骨问。

我们都等着，还以为他又要抖机灵。

“你问这个是认真的？”琼斯说。

“是啊。我的意思是，我知道他们是坏人，不过大家好像经常把这些名字混着用。”

“他们都希望你为别人工作，”我说，“他们想榨干你，再把你喂给懒惰的人。”

“这样想吧，”琼斯说，“我们在这里忍饥挨饿、汗流浃背，还得在天杀的丛林里上厕所，都是为了公司。”

“你根本没必要跑到树林里去上厕所。”我说。

琼斯接着说：“你每做五十个俯卧撑，他们就会出去喂饱一些懒惰的‘食尸鬼’。那些家伙什么都不用做，就只是坐在那里生孩子。”

“我全家都是‘食尸鬼’，”我说，“但我们并不懒。”

“好的，行吧，”琼斯说，“你是凭借努力才获得了居留权的。不是所有‘食尸鬼’都是懒鬼。不过，你们都明白的。”

“你是想说大多数‘食尸鬼’都是懒鬼？”我说。

“要不然他们早就摆脱‘食尸鬼’的行列了。”

“那你在参军之前又干了些什么，才帮你赢得了投票权和医疗福利呢？”我问。

“你说什么呢？”琼斯说，“那些当然都是我们凭本事赢到手的。”

“那些难道不是你的曾祖父母挣来的吗？”下巴骨说，“我的意思是，迪兹说得挺有道理啊！”

“我不用捡垃圾，是因为我们一家比迪兹一家干得好。”琼斯说，“那又怎样呢？我们家基因就是好。种子战争的时候也站对了队。生活本来就是不公平的。”

老奶奶嗤之以鼻，“但你又想说生活是公平的——要是每个人都能努力工作，那人人都能享受和你一样的待遇。我爸爸是个居民，我妈妈是个公民。我爸爸总是要为工作付出更多努力，但还是不像我妈妈那样能接触到更多信息和机遇。我也不行。我要靠自己赢得公民权。”

“事情不是那样的，”琼斯说，“你们干吗对我群起而攻之呢？”

“我就是问问而已。”下巴骨说，“我也是想当公民才来这儿的。你说的话也没错，比起一个没资格站在这儿的食尸鬼，我更应该得到公民身份。”

“要是他们愿意把‘食尸鬼’扔到战场上当炮灰，我也没意见，”琼斯说，“我妈妈……”

“你那些妈宝故事我已经听够了。”我说。

我们都关掉了头灯，所以我看不清他的表情。

“我们又不是要分出个胜负，迪兹。”琼斯说，“你干吗不放轻松点儿呢？”

“是战争不分胜负，还是这场演练？”我说，“你到底为什么跑到这里来，琼斯？你给公司惹麻烦了？你妈妈把你赶出家门了？还是你踢球的时候受伤了？”

“你知道什么？”他说，“我也听够你那些心比天高的屁话了！你又不是什么天选之子。”

“你们俩都闭嘴吧。”老奶奶说，“我都听累了。”她在灌木丛边窸窸窣窣地翻了个身。她穿的防护罩，压在睡垫上咯吱作响。

我靠在身后的树上，知道这么做不好。万一有根大树枝或者有条蛇掉到我身上，那我就玩完了，之前训练得有多好都是徒劳。虽然我累极了，但还是气得睡不着觉。我想洗个澡，也想好好上个厕所。我现在明白琼斯为什么要到灌木丛去上厕所了。裹在这套制服里，走到哪儿都拖着一把大枪，会让你慢慢觉得自己很像一个机器人。

我不是故意打盹儿的。我想保持愤怒的状态。为了让自己保持清醒，我想了很多令人生气的事情。我当然很想远离这棵树，但身体背叛了我。这套制服本该是我们人类的超级英雄制服……但如果我们真的都那么强悍了，又为什么会这么累呢？为什么会这么渴呢？他们用我们而非机器人的唯一原因是成本更低。他们会先派我们出战，再派无人机部队。我到后来才知道，原来比起对付无人机，火星人们在杀人的时候还是会手下留情的。

你去想想吧。

老奶奶把我摇醒了。天还黑着，不过周围的声音已经变了，有些动物在黑暗中号叫。

“另一个小队刚刚从我们身边抄过去了，”老奶奶说，“琼斯赶到前面去给他们设陷阱了。”

“设……陷阱？”我说，“他走过去对方会听到的。他那动作跟头熊差不多。”

“他打开了制服的减震器。”

“为什么？该死！”

“是你说想赢。”

“地图在哪儿呢？”

“他拿走了。”

“那指南针还在你手上吧？”

“指南针他也拿走了。我睡着了，还是下巴骨把事情告诉我的。”

“该死，下巴骨！”我说。

“是你非要分胜负的！”下巴骨说。

我试着在脑内描绘出地图的样子，“南边有一道山脊。我们下一步必须爬上去，要是绕着走，得多走五公里。那样会损失很多时间。”

“我好累，迪兹。”下巴骨说，“咱们还是在这儿等他回来吧。”

“我们来这儿不是搞内讧的。我们又不是彼此的敌人。”

“天还这么黑你就想出去？”下巴骨问。

“怎么，你觉得当兵就像参加派对吗？”我问。这话听起来真像教官说的。

我们打点行装，朝着下巴骨瞧见的那支小队的离开方向前进。他们都开着头灯，已经走到前面，差不多有四分之一远了，正沿着山脊往上走。

“是哪支队？”我问。

“是穆妮奥斯带的那支队。”老奶奶说。

我大喊道：“穆妮奥斯！”没有回答。那些灯光的移动也没有发生变化。“穆妮奥斯！小心点儿，琼斯跑到你们前面去了！”

“你干吗暴露他？”老奶奶问。

“因为我们来这儿又不是互相残杀的。我想堂堂正正地赢。”

“迪兹，战争哪里来的堂堂正正呢？”老奶奶说。

“一场演练而已。”

我朝那些头灯跑去，下巴骨和老奶奶跟在我身后。即使穆妮奥斯故意把我们引向错误的方向，那也没关系。琼斯应该会等到看见那些灯光才行动。穆妮奥斯小队的速度没有减慢。我想问他们为什么一直开着会暴露位置的头灯，但像我说的那样——这只是一次演练而已，又不是什么秘密行动。

我们周围的丛林黑暗又潮湿。好黑啊，真的好黑！你如果和我一样在大城市长大，那肯定不会喜欢黑暗，因为黑暗是捉摸不定的。黑暗应该是你闭上眼睛才降临的，应该是你的一种选择，而不是强迫。然而在这里，黑暗是绝对的，只有我们的头灯能照穿它，像暴风雨中的闪电。

我滑进山沟里，没等其他人。前面的队伍加快了脚步。他们肯定没时间睡觉。我想知道他们是怎么坚持下来的，可能穆妮奥斯一直在用尖棍子捅他们吧。

“该死！”那支小队里有人大叫起来。他们的头灯疯狂摆动着，传来一阵踩到树枝和烂枯叶的声音。

我脚下的地面变软了。靴子周围的泥地发出咕嘟咕嘟的声音。我抓住一根粗壮的藤蔓，它在我手里折断了，不过它足以勾住另一根藤蔓。我用那根把自己拉出来。前面的泥浆更稀了，变成了泥水。我沉到齐腰深的地方，打了个寒战，想起寄生虫、食人鱼和蛇。面对它们，我的步枪派不上用场，只希望我的防护罩能阻挡水蛭。

声音变大了。琼斯在吵。穆妮奥斯在叫。

“琼斯！”我喊道，到达了沼泽地的另一头，爬上岸。我以最快的速度跑起来，伸手挡开巨大的树叶和混乱的树枝。

我听到老奶奶和下巴骨跟在我身后。我一不小心摔倒了，膝盖磕在一块尖锐的石头上。我忍住一声痛呼，靠在一棵树上，疼痛沿着腿蔓延上来。老奶奶走过我身边。

“你还好吗？”她问。

“没事儿，继续走吧，”我说，“赶去阻止他。”

她继续往前走了。

我一瘸一拐地跟上她。我离得已经很近，能看到穆妮奥斯和她的小队。他们的脸上都脏兮兮的，一脸疲惫地举着枪。琼斯站在他们面前，像个该死的白痴一样挥舞着步枪。

“嘿！”我说，“把枪收起来！”

老奶奶大步走到两派人中间，伸出手，“大家都累了。我们还是……”

一把枪开火了。

枪声来自穆妮奥斯的小队——起码在我记忆里是这样的。我骂了一句，向后退几步。下巴骨撞到我身上，骂骂咧咧地去摸步枪。

“别开枪！”我说，“别……”

一切都变黑了。他们把头灯给关了。除了近在眼前的东西，我什么都看不见了。

“开枪！”琼斯说。

又响了两枪，都是穆妮奥斯那边开火的。我听到他们穿过灌木丛的声音。琼斯大喊道：“我中枪了！我中枪了！该死！”

“别开枪！”穆妮奥斯说，“谁在开枪？迪兹，是不是你开的枪，你脑子有毛病吧？”

“我趴在地上呢，穆妮奥斯！你管好你的小队吧。”

“我们走了，我们走了。”她说。

“琼斯中枪了！”我说。

“那你们呼叫撤离吧。说不定是他开枪打中他自己了！”然后她的小队穿过灌木丛，又一次离开。

我爬到琼斯跟前。一根折断的树枝扎穿了他的左腿，浑身都是碎叶子、尖刺和鲜血。

“这些都是什么？”我说，“是不是你的……”我抬起头，头灯的光芒照到琼斯身后那具丰满而扭曲的残骸。我认出来那是老奶奶的手，手指短粗，指尖长满老茧。

我朝老奶奶的尸体走过去。鲜血和碎肉在尸体后面的树枝上反射着灯光。起泡的树干暴露在外，好像是被一个巨大的拳头给打烂了。她的步枪离伸出的手只有几厘米远，而插在刺刀旁的那几朵枯萎的紫罗兰，散落在原本应该是头部的地方。

我站在老奶奶残破的遗骸旁边，心里突然冒出一种不理智的冲动——想把她的碎片捡起来，再重新拼凑完整。

下巴骨站在我身后，“我们该怎么办？”

“他们……会派撤离人员过来。”

“你肯定吗？”下巴骨说，“该死。如果他们真的来了，我们现在不是应该听得到动静吗？他们不是在录像吗？再说她身上有生命体征追踪器，他们该知道她死了。我们看到的他们也看到了，会知道是穆妮奥斯……”

“我没看到是谁开的枪。你看到了吗？”

“我……我是说，他们会调查的。”

“迪兹！下巴骨！我的……腿。你们有……”

“对了。”我撕开我的医疗包，把树枝从琼斯的腿上扯出来。他尖叫，血汩汩地冒出来。我把凝结剂塞进他的伤口里。它一与血液接触，就膨胀起来，填满伤口，堵住血流。

琼斯把我给的药片拿在手里。我又给他打了一小瓶药剂，标签上面写着“止痛”，以防万一。

我们那时已经接受过基本的心肺复苏和医疗急救训练了，然而我却很难回忆起其中的内容。

下巴骨蹲在我对面，手上还端着步枪，“我们可以把他留在这儿，然后继续前进。”下巴骨说，“或者你留在这里，我去完成目标，然后回来找你们。”

“但那之后我们还是需要把他背回去。”我说，“这是一次团队演练，而瓦尔加斯已经……已经不在了。琼斯也受伤了。”

“我就留在这儿吧。”琼斯说，“你们也不需要把我背回去。我在这儿就行了，不会被蚂蚁给吃了的。”

“但瓦尔加斯会。”我说。

“他们会派撤离小队过来的。”琼斯说，但声音在发抖，“他们会把她带走的，说不定也会把我带走的。你们去完成任务吧。”

“都怪我好胜心太强了。”我说，虽然这话听起来蠢极了。在琼斯扭动身体的时候，虫子已经开始爬满老奶奶残损的尸体。我几乎都能听到她对我说：“生活就是不公平的，孩子。”

“对啊，确实不公平！”我大声说，接着又对琼斯说：“喂，我还是留下来陪你吧！下巴骨，你去找到目标，在定位系统上标注一下，然后我们两个再一起把他带回去。不会花很多时间的，我们三个一起。”

“但这样我们就会失去很多睡眠时间。”下巴骨说，“而且也赢不了。为什么不就在这儿等着呢？”

“要是在火星上，我们会说出这样的话吗？就在这儿等着？”

“我们不在火星上，迪兹。”

“现在还不在而已。你去吧。”

“我不想一个人去。他们可是朝我们开枪了啊！”

“下巴骨，你是怎么回事啊！”

“你就跟他去吧，”琼斯说，“我对他们来说已经不再是威胁了。他们干吗在我身上浪费火力呢？再说了，我也能开枪，我的手指并没有受伤。”

“好吧。”我说，不忍心再看一眼老奶奶的尸体了。

我和下巴骨又给琼斯吃些止痛药，并把老奶奶的水袋和口粮留给他。

“我们离目标不远了。”我说，“只需要几个小时就能回来。”

“是的。”琼斯说，他朝我露出一个自信的微笑，但他汗流得很厉害，那双惊恐的眼睛里也没有笑意。

“我们走吧。”下巴骨说，“地图上是怎么说的？我们肯定不远了。”

我打开地图，它在我手中发颤。是风吹的缘故吗？然而那只是我自己的手指在发抖。

“我们可能还要走……十一二公里的路。”

下巴骨抓住我的手肘，“走吧。”

我眼前又浮现出教官的脸——像是面带怒容，但更多的是失望，像我爸爸那样。我真的很想赢。下巴骨也想赢。然而我们小队已经有一个人受伤了，另一个死了。

我们赢不了的。我们已经输了。

“下巴骨。”我说，“我们得把琼斯带回去。”

“他们会派……”

“要是他死了呢？”

“我们必须完成目标。”

“这就是目标。”我说，“守护我们的团队……”

琼斯想抗议，但我已经下定决心。我们把琼斯架在中间，痛苦地迈出一步又一步，他的血滴在身后，留下一道反光的痕迹。

我们向前进发，步履维艰，拖着琼斯。他呻吟不已，又踢又叫。对了，我们甚至还停下来哭了好几次。丛林的树冠遮天蔽日，林间日出推迟，日落提早。如果我们就此坐下来，军团会来找我们吗？我又想起那个教官了，想到他骂我们多么不中用、不合适当兵时，吐口水、呵斥的样子，还有脸上扭曲的神情。还有我，挨骂的总是我——我就是个大蠢蛋，连脑细胞都没有。他还会说，既然你们都这德行了，还跑回来干什么？

暮色很快降临到丛林里。我还没看到集合点，就先闻到飘来的香味。火烤蛋白质的香气令人垂涎欲滴，那可是真正的肉，还有麻辣豆泥。我太饿了，肚子抽筋抽得厉害，感觉自己马上就要摔倒了。

我们拐过小径的一个弯，路面已经踩得认不出形状了。班上的其他人聚在渐暗的天空下，围坐在长桌子旁边，有说有笑，像一群参加年终舞会的孩子。旗帜在他们头顶上方飘扬着，上面绘制着一只风格昭彰、耀眼夺目的红色雄鹰，翱翔在湛蓝色的背景中，利爪抓着一簇倾泻出星星的箭矢。

“医生！”我喊道。

几个人抬起头来。两个联络员从集合点的边缘过来，在场地中间接应了我们。他们扫描我们的时候，头戴式设备在左眼中闪烁起来。

“医生就快来了。”其中一个说，“把他放下来。迪兹，哈迪德，去向你们的教官报告。”

“瓦尔加斯呢？”我说，“发生了实弹交火。她中枪了。她……她死在那儿了。”

“你们知道琼斯受伤了，却坐视不理？”下巴骨说，“你们搞什么啊？”

“去向你们的教官报告，新兵。”

我抓住下巴骨的胳膊，拉着他走向临时营房。

教官在娱乐室旁边的办公室里。他的脸转向另一边，没有看我们，长满横肉的左手端着一大杯茶。

“迪兹和哈迪德报告，长官。”我说。

我们敬礼。我都不知道我怎么还站得住——一定是见到教官时，那点儿飙升的肾上腺素支撑着我。

“琼斯还活着吧？”

“长官，”我说，“是的。我们把他带回来了，长官。”

“你们这两个混蛋是唯一失去队员的小队，知道吗？”

我觉得这话有夸张的嫌疑，但下巴骨却说：“长官，我们不知道。我们很抱歉，长官。”

“很抱歉？”教官说，“你们知道在这种理应是非常基础的演练里，我总共失去了多少个傻蛋新兵吗？”

“不知道，长官。”下巴骨说。

“十六个。”他说，“这五年来，我一直努力想教会你们这群新兵蛋子，别开枪打飞自己的命根子，结果还是有十六个不听劝的。”

“想让我们所有人都把自己的命根子打飞，还是有点儿难度的，长官。考虑到有一半人并没有这个器官。”

“闭嘴吧，迪兹，”教官说，“你就别在这儿跟我咬文嚼字了。你才是那个害得瓦尔加斯的脸炸飞的人。”

“长官，我并不知道那一枪是谁开的。你可以检查我们的步枪。我们绝对没有开过枪。是另一支队伍干的。”

“你们没有还击？”

“长官，没有，”我说，“他们是我们的朋友，长官。要是我们也开火了，那只会造成更多的交火。到时候你面前就会再多出两三具尸体。”

“迪兹，如果他们是你的敌人呢？”

“他们不是，”我说，“长官。任务简介没说过我们可以互相射击。”

“也没说过你们不能。”

“长官，现在是您在咬文嚼字了，长官。”

“太对了，我就是！哈迪德，你开火了吗？”

“没有，长官。”他说。

“那你想开火吗？”

“我……长官，我想，长官。”

“那你为什么没有开火呢？”

“迪兹让我不要开火。”

“迪兹是你的队长吗？”

“长官，不是，队长是琼斯，长官。”

“那琼斯让你怎么做呢？”

“长官……呃……他让我开火。”

“也就是说你违背了队长的命令？”

“长官……我很抱歉，长官。那时候……”

“去跟你妈说抱歉去！”教官说，“哈迪德，我看起来就那么像你妈吗？”

“不是的，长官。”

“滚出去吧，哈迪德！迪兹，你留下。”

一股凉气蹿上了我的脊骨。他现在想拿我怎么样？

哈迪德一走，教官就目不转睛地看着我，“你看起来很糟糕，迪兹。”

“长官，我确实很不舒服。”

“你睡觉了吗？”

“长官，可能睡了一个小时，长官。”

“你们在外面做的所有事，都在我们的记录之中。”

“长官，是的，长官。”

“你们这些家伙就是一群能走会说的录影工具而已，你知道吧。我见过太多一天到晚打飞机和觍着脸胡搞瞎搞的小兵们了，比你想象的还要多很多。我都不知道他们是哪儿来的那么多精力。”

我不知道该说些什么，好在我还算走运——或者说不走运——他继续往下说了。

“我也不喜欢你这样的新兵，迪兹。你知道的，像你这样的小兵来这里是为了证明给别人看。有些人会将小队的安危置于不顾。该死的公司还没来得及利用他们，他们就先拿自己的性命来冒险了。不过还是有些小兵，他们能让别人跟着他们。这种人你可以说他是走了狗屎运，或者有个人魅力，或者有某种天赋。我觉得你没别的，就是走了狗屎运。我现在有两条路可以选择。一是让你和另一个你肯听他话的人组队，二是把你当作一个永远不会服从指令的混蛋踢出军团。”

这不是一个问题，我只好继续等他说完。我的两条腿感觉像两根冰冷的石柱，眼皮一直在止不住地向下垮。

“迪兹，你在听我说话吗？”

“长官。在听，长官！”

“去洗个澡吧，你浑身都是血。”教官说，“解散。”

我硬撑着脱下防护罩，把它叠好放在床尾。我没力气爬上我的铺位了，干脆爬到穆妮奥斯床上——她还在外面和其他人在一起。

过了一会儿，她把我叫醒了，递给我一个涂满黄油和芝士的硬面包卷。趁还没有人发现我们把食物拿进了营房，我充满感激地、狼吞虎咽地吃了下去。

“你身上臭死了。”穆妮奥斯说，“去洗个澡吧。”

我总是一阵阵恍惚中做完事情，仿佛喝醉了酒一般。我凭借着本能记忆做完了一系列动作——迈步走到莲蓬头下，打湿你的头，给你的头和脸打肥皂，冲洗，给你的左臂打肥皂……

半夜里，我不知道被谁的呻吟声吵醒了。临时营房里的每个人都累瘫了。一到早上，我们就又要出发，返回门多萨。

我翻了个身，“闭嘴！”我说。

“是琼斯。”穆妮奥斯低声说，“他这样已经有一个小时了。”

“他们不是给他吃止痛药了吗？”

“我觉得他是做噩梦了。”

“那总得有人去把他叫醒吧。”

“太累了，不想动。”

我们俩都躺在黑暗里，周围一百多号人都在哼哼、打呼噜、呢喃、翻身，简直是一大堆装着人类血肉和骨骼的睡袋。我闭上眼睛，眼前又出现老奶奶炸开的胸膛，还有一只惨遭折磨的动物——和某些首页推荐的沉浸式恐怖游戏一样，里面全是寄生虫、外星人或者其他军团的战争。

“穆妮奥斯，你知道我最受不了什么吗？”

“什么？”

“老奶奶淘汰过一次，因为她不能变成光。不过她说军团找出了新办法，帮她解决了问题。她本来会像我们一样被派遣到火星上去，化为一道光芒直冲天际。他们能解决所有的问题，甚至能把我们变成该死的阳光，却不能阻止死亡降临到我们头上！”

“暂时还不行。”

我听到琼斯还在呻吟。“我不确定那是好事还是坏事。”我说。

“我没有开枪打她。”穆妮奥斯说。

“你知道是谁干的吗？”

“不知道。”

“你在扯淡吧？”

“是谁已经不重要了，”她说，“总之是我的小队干的，我没能控制住他们。他们会把我赶出队伍的。”

“他们不会。”我说。

“我没机会进情报部队了。”她说，“他们说得很清楚了。我没可能变成大人物了。”

剩下的话她没有说出口，但我却从沉默中听出了她的意思——“现在我只是个默默无闻的小人物，跟你一样。”

第五周……我们进行了第一次跳跃。

审讯一

受审者：#187799

日期：341 年 6 月 21 日

时间：上午 9 时

房间号：97 号

审讯人：审讯于上午 9 点开始，受审者是 187799 号。这是一份纯录音的记录。请注意，所有关于此对象的记录都属于“仅限音频”。受审者，我们将向你提出一系列问题，请你如实回答，尽你所能回忆。你明白了吗？

受审者：你觉得呢？

审讯人：我需要一个肯定的答案。

受审者：你需要一个尸骨袋儿。

审讯人：作为记录，我接受受审者的回答，认为她已经理解了调查问题。你是什么时候来到圣彼得堡的？

受审者：什么？

审讯人：你到达圣彼得堡的时间，是什么时候？

受审者：（大笑）你不可能得到这个问题的满意答案。你都不知道自己在问什么。

审讯人：不够满意的答案我也接受。你是什么时候到达圣彼得堡的？

受审者：没到吃晚饭的时间。

审讯人：你到达圣彼得堡的具体时段是什么？

受审者：晚饭之前。

审讯人：是谁派你到圣彼得堡的？

受审者：什么？

审讯人：你的指挥官是谁？

受审者：问这个干什么？

审讯人：没有外部干扰吗？

受审者：这是个好问题。

（静音：8秒钟。）

审讯人：你需要回到牢房去吗？

受审者：不，在这儿跟你鬼扯也是一样。不好意思，在这儿跟你聊天也是一样。在这儿聊天，在这儿鬼扯。要么这样，要么那样。

审讯人：你在圣彼得堡都干了些什么？

受审者：照命令办事。

审讯人：谁的命令？

受审者：我告诉你了。

审讯人：你什么也没说。

受审者：是你自己没听，但这不是你来这儿的目的，对吧？

审讯人：你知道我来这里的目的吗？

受审者：中士，你知道审讯的诀窍吗？

审讯人：你就这么确定我是个中士吗？我看起来有那么年轻吗？

受审者：不，我知道你是谁。我也知道这大概不再是你的军衔了，但是我乐意惹怒你。我们之前见过面，不过我猜你还想不起来。我猜你已经没有权限用完整的DNA数据库查我了，是吧？如果我是火星人，那我大概率不会在这里，不是吗？这倒是让我很高兴。我可以告诉你名字、军衔和编号，但那样的话我就要直接去下一个房间了，对吧？我们都心知肚明，刑讯逼供顶多能得到规避风险的答案。只要能结束痛苦，我什么胡话都愿意说。只要你想听，我都能说是你妈派我来圣彼得堡，去用一碗樱桃谋杀你的指挥官。诀窍在于不要打开天窗说亮话，只回答与问题相关的就行了。不要想着编个你自己都圆不了的故事。特内萨纳公司的标准审讯技巧是“准接交结评”——准备与计划，接洽与解释，交代，结案与评估。我先假设你已经完成了准备与计划。现在你正与我接洽，想让我解释并且交代我的行为，以此来弄清楚我是怎么做到的。我知道我们在这步，是因为你还没有直接用上加强版的审讯技巧……那些技巧是最糟糕的审讯者们用的，他们不仅无法从战俘那里获得真正想要的东西，而且还会树立一个终生之敌。要是那些战俘真的还能活着走出去，那他们离开监狱后会散播故事，让新一代的年轻人学会痛恨曾经抓捕和刑讯他们的组织。这是一个最引人入胜也最令人心碎的暴力循环，和虐待孩子的父母是一样的。你知道吗？公司老板虐待孩子的行为被证实能够培养出更忠诚的成年员工。公司告知员工可以离开本公司，去当个“食尸鬼”，或者把自己出卖给别的公司。公司告诉我们有选择的权利，但我们要是选择留下，就必须证明自己。于是我们都变成了压迫者的同谋。这就是斯德哥尔摩综合征……

审讯人：我并没有问你关于挪威的事情。

受审者：斯德哥尔摩是瑞典城市。你知道吧，你这话挺有意思的，好像是故意说错一样。究竟是不小心，还是试探我呢？我时常都会想，生活在战争最后的时日会是什么感觉？我敢打赌那一定让人接受不了——亲眼见到那么多人死于非命或者垂死挣扎，目睹你的整个生活惨遭摧毁。瑞典曾经是斯德哥尔摩的所在地。那座城市的大部分现在仍然在那里。你知道它为什么没有沉入水底，像那么多古老的资本主义据点一样吗？因为北方的大陆仍在不断升高。那里冰封得太久了，冰川下面的土地挤压了数十万年。想象一下吧，地球就像一块被压扁的面包。当冰融化的时候，压力会减轻。每一年土地都会上升一厘米左右。上一个冰川期过后，瑞典有一段海岸线上升了三百多米。有一些古老的定居点以前是靠海而建的，现在却被困在了遥远的内陆。在相对较短的时间内，出现了整个地理状况的改变——很像一个世纪之前海平面上升时太平洋地区发生的事情——这引发的骚乱……让我们卷入了种子战争和公司大战，最终剩下了六巨头。有一门相当有趣的研究——关于法西斯国家的崛起——认为人们越害怕死亡，法西斯就会变得越受欢迎。说实在的，绝大部分企业国家都是法西斯国家，尽管它们会让你相信它们是寡头统治——由一桌桌的有钱老人来制定规则，他们心中满怀人类的最高利益。我们越是感觉到恐惧和失控，就越是指望着某个伟人骑着高头大马或者开着坦克，又或者化身一束光来拯救我们。想让一个真正平等的社会留存下来，如果不能完全消除恐惧，就要懂得驾驭恐惧。想一想……

审讯人：你为什么会来圣彼得堡？

（静音：17 秒钟。）

受审者：不如由你来告诉我吧，中士？

审讯人：我们先来确定一些事实。你在圣彼得堡的塔利昂帝国酒店投放了一个燃烧装置。我们知道是你做的，因为装置启动的时候，你就站在酒店外面的一辆车上，还直呼了特内萨纳公司总裁的大名。如果他没有下榻在那间酒店里，你和我肯定就没有机会在这里谈话了，你会被当场击毙。但他确实下榻在那间酒店里，这让我相信你在我的团队里有内线。没有其他人知道他住在那里。我以为你是想故意被抓，但你又从安保部队手下逃走了，我们不得不把你从废弃的地窖里翻出来。为什么先自曝身份，然后又逃跑了？是谁派你去的？

受审者：我差点儿直呼了你的名字，但又觉得你没那么重要。不过说出他的名字，你也会像他的狗一样循声而来。我喜欢大喊出"马丁阿爸"，这个名字起得像一群人起哄说，"嘿，我们给公司的最高领袖取个慈祥的昵称吧！"简直是这类名字的典范，我第一次听到就忍不住笑出声了。给他取这个昵称是你的主意吗？

审讯人：在城郊，我们发现了一艘废弃的火星飞船，里面到处都是你的 DNA 和指纹。你让我们对此怎么办呢？

受审者：我也不知道。你才是情报部门的人。

审讯人：所以你是火星人？是火星人派你去圣彼得堡恐吓我们的总裁？或者传播其他的传染病？我们怀疑你还是在城外点燃火炮的纵火犯。火势蔓延了，很多无辜的人失去了他们的家园。战争到了这个节骨眼儿上，我们手头上没有资源去扑灭这么大的一场火。这完全就是一种恣意破坏。大张旗鼓地纵火，是火星人的命令吗？

受审者：哦，在这儿等着我呢？我可没那么说，对吧，中士？

（静音：5 秒钟。）

审讯人：你的燃烧装置上写着一个名字，"哈尔"。那是什么意思？

受审者：只是个小笑话而已。你还记得什么是笑话吧，中士？我一直希望你能多一点儿幽默感。也许是在火星上的这些年教会了我地理和历史之外的东西。你知道火星上没有任何媒体遭到禁止吗？当然了，他们只允许我读书和听音频，不能用沉浸式设备。货真价实的书，想想看吧！甚至还是纸质书。这是多么奢侈啊！坐在十米长、十二米宽的牢房里，你可以读完很多书。

审讯人：你是个囚犯？为什么？你当了逃犯？这就是你离开火星的原因吗？你是想逃到圣彼得堡？为什么要选择这座城市，为什么要恐吓我们的总裁？你到达圣彼得堡的确切时间究竟是几点？

受审者：我该到的时候就到了。

审讯人：结束审讯。

（一号录音结束。）

8

我从最开始就期待着第一次去形态化降落。这个开始也许也是一切的终点。

强制训练的第五周我们才有这个机会。听说老奶奶没办法部署降落之后，我必须得承认，我很惊讶军团第五周才让我们首次尝试降落。他们难道不想早点儿知道我们能不能受得了吗？

第一次降落，是降落训练……他们把我们带到一个场地里，相隔一臂远站好。我们都拿到了一张写明规则的清单，上面有不少要遵守的规矩。举几个例子：

1. 一旦降落程序开始，不要移动。
2. 不要摘下头盔。
3. 到达最终地点并完全显形之前，不要使用通信设备。
4. 回到基地的降落点之后，立刻响应医疗小组的要求。

他们甚至搞了一套必须通过的测试——先给出你的名字和军衔，再展示双手；场地上有一个 LED 屏幕投影，你要读出上面的一个闪烁的数字。总之，医生们会用各种各样的伎俩来确保回来之后的你还是你，没出什么问题。

我记住了所有的指令。我记得自己排好队，忍不住地发抖，担心不管怎么谨遵规则，回来的时候还是会出问题……

然后……

炙热。喧嚣。我自己的呼吸声响彻耳际，连带着心脏跳动的声音。

这只是一次降落测试，但落地的时候还是出了不少问题。我记得因为我的肺还没有成形，所以拼命喘气却吸不进空气。两个新兵降落在了同一地点，开始相互融合，好在千钧一发之际技术人员救下了他们。他重新定位了其中一个人，赶在完全融合之前，把她放到其他地方。这一次的险象环生把我吓坏了。我跪倒在地上很久都起不来。之后的事情……我失去了一大块记忆，只记得更多的炙热和喧嚣。那之后我听说他们在我们头顶上开火了，还发射了炮弹——看来我记不起多少也未必是一件坏事。

之后我们都要隔离四十八个小时，这样军团才能确保我们身心无碍。他们抽了很多血。让我们进行了不少认知训练，还有体能测试。有个孩子没能活下来——当我们降落回到基地时，她的降落出了问题，头从躯干中间伸出来了——还有一个新兵没办法通过之后的认知、体能测试，所以只能提前退役了。毫无疑问，以后等待着他的只有刷不完的厕所。

我虽然记不清那次降落的事情了，不过我至少活了下来，没有缺胳膊少腿。

第六周我们就毕业了。当时报名的总共有一百三十七人，现在有一百一十九人成功毕业了。毕业那天，我们喝了个酩酊大醉，正如穆妮奥斯所愿。

然后我们各自得到了分配。

命令出来了，我们各奔东西。我到了拉巴斯[1]的一个基础设施部门，干一些对我来说更像案头工作的任务。穆妮奥斯和琼斯去了列斯科岛[2]，加入一个积极备战、面向前线的排，很快前往火星前线了。

当我对职位提出质疑时，负责职位分配的长官说："降落之后，你反馈的分数不太好看。"

"那是什么意思？"我问。

"意思就是后勤部的技术员们说你应付不了降落。"

"可是训练的时候他们什么也没说啊。"

"你通过了，"她说，"你的得分也还行，但这种事时有发生，并不是每个人都是那块料——适合拆解开来，你懂我的意思吧？"

"我比这里任何人都更合适。"

"我又不是制定规则的人，"她说，"我只是强制执行的人。你就继续请求调职吧。我们……时不时会有一些人员损失。虽然你的评级不高，但还是可能会有职位向你开放。这不是我见过最糟糕的评级。"

[1] 拉巴斯，玻利维亚行政首都。

[2] 列斯科岛位于智利的麦哲伦省。

“我能看看文件吗？”

“你要求查看的是公司机密信息，请恕我无能为力。”

我不太记得那次降落训练也许是件好事，但我想知道他们究竟为什么会认为我不合格。

服役的头六个月，我参与重建了被火星人炸毁的基础设施。我走遍了特内 - 西尔维亚的领地，甚至还参加了几次与伊芙康公司和辛哈纳公司联合展开的行动。穆妮奥斯和琼斯都尽量和我保持了联系。他们有很多降落行动是保密的，而且经常隔离。困扰我的不仅仅是无法参加战斗——我受训是为了参战的，而不是为了挖沟的——还有孤独。

我和我的排相处得很好，但是心知琼斯和穆妮奥斯在前线，我却不是在他们身边掩护的人，心里就越来越不好受了。我每六周都会递交一个新的调职申请，每一次上级拒绝之后，我立马递交新的上去。

“我来这儿不是为了做数据输入工作的。”有一次我们都有时间联络，我对穆妮奥斯说。她那个聒噪的排在后面大喊大叫。我感觉他们好像是刚刚大战凯旋。

“不过你可以更快获得公民身份了，”穆妮奥斯说，“还有一份真正的职业。在前线真的没什么意思。他们把你当成一坨肉来对待。”

“我还是觉得你各项成绩都很棒。你每堂课都得了优。”

“那都没什么用了。”她说着，叹了口气。我看到她背后有张熟悉的脸。

“那是下巴骨吗？”我说。

他挥了挥手，“嘿，迪兹！”

“不是吧，下巴骨和琼斯都在你那儿？”

“超幸运的，”穆妮奥斯说，“只有他们俩够蠢，能加入我的排。他是昨天才调来的。你什么时候来？”

“我会去的。”

那段时间，我也没少打听其他朋友的下落——安德里娅和鲁本发来的消息最多，其中大多是安德里娅发的。她首次降落就得到了擢升，还带回来了一把火星上的土壤。她把土扔到一瓶水里面，一边喝一边拍了个视频发给我。

“很好喝！”她在那个呆头呆脑的排前面宣布道，不过脸上的表情已经出卖了她。我能想象她喝完马上就觉得恶心了。

我试着去寻找那天在招兵办公室排在前面报名的几个人。我知道加西亚和奥维尔已经淘汰了。我失去了和马赛、泰蒙的联系——即使他们还活着，也很难再找到了。

我想，除了穆妮奥斯的排，其实也可以申请调去安德里娅的排，但那样感觉不一样。当你和某些人一起经历了人生中最艰苦的磨难，你们之间会产生一些变化。在那之后，你们会变得比家人还亲。没有什么能比得上患难见真情。

如果我从来没有追求过上前线，这场战争的面貌会很不同。我知道这点，但是当我的坚持最终有了回报的时候，我能想到的只有自己和即将经历的战争。我想和信任的人一起并肩作战——即使有时候他们和琼斯一样混蛋。

经过了六个月的调职申请，我终于获准加入了穆妮奥斯的排，感觉幸运得像中了某种人生彩票。不过结果不像我所期望的那样，无论是对我还是对穆妮奥斯。

造化弄人。

当我来到列斯科岛的时候，指挥官把我分配到了穆妮奥斯的队伍。穆妮奥斯是我们指挥官手下的三个火力小队之一的班长。琼斯和下巴骨都在她的队伍里，还有一个瘦高的女人——大家都叫她小爆竹，她声音响亮刺耳，指节上文着交叉的图案。

“是你把我要过来的吗？”我一边问穆妮奥斯，一边把东西扔进床架上。小爆竹和穆妮奥斯一起坐在对面床上，正在擦她的靴子。琼斯和下巴骨出去查看私人消息了。

“上次降落真的很惨烈，”穆妮奥斯说，“军团给我们找了六个什么都不懂的新兵补上失去的人。他们没一个见过战斗。我至少知道你是个不错的神枪手。”她的眼神变得不一样了，她拥有了人们回忆过去时飘忽的眼神。“这可能就是上面终于同意你调过来的原因吧。我是这么想的。”

小爆竹说：“只不过是给绞肉机里多添点儿肉。”

“我是为了战斗来的。”

“我看这家伙也就两次降落。”小爆竹说。

“什么意思？”我说。

“她是说，估计两次降落之后你就没命了。”穆妮奥斯说，“我们都降落过七次了。”

“我降落过二十八次了。”小爆竹说。

“那你怎么还没当班长呢？”我问。

“我人缘没那么好。”小爆竹露出牙齿，她的左边门牙不见了。

“我们失去了很多好战友。”穆妮奥斯说，“你还记得莫斯科维茨吗？他跟我们一起参加过强制训练。结果他第一次降落就死了，在火星上一个该死的弹药工厂里显形了！你敢信吗？”

“我很抱歉。”我说。

“不是你的错。你准备好面对这些了吗？我的意思是，你也可以回去多修几座桥。”

“我宁愿待在这儿。要是我炸了，你可别太伤心，穆妮奥斯。”

“你想得倒美。”她说，然后露出了我记忆中的笑容，“你饿了吗？”

穆妮奥斯把我介绍给排里的其他人。普拉卡什是个瘦削的年轻女人，笑容来得快去得也快，微笑起来很随和，她和穆妮奥斯一样是个小个子；还有一个魁梧些的家伙，赫雷拉，他是另一个小队的专业兵。

“那边的帅小子叫田中。”穆妮奥斯说，指了指餐厅里的那个人。我猜和他坐在一起的人们是他的小队。一般情况下，我对穆妮奥斯的看法都不敢苟同，更别说对男人的品位了，不过这一次她可能说服了我。田中又高又瘦，有一张和蔼的脸庞——我没想到在一个火力小队的领头兵脸上还能看到和蔼的神情。他有着粗糙的胡子，头上的沙质头发也长出来了。

“他的头发是挨了高射炮吗？”我问。

“他那是打赌输了。”穆妮奥斯说。

我们排的指挥官是瓦伦苏拉少尉，但我们只叫她指挥官。她属于那种矮小而敦实的线卫类型。我想她如果做仰卧推举的话，一只手就能把我们一大堆人给举起来。虽然她很有气势，但其实并不比穆妮奥斯高多少。她和所有高阶士兵一样，有着一张看不出年龄的脸庞——可能三十岁，也可能五十岁——她是哪个岁数都不会让我吃惊。

“今天，你们中的一些人将会第一次在战场上见到敌人。”指挥官在我们第一次任务简介会上说。我试着尽量不自傲。我应该把所有事情都当作一次训练。被分解成光之后，我不会只看到黑暗——至少这次不会——我不会发疯，也不会吓得尿裤子。

“你们可能会吓得尿裤子，”指挥官说，“那也没关系。防护罩会帮你们吸干净的。这是一次火星侦察任务。你们会为主要任务做后援。这意味着你们不能开枪，除非我让你们开枪。在你们开始过度呼吸之前——没错，你们可以呼吸火星上的空气，但是它像珠穆朗玛峰上面的一样稀薄，所以我把你们都放在坦克里——让氧气管保持通畅，好好用起来。别想着逞英雄。你们都受过训练。我建议你们把训练学到的东西都用上。别互相把头打爆了。唉，这群人里太多菜鸟了。”

琼斯受了轻伤，不能参加行动——在庆祝我的到来和即将展开的第一次战地降落时，他喝多了酒，摔下了楼梯，摔断了一条腿。我们的医疗队很不错，他只需要卧床休息几天就没事儿了。训练中的大部分骨折都可以在几天内完全愈合。

“替我去杀个火星人吧！”他躺在铺位上说。他被安顿在某个沉浸式设备中间，有一长串的康复训练清单。这些加起来不过是三天的轻微工作。我还从没见他这么焦躁过。

指挥官从另一队里抽调了一个经验丰富的士兵——专业兵阿巴斯卡尔——编入了我们的小队。阿巴斯卡尔服役差不多有三年了。我想她应该和老奶奶差不多大，二十几岁。虽然她们两个看起来一点儿都不像，但她出现在我们的队伍里，还是让我想起了强制训练期间那一晚的交火。排队的时候，我盯着她的后脑勺儿看——剃光的脑袋上文了两条互相争斗的蛇。

“你要是再看一会儿，它们就要咬你了。”阿巴斯卡尔说，她并没有回头。

“很漂亮的文身。”我说。

“我还有更多。”

“真的吗？”

“从战场回来之后再问我吧。”

该死，她也太难搞了！

他们把我们塞进一艘运输飞船里。有那么一会儿——即使知道这种事情不会发生——我还是觉得我们要和飞船一起降落到火星上去。我穿着制服汗流浃背。

“他们为什么要用飞船来载我们呢？”我问穆妮奥斯，“这不是违背了隐蔽的目的吗？”

穆妮奥斯做了个鬼脸，“这是以防万一。要是敌人破坏了降落程序，那就会跟核弹爆炸差不多。”

“变成血雾。”

“不可能的，”小爆竹说，擦拭着步枪上的一些看不见的污点，“你剩下的那点儿渣渣连血雾都变不成。”

运输飞船在发射点把我们统统放了出来。

我们跑下飞船，站到一片岩石滩中央。飞船并没有开很久，所以我们肯定没走多远，但是这里的天空更明亮，空气也不一样——更清新，可能吧。寒冷的极地空气，像直接从氧吧里出来的。我想我们是不是来到了位于南极洲的一个基地。我知道三个企业军团在这里有地盘。我上次还听说，这里是安德里娅和鲁本派遣到火星时的出发点。

他们让我们排好队。指挥官举起一只手臂，发出一个我们马上要分解成光的信号。

我强迫自己把注意力集中在地平线的一棵光秃秃的树上，试着像他们教过的那样让自己心无杂念，什么都不想。我的肠胃搅动着，空气燃烧起来。我知道怀中的武器是用来杀人的。

我们头顶的天空爆炸了。

当你降落的时候，分解的感觉像……呃，首先，你整个身体都会颤抖。然后，每一块肌肉都会紧绷和收缩，好像正在经历一次自内而发的全身肌肉痉挛。指挥官说，这种感觉像你快生孩子的时候经历的一次宫缩。如果这话是真的，仅仅宫缩一次能痛成这样，那我真不知道每一个生过孩子的人怎么还没痛死——这真的太要命了。

之后你整个身体都在震动，因为你体内的每一个原子都在被撕开。像那些科幻剧里面那样，你会分解开来，但这过程并不是很快，也不是无痛的，而且还能体会到什么是真正的度秒如年。

你已经没有身体了。你无处可去。

你成了一束光。

9

当我们的身体开始重新聚集的时候，我本以为会呼吸到稀薄的空气，轻轻松松地跳出一大步，还会看到火星上红色的群山。然而我们连脚都还没来得及显形，就招来敌人的炮火。我们当场把十几个敌人轰成灰烬，尽管连东南西北都还找不着。该死的通信还处于掉线状态！

我平躺在地上，不知道这些实弹是从哪儿来的。翻卷的棕色沙土之间，厚重粗糙的蟹草上布满车辙。我望向天空，在我看来，它蓝得有些过分了，这可是在火星上。确认了所有的身体部位都还正常后，我想用我们班的通信频道呼叫穆妮奥斯，但找不到她的呼叫信号。

突然，我的显示器上出现我们班战友的呼叫信号和位置。我感到一阵头晕目眩。琼斯当上班长了。这让我立刻不知所措。他本来应该待在基地里，舒舒服服地躺在那些沉浸式设备中间才对。

越来越多的人上线了，但形势没有变得更明朗。普拉卡什的名字出现了——我看到她在左前方，纤细的身躯在晨雾间若隐若现。没错了，那绝对是普拉卡什，不是下巴骨。

阿巴斯卡尔和小爆竹也不见了，取而代之的是两个我不认识的人——一个高个子女人，标注的名字是奥玛拉斯；还有一个壮汉，名叫马里诺。我回想了一下在基地的时候穆妮奥斯介绍给我认识的所有人。我不记得有这两个人，但这也说明不了什么。

“我们在哪儿？”我在班级频道里问。

“等待模式，”琼斯说，“他们搞砸了。准备撤离。”

“什么？”

光芒闪过。

一抹红色掠过我的眼前，好像这个世界撕裂了。

我也撕裂了。

该死！

我们来到一片香蕉地，立刻开始交火。我这次乱开枪了。我们的步枪烧穿了一些香蕉树，它们细碎的残骸洒向一大片烧焦后的烟雾。当你一来就发现自己卷入了一场战斗中，难免会感到迷惑。有时候你的身体还没聚集起足够多的部分，能量武器会直接射穿过你。有时候你聚集得足够多，然后敌人才打中你，那你可能会因肉身被毁而死，也可能会被打散全身的原子，变成虚无——你会变成一个游魂。

我见过很多人都被打成了游魂。

我完全聚集成形，开了一枪。开枪的时候，我好像看到了教官的脸。

我击中了一个外星女孩——香蕉农场里的某个平民。她只是个小孩。我听到灌溉水渠的另一边传来她和她妈妈的尖叫声。他们全家都尖叫起来，因为我击中了她的双腿。

“停火！停火！”指挥官在我们排的通信频道上吼道。

我躺在地上，脸贴着枪托。

“迪兹？”是琼斯，他在班级频道上叫我。

该死，他不该在这里！肯定是那些搞后勤的家伙弄错了。

“大家都去哪儿了？”

“别再吓得尿裤子了，迪兹，”琼斯说，“普拉卡什？”

“还活着，准备好去干死火星人了！”她说。

“奥玛拉斯？”

“在。”

“马里诺……马里诺，快回复我，你这个混球！”

“好的，好的。我在执行清理任务。”马里诺说。他听起来像个职业军人，事事都要证明给别人看，“这次他们搞对了吗？”

我们聚集在琼斯周围，他竟然被列为班长。我被炸裂的香蕉树绊倒了——熟透的果实掉进壤土里碾碎成了污泥。其他队伍也在行动，检查自己的损失。我没看到指挥官，但她的集合点显示在我的导航设备上。

“这里不该有平民的。”琼斯说。他凝视着农民一家和那个尖叫的女孩，他们在沿着土路大约一百米远的地方。

“我不明白，”我说，“穆妮奥斯呢？”

全队都转向我。他们戴着的防火头盔遮住了脸，我几乎有点儿庆幸他们没露脸了。我能想象出来他们这种站姿下会露出什么样的表情。

“我看你脑子出问题了，还是多花点儿时间去看心理医生吧，迪兹。”琼斯冷漠地说。

我的通信上线了。我低头向左一看，加密的任务示意图出现了。

我看了一下任务简介。任务已经更新过了，不再是一次火星探测任务。

我想和全班人核实任务，想问问他们我是不是疯了，但琼斯调侃我去看心理医生的那句话让我停顿了一下。我是不是错过了什么？一些很明显的事情？我的头戴式显示器说，火星人在北美洲南部坎克鲁什科夫公司的地盘上建立了一个平民城镇，我们的任务是去那里搜寻颠覆分子。简介说得很清楚。是我自己记错了吗？

“什么乱七八糟的！”马里诺说，“简直就是去给外星小孩擦屁股。”

“集合点就在那里。”琼斯说，“我们去指挥官的位置。”

我闭上嘴，照吩咐做了。我记得教官告诉过我要服从命令，也记得不服从命令是什么后果。放松点儿，迪兹。我对自己说。我会把整件事情搞清楚的。现在只不过是有些事情搞错了，仅此而已。

我们和排里的其他人一起在这个平民城镇的镇中心集合了——所谓

的镇中心其实充其量是一条大街。我又试着呼叫穆妮奥斯，以为她会在高一级的频道里，但她还是不在。下巴骨、小爆竹和阿巴斯卡尔也不见了。有些新名字填补了他们的空缺——马尔卡什、莱希特纳、桑多瓦尔、兰登。我不知道他们是谁，也无法确定是不是技术故障，导致我的头戴式设备上的名字显示错误，毕竟他们都藏在不透明的头盔后面，我看不到他们的脸。穿着坎克鲁什科夫公司工作服的两个排从街道另一头走过来，他们边走边踢开两旁房屋的门。我们排抓到了两个俘虏——两个高挑瘦弱、有着黑发的火星定居者。他们穿着牛仔裤和T恤衫，其中一件衣服上写着“我爱我的总裁”。这玩笑可开不起，孩子。有人拿走了他们的保护镜片，那是用来保护眼睛不被太阳灼伤的，这里的阳光比火星上更强烈。这些镜片也像我们地球科技一样可以作为联络显示器。摘掉他们的镜片，不仅能让他们眼盲，更能切断他们的通信。

“你们跑到哪儿去了，琼斯？”指挥官问。

“只是稍微绕了下路，长官。”

“绕路？你们明明有导航设备。还是说有什么故障是我应该知道的吗？”

“没有，长官。”他说，“只是，您知道的……我们带着‘倒霉蛋迪兹’。”

“长官，”我说，“有一个平民中枪了，就在那边。”

“你怎么回事啊，迪兹？”她说，“我们会派一个医疗人员去那边看看的。”

坎克鲁什科夫公司的那两个排在镇公所外面和我们会合了。他们又带来了六个叛乱分子，都被捆起了手，瘦削的脸庞上的镜片也摘下来了。他们都还是年轻的小孩，比我们都小，脸上坑坑洼洼的，该去看看牙了。地球上的火星定居者不属于居民、公民，甚至连“食尸鬼”都算不上。他们会给公司交一份“什一税”，而他们的基础医疗和人道主义权利基本上靠自治。

我们的指挥官过去跟另外两个指挥官商量了，而我们越过各自俘虏的头顶互相看着。

“琼斯。”我开口道。

“闭嘴，”他说，“什么都别说。”

“起码告诉我穆妮奥斯去哪儿了吧。任务是不是在降落之后改变了？那也没关系，只不过我看简介里没提到这一点。”

“闭嘴啊，迪兹。你能不能……我们先在没人死掉的情况下完成这次任务好吗？等回到基地，你想说什么都行。别在执行任务的时候说这些胡话来吓唬人。”

我完全不明白他在说什么，但他是班长，所以我还是收回了我的反驳，像他说的那样，等回到基地再提问，不过到时候我一定要得到解答。强制训练的全部目的就是让你停止提问，我想此刻它起作用了。

当指挥官们得知这片区域的危险消除后，我和普拉卡什以及医疗人员一起回去帮助被我打伤的那个外星人，不过其实没必要了。她没机会再走路了，除非给她安上一个假肢，但这种医疗福利只有公民才能享受。该死！这些火星人连牙齿长歪了都没办法矫正。

我只开过一次枪。然而一次就已经造成了这么严重的后果。

女孩尖叫不已，我站在她身边，一直努力回忆训练过程中，他们用沉浸式设备给我们播放的恐怖场景——关于火星人是如何饿死自己的人民，夺走他们的自由意志。他们是外星人。他们是敌人。

普拉卡什和我还有医疗人员一起往回走。“你看起来有点儿怪，迪兹，”她说，“我是说，比平时还要怪一点儿。是不是那个外星人的事让你烦心了？”

“没有。”谎言的味道尝起来真是苦涩。圣骑士可不会说出这种谎话。

普拉卡什揉了揉她的左臂，又晃了晃它。

“你受伤了吗？”我问。

“没有。降落的时候有点儿不对劲，就是有点儿疼，感觉怪怪的。也不是什么大事。”

“你跟医生说了吗？”医生走在我们前面。我们说话用的是双向频道。

“别担心了。”她说，“没有影响到战斗。再说这个区域的危险都清除了。”

我们靠导航回到了我们排等待传送的地方。俘虏移交给了坎克鲁什科夫的部队。我又看了一遍显示器上面这个排的人名单——依旧故障，依旧是新名字，还是没有穆妮奥斯。

“准备撤离。”指挥官在排频道上说。

我们排好队——跟自己两边的士兵保持大约三十厘米的距离——拿好了武器。琼斯站在我左边，奥玛拉斯站在我右边。普拉卡什站在我前面，还在挠着胳膊。

“别动了，普拉卡什。”琼斯在我们班的频道上说。

这是我们排最脆弱的时刻之一，可以媲美第一次在场地上显形的时刻。坎克鲁什科夫的一个排站在前面的一个山坡上，据说是为了保护我们的安全，但我真觉得如果他们公司认为可以逃脱罪责的话，就算把我们当场蒸发了也不奇怪。

“我的胳膊出了点儿毛病。”普拉卡什说。

琼斯说：“等回基地再处理吧。现在先保持住，等待传送。”

我们的身体开始震动。

我咬紧嘴唇，虽然知道不该这么做。你应该冥想才对，但我一直都不太擅长冥想。我盯着普拉卡什的后脑勺儿，试着把它当作一个集中注意力的点。

“该死！”普拉卡什说。她的整个身体颤抖了，结结巴巴想说点儿什么，又戛然而止，像投影上一幅破碎的画面。她前一秒在那里，然后不见了，接着又出现了。

我们其他人都在震动。

“保持！”指挥官说，“保持住，等待传送。冷静一点儿。”

疼痛涌上来了，还有大幅度的收缩。

普拉卡什一眨眼不见了，然后又回来了。她的左臂一直在身后扭来扭去，现在又像蛇一样钻进躯干，从胸前伸出来，手指痉挛着。她在班级频道上发出的声音简直不是人类的。她的嘴扭曲到了一种不可思议的程度。

我们分解开了。

我耳畔还回荡着那个外星女孩的尖叫声。

10

我们显形了。

原来是我在尖叫。我四肢着地，对着脚下的碎草都快把肺给吼出来了。

“迪兹？迪兹？”是琼斯的声音。

有人抓住我的头盔，把它从头上拉开了。的确是琼斯。他膝盖着地，跪在我旁边的泥地上，脸上露出恐惧和忧虑的表情。除了担心他自己的小命之外，我还没见他对别人的生死这么关心过。“你还好吗？你回来的时候没出事吧？给我看看你的手指，迪兹。”

我举起双手。琼斯给我一个大大的拥抱。我倒在他身上，依旧抖得很厉害。

“是那个迪兹吗？”指挥官把琼斯拉开，用一只小手电筒照我的眼睛，“名字，军衔。”她说。

“迪兹，”我说，“列兵。”

“你跑到哪儿去了，列兵迪兹？”

“我……我不知道。”

“我们做得很好，”琼斯说，“你也非常棒。我们所有人都健全地回来了。”

“普拉卡什呢？”我说。

“啊，想我了吗？”普拉卡什说着，把护目罩往上一推。她站在指挥官后面，对我微微一笑，“难道是因为我在火星上救了你的小命吗？”

“啊？”我说。

“是人家迪兹救了你的小命才对吧。”琼斯说。

“说够了吧，琼斯。”指挥官说。她的头戴式显示器屏幕滚动着，在左眼里闪烁。“后勤部想见见迪兹。迪兹，你听到了吗？情报和后勤部门想见你。他们现在就派人下来。你要保持清醒。”

琼斯走开了。普拉卡什摘下她的头盔。两个医生正在检查我们排的情况。一辆车载着两位科学官和一位下士从基地下来了。我想这些家伙是冲我来的。

“列兵迪兹，你能告诉我们火星上发生了什么事儿吗？”坐在我对面的是一个棱角分明的女人，和所有长官一样，有着看不出年龄的脸庞，浓密的眉毛像毛毛虫一样趴在眼睛上面。她说话的时候，我只顾盯着她的眉毛看。她介绍自己是奥尔特加中尉。

“我不记得了，”我说，“很抱歉。我的降落分数不太好。你们不是都有录像吗？”我想告诉她其实我还没去过火星，但大肆张扬这种事情似乎不是什么好主意。我还没反应过来在香蕉田里打伤女孩的事情，他们又在这儿跟我说什么我没去过的火星上的事情。

“我们想知道的是你还记得些什么。”

狭窄的房间涂成了柔和平静的蓝色。我知道墙后面肯定有人看着，但说不出他们藏在哪面墙后面——几面墙都有着平坦空白的表面。

“我记得……分解开的时候，还有回来聚集成形的时候。”

“你回来的时候一直在大叫。”

“我的录像不是应该……”

“列兵迪兹。”她轻轻敲了敲我们中间的金属桌子，我一下子紧张起来。她没有泄露其他观看人的位置，目光一直停留在桌子上。我想她一定是在和他们商量，低着头是为了不让我看到头戴式显示器的闪烁。

“这些是我们能告诉你的。我的确有你上一次火星战斗任务的表现记录。你表现得很不错，所以我几乎可以原谅你第一次降落时犯下的错误。”

“第一次？”我说。

“别装傻了，迪兹！人都死了。”

我慢慢靠回到金属材质的硬椅子上。

“让我想不通的是，迪兹，每一次你的医疗记录反馈，都显示细胞结构衰退得比预期快很多。这可能就是你得不到一线降落批准的原因之一。我可以相信你在某几次降落后的确什么都记不起来了，但我只是勉强接受这个说法。这是我们第二次面临这种问题了。至少这一次……比第一次好。要不是战争处于现在这个关键点上，我肯定建议把你禁足，但眼下我们需要用上手底下每一个好士兵。要是再重新部署你一次，嗯……也许你会想起些什么。如果你想起来了，一定要告诉我们。”

“要是再重新派遣我一次？”我说，这似乎是最安全的提问。

她的头戴式显示器灯熄灭了。“你还是需要通过心理评估。”她说，“来吧，迪兹。这也不是你第一次经历了。”

他们把我送去心理评估了。我猜他们也把我们班其他人送去评估了，不过很明显，我们对上一次降落任务的记忆大相径庭。每个人应召前都去进行了一个基本的心理评估，但那次的感觉跟这次不同。他们把我们送回基地之后，我和排里的其他人一起住进一间即将拆除的营房里，进行四十八小时的减压和隔离。营房里没有时钟、没有直播，完全与外界隔绝，只有些能听读的东西，还有沉浸式设备和游戏，再就是很多健身器械。我们回来之后的第一天，我跑了跑步机，还做了射击训练。我没有任何能联系到外界的通信系统，没办法询问关于穆妮奥斯、下巴骨或者小爆竹和阿巴斯卡尔的事情。我又不敢问排里的任何人。我只能闭上嘴，细心听。这又是妈妈给我的一个好建议。人们总是想找理由把“食尸鬼”关进监狱或者干脆杀掉，所以你要保持安静地观察，把头低下，要有礼貌。虽然他们可能还是会杀掉你，但也许会先杀别人。

第二天，我遵命去看心理医生了。

“怎么样？”琼斯先看完心理医生回来，我问他。

“照着任务简介来就好了，”琼斯说，“特别是你。”

这份简介是我回来之后唯一能详细研究的东西。虽然没有权限访问我们的表现或者我们排的录影，但不管上一次的任务是什么，我总是可以查看简介。上次任务不是一次火星探测任务，也不是北美洲南部的一次叛乱者围捕。我们执行的是正面对抗的火星战斗任务——在重炮火力下夺回一处基地。我完全不记得有这种事情，倒真希望自己记得，听起来很厉害的样子。

“但我不记……”我说。

“相信我。”琼斯说，“照着简介来。”

我们的一个联络员站在走廊里冲我招招手，“迪兹！”

联络员把我送到一个没有窗户的房间里，墙壁涂成了淡蓝色，像知更鸟蛋的颜色。一棵巨大的灌木占据了房间的一个角落。天花板上衬着的一层 LED 屏幕显示出一幅画面——阳光从鲜花盛放的樱桃树枝头洒落下来，树枝轻颤着，似是有风拂过。我喜欢这幅景象，它令人心旷神怡。毫无疑问，它确实应该放在这里。很多娱乐室里面都有这种屏幕，我们的隔离营房里也有，它们会给你一种身处室外的错觉。我觉得我们是被安放到了地下的某处，有人为了鼓舞士气才把这个画面放在这里。一张像是人造的矮木桌前面，放着一张米黄色的沙发和一只配套的椅子，彼此相对。我在沉浸式设备里见过很多士兵和心理医生的谈话，知道我应该坐在沙发上。我直挺挺地坐着，双手放在膝盖之间——照着简介来就行了，琼斯是这么告诉我的。

门开了。我条件反射般地站起来。

进来的是一个小个子女人，闪亮的黑发绾成一个髻，对我露出一个温暖的微笑。她和我们的指挥官一样，年龄在三十到五十岁之间。我想知道他们是不是给心理医生也注射了和我们一样的药物——那些本该让我们长时间保持强壮结实的针剂。她穿着便服——宽松的米色裤子，一件白色短上衣，黑色的平底鞋。那些药物能让我们长生不老吗？还是会让我们像纳粹疯子一样发疯？

“列兵迪兹？”她问。她头戴式显示器的滚动屏幕，在左眼里短暂地闪烁了一下——毫无疑问，她是在访问我的档案。

“是的。长官……还是叫您女士比较好？”

“叫我医生吧。我是陈爱莲医生。我们没见过面吗？”

“呃，没有吧？我的意思是，档案里没写吗？”

“我们想测试一下你的记忆。”

“好吧，那确实没有。我们没见过。”

“我明白了。”她的目光向左边轻闪一下，肯定是在标注这一部分。我以前确实没见过她，不是吗？培训期间我见过的心理医生是一个名叫穆弗兹的矮个子黑人。我记得很清楚，因为他们家是来自伊芙康公司的，我们讨论过签约一个新军团是什么感觉。

“你想知道关于这次任务的事吗？”

“你能想起来什么就说什么吧。”她端庄地坐在对面的椅子上，动作如此精确优雅，我觉得她一定是个舞者。我想知道是什么强迫了一位有天赋的舞者变成了一个心理医生，可能是心理医生挣得更多吧，和琼斯想当个有人赞助的诗人一样。

“我记得的不太多。情报部门调查过这事儿了。你看到他们的报告了吗？”

“你尽量回忆吧。第一次真正的重火力战斗的降落任务，确实会让人身心紧张。”

“那里有很多香蕉树。”我脱口而出，如此自然。“我分心了。明明只是一个外星小女孩。”

“什么？”

“我开枪打中了，一个外星小女孩。”

她的眼帘翕动着。

“我明白了。这是你第一次杀人吗？跟我说说吧。”

“呃，好吧。”这个问题听起来有点儿冒犯，和问你有没有过性生活一样。不过我还是讲述了整个故事，把记得的都讲了出来；或者说，至少是我记忆中枪击外星人的那一部分。我没提地点。

医生静坐在那里，双手放在膝盖上，头戴式显示器还是继续在眼睛里闪烁着——可能是在给我录像。我想知道如果有人同时观看她录像的我和我录像的她，会是什么样的感觉？可能像是把两面镜子面对面放置吧。

“你能说清楚那是一天中的什么时候吗？”她问。

“不知道。我的通信掉线了，而且……我就只记得这些了。我待在那里的时间不够长，也没登记上。”

“但你知道自己是在火星上吗？”

“当然了。我……不，我不觉得是在火星上。火星上也种香蕉吗？”该死，我又要搞砸了！

“我们还是再谈谈你记得的事吧。你当时知道任务目标吗？”

“知道吧？我的意思是，我们降落之前都听取了任务简介，但是到了地面上……我们就只是……战斗而已。我记得一些战斗场景。”

“那是什么时候呢？”

“不知道。我们的显示器上只有任务时间，没有真实时间。”

“你有没有把困惑告诉你的小队？”

“没有。”

“一句都没说吗？”

“我只是想让我们所有人都活着回来，长官……医生。”

“战斗期间你感觉怎么样？”

“还行。”

“有困惑是寻常事，包括记忆丧失，以及深刻的情感反应。作为一名士兵，这些都是正常的，而降落过程又会……放大其中一些影响。”

“好吧。”

“最后一个问题，列兵迪兹。”

“问吧。”

“请跟我确认一下你的年龄。”

“我的年龄？”

“是的。”

“我……也不知道，是过了很久吗？”

她的姿势略有变化。“我明白了，”她说，“你能告诉我你前一个班级发生什么事儿了吗？”

“你不是都有记录吗？应该由你来告诉我吧？”

她看我的样子像看一只特别有趣的小虫子。“我明白了，”她说，“我建议你趁这个机会静下心来好好休息一下。你有一直在练习冥想吗？”

“我的脑筋转得太快，冥想不适合我。”

“那试试你那些娱乐应用附带的指引程序吧。在重新加入连队之前，你还有二十四小时的隔离时间。不过我还是想提醒你一下。你可能会发现有些士兵经历战争的方式与你不同，这很正常。每一次连续降落都会造成巨大的身心损伤。你可能会发现自己很困惑、很愤怒，甚至有暴力倾向。如果你有这种感觉的话，我希望你能去找指挥官，要求进行一次心理评估。你明白我的意思了吗？”

“明白了。”

“这件事非常重要，不仅仅是为了你自己的人身安全，也是为了你们班和你们排的安全。你不希望他们受到伤害吧？”

我们明明要跟会朝我们开枪的敌人作战，可她却把我的精神状态当成威胁，真是太可笑了。然而我没有翻白眼，也没有还嘴。我才刚从标准的强制训练里出来不久，尚在摸索期间。如果所有人都认为我疯了，我的处境只会更差。

“我明白了，医生。”

“那就好。”她说。

“好了，”她站起来伸出一只手又说道，“下次再见，列兵迪兹。”

“要是我还能活到下次的话。”

她的笑容很冷漠。“我相信我们会解决你降落时共振引发的这些问题。一般情况下，只需要做一次技术调整。”

“好的。”

她让我走了。

我走进公共休息室，坐在琼斯旁边。我们望着监测显示屏，画面上是奥玛拉斯和普拉卡什在某个沉浸式设备里的拳击比赛。两个人你来我往，打得不可开交，气喘吁吁。为了安全起见，她们俩身上都绑了虚拟表演用的安全绳。奥玛拉斯是一个高大魁梧的女人，身高远超两米，肩膀有线卫那么宽。然而她的声音却意外地绵软，连绑着安全绳做出的动作都是那么的果决，近乎优雅。

“还好吧？”琼斯问，他没看我。奥玛拉斯一记重拳击中普拉卡什的脸，她在屏幕上的人物倒下吐血了。

“还好。”我说，重重地拍了拍他的肩膀，然后走到厕所，吐了个底朝天。

11

等我们结束隔离，回到平时住的营房时，一切看起来都……不一样了。我猜我早该料到这一点。有人在我的床架上做了记号，画着五条一组的竖线。我数了数，一共九十三条。

“谁睡过我的铺了吗？”我问。

“没有啊。”琼斯说。他把东西扔到我们床头的柜子里面，把夹克扔到上铺——那应该是穆妮奥斯的铺位。

我们排的营房里，只有双层铺，没有三层铺。尽管如此，穆妮奥斯还是抢占了我的上铺。她说她现在级别比我高了，让我睡下铺是她的命令——那时候听来可真好笑。现在我盯着头顶上她旧铺位的板条，抚摸着上面的刻线。你只有像我这样躺下来才能看到它们。虽然我们所做的一切都留下了录影，但我想象不了有人会趁我们睡觉时费心回放录像。

九十三道痕迹，是什么意思呢？难道是杀人数量？我浑身发抖。

我们结束隔离后的第十一天，轮换到了下一次的降落任务。那时候我已经跟现在的排打成一片了，也重新调整了自己。大多数情况下，我都是靠闭上嘴成功糊弄过去的。指挥官把我叫到她的办公室，让我关上门。

“你知道他们给你取了什么外号吗？”她说。

“倒霉蛋。”我说。

“嗯？不是的。你在那次火星降落任务中表现得很出色，所有问题都考虑到了。”

我烦透了别人告诉我那次火星降落任务表现得有多好。如果我真的那么出色，怎么会一点儿都记不起来了呢？

“谢谢您，长官。”我说，像正常人那样回答。

“你的心理医生批准下一次降落了。”她说。

我不知道该回答什么才好。

“怎么了，你现在倒没话说了？”她说，“你明明那么热衷于回到绞肉机里去。”

“我参军就是为了上战场搏杀，长官。”

“我想让你知道，我在你的档案上写了建议停止轮换，上一次我也是这么建议的，但那些白痴和他们的白痴主意比我级别更高！没错，我很希望有个技术员正在观看这段录像，并且把刚刚说的那句话发给他们，发给那些蠢猪们！有些士兵就是适应不了降落，要么生病，要么发疯。你就表现出了典型的迹象，但轮不到我来做主。”

我等她继续说下去。

“迪兹，为什么我非得把话跟你挑明才行呢？我希望你能对他们诚实点，告诉他们究竟怎么回事。我知道你疯了！我见过不少疯子士兵走到你这一步，而他们中的每一个最后都断送了性命。他们会开枪自杀，点火自焚，跑去滥杀无辜的火星人，还会把内裤顶在头上跑过一片雷区。我根本不相信‘忘记了’这种鬼话！我以前就听过。你搞砸了第一次降落之后也是这么说的。我一个字都不相信！你不如就坦白吧，然后自己滚蛋，这场战争里剩下的时间都去刷厕所好了！”

“我参军不是为了刷厕所的，长官。”

“我参军也不是为了给你们这些疯子当保姆的！明明有别的机构干这种事。”

“我没疯。”我说，虽然自己对这话也是半信半疑。她证实了我一直以来的恐惧。如果我的去向和所见之事暴露了，他们肯定会把我赶出这个排。“我在火星上表现得很好。”我说，“你们都这么说，那我肯定能再来一次。”

“别说我没试过，我言尽于此了。去排队等待下一次降落吧。”

运输车把我们送到降落场地。我们至今都没得到任务简介，但我看到指挥官的头戴式显示器在闪烁——她还没戴上头盔——大概在准备任务简介。

我们排好了队。我排在琼斯和奥玛拉斯之间，普拉卡什和马里诺站在我们前面。指挥官的声音从排频道里传来，“小兵们，今天有个大活儿给你们。我们会把你们部署到坎克鲁什科夫的一个火星定居点，就是以前加拿大的地盘，帮助当地武装围捕一些叛乱分子。”

我仔细分析了一下这个任务。这任务听起来也……太耳熟了。

她说：“这次我不想再听到任何人报告‘呕吐到嘴都合不拢’了。这里的火星人都是合法居住者，即使他们大多是麻烦精。这不是我能决定的，但烂事儿总是这样滚滚而来。我们还是通过降落传送过去。我们会和坎克鲁什科夫的朋友们一起保卫这个区域，等这个区域的危险都清除了，就开始围捕目标。”

“就是去给该死的火星人当保姆。”马里诺咕哝道。

我盯着普拉卡什强壮的背脊，眼前浮现出她手臂从躯干中间扭曲着伸出来的一幕。不会的，我们这次不会去执行这个任务的。我们不会再去一遍的，不是吗？

噢，该死！

我们分解开了。

12

你在分解之后，本不应该再看见任何东西。我现在知道这一点。我以前也知道这一点。然而，这一次当我化身为光的时候，我发现自己感受到了脚下的一块巨大的陆地，它四周环绕着咆哮的黑色海洋。

我们在一个崎岖不平、尘土飞扬，延伸进一片汹涌黑海的半岛上聚集成形了。一道蜿蜒的山脊盘绕在半岛后部，像一条龙盘踞在龙尾上。某座城市的残骸冒出了滚滚浓烟。当我们降落下来的时候，浓烟消散成了一片密布的阴云，亲吻着山巅，从山的边缘流进下面城市的破碎街区里。这地方的年代感震撼了我，甚至在我还没有完全显形之前。层层叠叠的古老岩石，长年累月被风与海侵蚀，沿着海岸线裸露在外。

巨浪滔天的大海迎接了我们。海洋黑暗而深邃，还有港海豹与巨鲨。我们聚集成形，抓起步枪，保护好生殖器官，向我们崇拜的神灵祈祷自己的脑袋没错位。最后，我们发现自己面对着一群十分奇特的冷漠的企鹅。

我舒了口气，看着左臂显出形状，而企鹅们纷纷朝我仰起胖胖的头。我发现自己正站在齐踝深的水中，于是慌忙从海水里出来——害怕我的分子会和海水融合；或者在完全聚集前就沉进沙子里面，导致显形时被埋在沙滩里。

我匆忙上岸，关上步枪的保险，单膝跪下，等待通信重新上线。我看到前面有一大群走路摇摇摆摆的企鹅。我只在沉浸式设备里见过企鹅，还有一次是在动物园里。当时我们获得了居留权，妈妈带我去了动物园。然而动物园让我感觉非常难过，因为所有动物都被关起来了，无处可去，也无事可做。我至今都还记得妈妈脸上那种严峻的表情，她看到了一只满面愁容、坐在自己的尿里的猩猩。

我周围的另外四个士兵活动着身体，缓缓迈步，个子最小的那个朝海岸走去。

"普拉卡什？"我在班级频道上问。我们可能不会重复那个任务，我反而来到了另一个地方。"等待琼斯指令。"

一个身影停下了，转过来，"谁？你过来的时候没出事吧？"

那声音我完全不认识。我试着去查看头戴设备上面的名字，结果它还没上线。

"我……没事儿？"我说。

那个人把护目罩往上一推——是个身材矮小、五官端正的金发女人。我这辈子从来没见过她——排里没见过，连队里也没见过。我完全肯定这一点。

"你是谁？"我问。糟糕，说漏嘴了。该死！

"我是你们的队长啊！"她说，"你所有的脑细胞都没跟过来吗？我是艾克森。该死，田中说过这种事可能会发生。"

她指了指海滩上的其他人——一个头发卷曲、没戴头盔的男人正在往沙地上呕吐。"那是托兰索斯。"一个高大的黑皮肤女人，正低头像看傻子一样看着我。"这是齐克尔。"最后是一个和我差不多高的女人，黑眼睛下面有瘀伤。"那是夏普。唤起你的记忆了吗？"我突然发现，他们看起来都又饿又累，而且身上非常脏。

"当然了。"我说，不过这个谎撒得真的不怎么样。她翻了个白眼，我肯定没骗过她。

她的盔甲上面套了一件宽松的作战夹克。她拍拍口袋，拿出一袋水，朝我扔过来，“你缓缓吧。”她说。

我感激地喝了水。一缕头发粘在她的额头上。

这群人疲态尽显，而且没有剪规定的发型，连他们的装备也破旧不堪。

“艾克森，”齐克尔站在沙丘上说，“你有口香糖吗？”

艾克森从夹克里翻出来一块口香糖，扔给齐克尔，“女孩身上的口袋永远不嫌多。”艾克森说着，朝我眨了眨眼。“嘿，托兰索斯，你还好吧？”她俯下身来，也递给他一袋水。

他漱了漱口，点了点又大又方的头。“谢谢。我们还是赶紧开始任务吧！”

艾克森扫视一下海滩，“有谁的通信上线了吗？”

“我看都没有。”齐克尔说。

“报告情况，小队，”艾克森说，“我要正式统计一下。检查你们的手指。齐克尔？”

“都在呢。”她嚼着口香糖说。

“托兰索斯？”

他挣扎着站起来，拍了拍胸口和裤裆，“没少哪儿。”

“夏普？”

她用手捏了捏拳头，“还好，”她说，“算是没事儿吧。”

我举起步枪。通信忽闪忽闪地上线了，显示任务的小旗帜轻敲我视野的一角。我朝左下看去，任务简介向上展开了。我们到底应该去哪里，我们到底应该干什么？究竟是我脑子混乱了，还是后勤部的人搞错了？他们把我派错队了吗？不对，这一队人知道我是谁。我才是摸不着头脑的那一个。

“大家都确认一下你们的任务日志。”艾克森说，“诺伯格想让我们在进入主建筑之前先核实岛上的安全。记住，这次我们要处理的是敏感问题。我希望你们的脑子都能清醒一点儿！”

我扫描一下整个区域，看起来完全没有问题，也没有其他排的追踪器信号。

“艾克森，”我说，“可能会有坏事发生。我们还是再等等吧。”

艾克森笑了，“坏事早发生过了，我们只是过来扫尾。没事儿的，你跟着我就行了，迪兹。这地方现在比其他地方都安全，但我们先得核实清楚。齐克尔？”

“在呢，”齐克尔一边吹泡泡一边说，“我的导航系统上线了。这个岛看起来差不多两公里长、一公里宽，很大一部分在水下。我建议往东走，先清理海岸和码头，然后再沿主干道的尾巴往上走，建筑物都在那里。”

“为什么不先去建筑物那边呢？”我问。

艾克森盯着我看，“因为我们要清理这个岛，迪兹。你不如就闭上嘴听指令好了，行不行？”

我点了点头。如果有人去跟指挥官报告说我疯成这样了，那我肯定会被开除，只能再回去修桥。然而我才不会离开，我还需要弄清楚这一切到底是怎么回事，穆妮奥斯究竟怎么了。

“好极了，”夏普说，“说不定还有店开着呢？这样我们就能去喝酒作乐了。”

“我觉得这地方不可能买到啤酒。”齐克尔面无表情地说。

托兰索斯说：“我们可以吃点儿企鹅。”

“我才不吃企鹅呢，”夏普说，“你也不怕吃了晚上睡不着觉。”

“你觉得企鹅肉吃起来像鸡肉呢？还是像鱼肉呢？”托兰索斯说。

“究竟是谁说要吃东西了？”夏普说，“你两分钟之前才把自己的口粮给吐光了。”

“你们这吵嘴怎么让我想起了以前给小孩当保姆呢？”艾克森说，

“赶紧把步枪给我端起来！”

我们沿着岸边一条满是灰尘的路向东走去，到处都是灌木丛和沙子，远处还有一些破旧的建筑物，但没有人类最近居住过的迹象——没有车辙，没有炊烟，没有无线电传输，没有无线网络信号，没有克努节点。

我们路过一座紧挨着岩石海岸而建的灯塔。废弃建筑物的屋顶在海浪中隐约可见，其中大多都被不断上升的海平面与强烈的风暴冲击成了废墟。

“好多企鹅。”托兰索斯说，“我们是不是应该把企鹅也清理掉呢？”

“你能不能放过企鹅啊？”夏普说。

齐克尔嗤之以鼻。

“确保建筑物安全，”艾克森说道，“我没看到任何船舶停靠在这里，但这也说明不了什么。可能是叛乱分子在别的地方扎营了。保持警惕。”

艾克森带我们走上一条街道的残骸。这里的建筑物早倒塌了。其中的一些还有近期活动过的迹象——烧焦的屋顶，修补过的门，脉冲爆炸后留下来的明显波浪状痕迹。企鹅占据了这些地方的大部分。

“没人在家。”夏普说。

“喂，艾克森，”托兰索斯说，“要是你被企鹅给吃掉了，你的铺位就归我了？”

“要是我被企鹅吃掉了，你就要给这群蠢蛋带队了。”艾克森说，“所以还是注意点儿我身后吧。清理一下这栋建筑！”

她和托兰索斯把枪指向隔壁建筑的那扇门——那地方大概是一栋旧校舍，基本上完好无损。

我们又清理了两栋建筑物，艾克森让我们停下来喝点儿水休息一下。空气炎热且干燥——感觉只用咬紧牙关擦出的火星儿就能把树给点着了。我们躲进了一栋屋顶半塌的楼房里。

艾克森递给我一个蛋白棒，我摇了摇头。我很渴，但是不饿。我发现降落之后要花很长一段时间才会感到饥饿。

“那么，你是怎么认识田中的？”艾克森问道，“他当你们排的排长有多久了？”

我眨了眨眼，“我……不知道。”有时候说出真相也能起到作用。

“真好笑。”艾克森说，“我明白为什么我们中的某些人能活到最后了。”

“什么最后？”我问。

“一切的最后。”艾克森说。

“我真的希望他们还卖啤酒。”夏普说，“你觉得诺伯格的情报人员会有啤酒吗？”

“我敢肯定到处都没有啤酒了。”齐克尔说，“你觉得活着的人里还有会酿啤酒的吗？依我看恐怕没有哪个酒馆还有人照看了。”

“只要有人活着，”夏普说，“就肯定有人酿啤酒。”

我望向窗外那栋最高大的组合建筑。

“那地方以前是个监狱。”艾克森看见我望着那里，于是对我说，“有好几个世纪他们都把囚犯送到这里关起来。有一段时间还搞成了博物馆，为了展示辛哈纳公司对公民有多么好。当然只是相比之下。”

“我们到底在哪儿？”我问，“这地方就像地球尽头一样。”

“南非，”齐克尔说，“我奶奶就是在这里北边的那片沙漠长大的。好像叫内罗毕吧？它现在是谁的领地呢？都易手这么多次了，我也搞不清楚了。”当她眺望大海的时候，我从她的眼神里看到一些怅惘，那是一个人准备好撂下枪就走的表情。

她注意到我的目光，露出牙齿。“海里都是鲨鱼，”她说，“我们不可能游走的。再说了，你也知道的，追踪器还在身上呢。无论跑到哪里，他们都能把我们抓回去。真不要脸啊！”

我检查显示器，确认了追踪信号。当地地图显示出我们小队的位置。我缩小地图，想在内陆的十三公里范围内找到排里其他人，或者整个师里的其他人。然而我扫遍了整个地图，连一个其他人的标记都没找出来。

他们真的把我们小队单独派到这里来了。

“好了，聊够了吧，”艾克森说，“我们现在去确认那栋组合建筑的安全，然后就去见诺伯格。看看情报部门那些人找我们来这里干什么。有危险的时候，他们就喜欢找低等级的士兵，因为他们不愿意自己挪动尊臀上这儿来。”

“情报部门的大屁股万岁！”夏普说。

“真是给情报部门的年度最佳名字了。”齐克尔说。

“闭嘴吧。”艾克森说。

所有的叽叽喳喳都停下了。我想知道她领导这个小队多久了，而我又是怎么跑到她的小队的。

我们继续往前走。

艾克森在前面带路。我和齐克尔从两侧接近这个旧博物馆的大门——玻璃没有了，地板和天花板的大部分都烧焦了。夏普端着枪瞄准，率先走进去。齐克尔和我紧随其后，一边走一边四处扫描。托兰索斯殿后。我们的显示器会把热量标记为细碎的红雾，一氧化碳则是蓝色的，辐射会标记为柔和的绿色——然而除了我们小队散发的东西之外，我什么都没看到。

我们扫过博物馆的废墟，路过某个古老时代留下的人为破坏的残骸。在无数弹孔和破碎的玻璃之间，我只能找到一具尸体——它蜷缩在一个倾倒的展柜下面，早已死去多时，在炎热的空气中干燥脱水了。

艾克森招手示意我们向前走。

夏普又端起枪瞄准。我们清理了下一栋倒塌的附属建筑，里面总共三个房间。这里有最近活动过的迹象——两个马苏基桑品牌的帐篷，一包挂在椽子上防虫和蜥蜴的口粮，一个冰冷的便携式火炉。

艾克森指了指地下室的门。即使门关着，我也能听到里面传来一阵起起落落的人声、靴子的摩擦声，还有一个女人的笑声。

艾克森推开我，靠在门框上。楼梯太陡，除了底下沾满灰尘的地板之外，其他什么都看不到。“我是艾克森中尉，”她说，“我们是奉了战争行政长官的命令过来的。”

女人的笑声还在继续。

“有什么很不对劲。”夏普说。

“迪兹，夏普，你们瞄准。”艾克森说，“这个区域可能被策反了。下面的可能不是我们的人。你们明白了吗？”

我点了点头。

夏普咕哝一声，第一个走下去。

我跟在她后面，齐克尔则跟在我后面，艾克森和托兰索斯在最后掩护我们。

我还记得些什么呢？

我记得硫黄的腐烂气味。

夏普挡住了我大部分视线，但我还是看见前面的水泥地上躺着一个小队的尸体——满地的血液与灰尘。

我还记得那个声音……那个女人的笑声。

我走到楼梯的底部，看到了一些空荡荡的碗，闻到了鲜血的铜臭气味——它悄悄钻进鼻孔里，又腻又黏。直至今日，在温暖的月份里，我仍然能闻到血的味道。

我还看到一只孤零零的 LED 灯泡散发着灯光，悬挂在一圈钉在墙上的电线上。周围有两扇门——一扇开着，一扇没开。

在那里，在那扇敞开的门后面——

接下来我要告诉你没有对心理医生说过的事情。我告诉心理医生，我记得的最后一件事情是门里面冒出来的光，但那不是真的。我还记得我的目光直接落到了门里。我看向了门后面——很显然这个地下室只是在掩饰一个大公司的入口。我看到了一条长长的金属走廊，那里有一连串儿的编号的不锈钢门。任凭谁都不会相信，地下室的门居然掩饰了这么复杂的囚牢。

在那时，安装在天花板上的一个机枪炮塔朝我们旋转过来。

“该死！”夏普说。

班级里其他几个人跟着声音过来了。

我还记得伸出双臂，展开身体，希望能挡住其他人，让他们免受接下来的伤害。

一道炽热的脉冲炸毁了机枪炮塔——这道脉冲来自金属走廊。我听到一阵赤脚拍打地面的声音。一个衣衫褴褛的人朝我们跑过来，光着脚，浑身肮脏，穿着一件破烂的灰色连体裤。

那个陌生人拿着一把标准的低能量枪，朝夏普开了一枪。夏普的回击打偏了。这时候我可以选择向那个人开枪，或者继续努力掩护艾克森和其他人——我正挡着他们下不到这个房间里。

我选择了掩护我的小队。

那个身影向我开枪了。

我向后倒下，被巨大的力量给甩了出去。

人声。黑暗。

这就是我这一次降落任务的最后的记忆。

13

独自一人身处黑暗之中比你想象的要舒服得多。

我醒来，发现自己平躺在一个房间里，头顶上闪烁着两盏嵌灯。一群人在我头前方走来走去。他们没地方可去吗？这种感觉像被一群愤怒的蜜蜂围在中间。

一个光头男人对我露出一个生硬的笑容，他开口问道："你知道你现在在哪里吗？"

"诊疗室？"似乎是个不错的猜测。

"你刚经历了一次紧急撤离，可能还有点儿找不着北。"

黑暗又一次笼罩了我。我再次醒来的时候发现身处电梯，或者一辆电车。我躺在一架轮床上，三个女人正努力把我搬到另一个地方去。

"依旧浑身是血。"有人说，"但都不是她的。"

然后我又一次晕了过去。

接着就……醒了。

一个男人单膝跪在我旁边，好像要向我求婚似的。他手里拿着一根粗针，针扎的血从我的右臂流下来。"对不起，对不起。"他一边说，一边继续把针扎进我的肉里。

疼痛缠上了我的手臂——先是一阵断断续续的刺痛，接着是持续的剧痛。肯定是这种痛把我唤醒了。

我想安慰他一下。他看起来怕极了，很不自在。有些人很擅长帮别人插输液管，一下子就能把针头扎进静脉里，比如我弟弟——在母亲漫长的病痛中，一直都是他悉心照料的。然而这个人不是，他让我的血流到地板上汇成了一摊。

我抬起头，感觉到门边有人在动。

一个年轻女孩站在门槛处——她嘴角垂下，露出忧虑的神色，脸上满是悲伤。她穿着一条飘逸的连衣短裙和一件黄色的开襟羊毛衫。我认识她，也不认识她——因为我的大脑坚持认为她就是那个熟悉的人，而理性却说她不可能在这里。我想叫出她的名字，但又怕半跪在地板上的男人听到，毕竟情报部门已经盯上我了。

一阵新的疼痛袭来，我痛呼出声。

“对不起！太对不起了！”那家伙说道。

血不停地涌出来。我想知道在幸福地昏倒进入黑暗之前，我的胳膊究竟还需要流多少血。

这时，门口的那个女孩朝我走过来。我的心卡在了嗓子眼，感觉要窒息。

“小维？”我说，尽管这是不可能的。

“你怎么变成这副鬼样子了。”她说——她从来不是一个说话拐弯抹角的人。她的眼睛湿润了，抓住我没事儿的那只手，轻轻捏了捏。她的手很柔软，像我记忆中的那样，指甲修剪得很短，上面涂了素色的指甲油。她身上依旧带着像婴儿爽身粉和草药洗发水的味道。我真想吻一吻她，只为了证明她是真实的。为什么我当时会放开她的手呢?

“你在这里干什么，小维？你……不应该……”

“他们不肯告诉我发生了什么。”

“他们不能说的。”

“那你呢？”

“我……不知道。我应该隔离……”我的脑子里天旋地转，感觉到有点儿想吐，很难集中注意力。她不可能在这里。“我们不能在一起。”我说。

“为什么？因为我年纪比你大吗？还是因为你父母不同意？”

“我不会再回去那里了。”我说。

“但我会回去。”她说，“那里有很多事要做，而我也能胜任。你到底在害怕什么呢？”

我知道我们在谈什么了——这是一次我们经历过的谈话，我们的最后一次谈话。我反握住她的手，轻轻捏了捏。我知道她不是真的，也知道这只是一场幻觉——因为我不自觉地吐了那些话，像那时候一样，那些曾经说过的刻薄又愚蠢的话。

“你也看到月球上发生什么事儿了。”我说，“你真觉得靠谈判就能阻止一切吗？觉得说几句话就能帮得上忙？你受人蒙蔽得太深了。是时候去打仗了。我要去打仗了。”

“跟谁打呢？”她说，“再打一场公司战争？”

“你从来没有当过一个‘食尸鬼’。”我说，“当然没什么值得为之而战的了。”

那时，她脸上的神情让我心碎；而现在，我又再一次被它击溃。她把手从我的手里抽出去，眼中溢满泪水。

“你真的需要长大了。”她说，第一次戳到我们之间有年龄差距的隐痛，“等你长大了，再来找我；或者就这样沉溺在自己的负罪感里，那也没关系。随便你吧！”

在我的记忆中，我这时起身离开了，但她还在这里，我说：“这是我一个人的战斗。”

“我们是一个团队。我们应该……”

“不像我和我现在的团队那样。”

“什么？”

“我现在这个团队。”我说。此时此刻，过去与现在混为了一谈，“他们才是我的团队。他们支持我。你不明白我们经历了什么，也不明白我们在经历什么。”

“我也支持你。”她说，“但你没有支持过我。”

“我不想失去你。”我说，“但我搞砸了。”

我的胳膊突然又痛了起来。我对那个小个子男人破口大骂。

“对不起，对不起！”他说，“我还是换只手臂试试吧。”

我回头看小维，她已经不在了。

我用力地眨了眨眼，盯着门口看——没有人。这里只有我和那个垂头丧气的医生。

“小维去哪儿了？”我说，“你看见了吗？”

“嘘，小声点儿，”他说，“士兵们回来之后会看见很多东西，尤其是紧急撤离的时候，会造成更大的伤害。”

“那是……一段回忆，但又不是，好像她在这里一样。”

“所谓意识不过是一种针对外部刺激的解释机制罢了。很抱歉，不过经历过这种降落之后，你的脑子是会糊涂一阵的。”

“你们得知道那个岛上发生的事，”我说，“是谁把我们派去那个岛的？”

“你们是部署到火星上去了，”他说，“不过你现在安全了。之后会有一场任务情况简报会。你很快就会好起来的。”

他帮我插上输液管，动作干净利落，一下子就好了，然后药物源源不断地输进来，我迷迷糊糊地睡着了。

14

我隔离了七十二个小时。我刚停止吃流食，一个公司情报部门的女人就找上门来了。

“我的指挥官呢？”我说，“瓦少尉呢？”拜托了，至少让我的指挥官还是那一位吧。

“首先，我们需要一份报告，列兵迪兹。”女人说，“我是二级军士长贾索。我们需要你的行动报告。”

“奥尔特加中尉呢？”

“我这里没有你跟那位奥尔特加的通话记录。”

当然没有了。

“列兵迪兹，你去执行一次火星侦察任务。”她说，“任务很简单，也是你第一次真正的降落任务，但你好像出了些问题。”

“不是这样的，”我说，“是后勤部的人弄错了。我的班级去哪儿了？”

“还是由你来告诉我们吧，列兵迪兹。我们和你们班的最后一次通信是专业兵穆妮奥斯的求救呼叫。”

火星侦察。第一次降落任务。穆妮奥斯现在不见了。我想我有点儿明白现在发生什么了——或者至少我是这么认为的。我需要把这个班级的正确名单报告给他们。火星侦察班级，对吧？

“我的班级里有……穆妮奥斯，下巴骨……呃，哈迪德，阿巴斯卡尔和……呃……小爆竹……还有专业兵侯赛因——他们失踪了吗？在执行任务的时候？就是那次火星侦察任务？”

贾索眯起眼睛，“不如由你来告诉我。”

“听着，我不知道是怎么回事。我也在试着把整件事搞清楚。你们手上有录像，不是吗？”

“我们从你们排其他人那里获得了一些有限的录像。”贾索说，“当他们到达火星的时候，正好撞见了你们火力小队遭遇火星人的伏击，我们失去了与你们的所有联系。”

“太糟了。”我说。

“确实。”

“我一点儿都不记得了。”我说，“你可以对我测谎。”

“噢，我们的确这么做了，”她说，“情报队伍里现在就有人监视着你。”

“那你就知道我说的都是实话了。”

“降落到火星的时候，我们有一份来自你们排的记录。你和你的队伍被一群火星叛乱分子切断了通信。他们部署了烟雾、电磁脉冲和……

一些别的东西。你们的追踪器都不起作用了，通信器也是。等到混乱和噪音消失之后，你和你的队伍就都失踪了。如果你被敌人俘虏了，列兵迪兹，那么你分享给我们的任何信息，在这场冲突中都会非常有利。”她的弦外之音当然是“我们还想知道你现在是不是变成敌方间谍了。”

我意识到，现在正是第一次搞砸降落任务之后。香蕉地那次降落任务中，每个人都说我搞砸的初次任务正是指这次。

倒霉蛋迪兹。该死，难怪他们那么叫我了。我一个人回来了，而我的班级都没回来。

“我不知道发生了什么，”我说，“我的记忆……出问题了。企鹅。我们就好像根本不在火星。”我必须得给他们些什么，我想，但我马上明白这是个错误——永远不要给他们任何东西。你的故事越复杂，你需要记住的东西就越多。

她靠近我，“还有什么，列兵？”

“我也不知道，可能还会记起来的。”

“要是你记起来了，希望你能联系我们。”她说，“我们是绑在一条绳上的蚂蚱，列兵。”

“好的，长官。”

“你的医疗报告说得很清楚，”她眼里一阵闪烁，“没有增强，没有额外的追踪器，但有一些无法解释的异常现象，有关你的细胞组织——报告显示这次降落对你的细胞造成了损害，而这个损害量还没在处于降落早期的士兵身上见到过。这一点值得关注。要是允许你再次降落，今后每次任务前后都需要接受额外的医学检查。”

“你们是怎么找到我的？”我问，“在火星上找到的吗？”

她站了起来，眼中设备的闪烁变暗了。“我们不是在火星上找到你的。我们是在开普敦找到你的——那是辛哈纳的地盘。一个小孩发现了你。你身上没有追踪器，它无处可寻，下落不明。取出追踪器的你一直在流血。你似乎连这件事都记不起来了，我很担心。”

“我还以为那地方一个人都没有？”

“我也知道你的地理知识可能比较欠缺，”贾索说，“但开普敦是一个功能齐全的小镇。自从辛哈纳修好了以前的海水淡化工厂之后，他们就一直有淡水可用。辛哈纳在那里有很多发射设施，虽然比不上布宜诺斯艾利斯，但也接近了。”

听到这里，我坐了起来，“那离海岸不远的那个岛呢？罗本岛？”

“那是个博物馆，迪兹，为了警示不加约束的资本主义所带来的恐怖，也是为了庆祝辛哈纳进步的工作政策。你要是想知道的话，就去克努上查一查吧。上周我刚买了一瓶产自开普敦的葡萄酒，那红色好看极了。你知不知道，气候崩溃之后他们有一百年都生产不了葡萄酒？”

“我只是想知道为什么会在那里。”

“我们也想知道。火星那边审问你之后，把你抹去记忆再丢到开普敦，但又没有在你的身上造成什么明显的改变，也没有给你安装追踪器。他们这样做的意义究竟是什么呢？在你告诉我们都知道些什么之前，这就是一个巨大的谜团。”

我没有上钩，而是转换了话题，“我听到他们说……医生们说，我回来的时候浑身是血。那是谁的血？”

“这也是一个有趣的细节。”贾索说，“那些血都不是你的，而且我们追踪不到。这代表它可能是火星人的，或者是某个军团还没有记录的人的。因此你看吧，尽管你坚决表示自己没去过，但很明显你确实是去了火星上。不管你是逃跑了还是在一个火星囚犯旁边被殴打了……我们都不知道。你的追踪器不见了。我们也没有录像。”

我一言不发。

“我知道，降落是会造成混乱的，”她说，“等你身心恢复之后，我会建议你去做一次心理评估。”

“好的，长官。”

“还有，迪兹，别再这样了。任务简介怎么说，你就怎么来。”她走了，把我一个人留在审讯室里。

我盯着手掌看，手指打开又合上，看着光影在指缝与茧子之间跳动。

照着任务简介来，然而真到了那个岛上，我们的任务简介又变成确保岛的安全了。

我握紧了拳头，又闻到一丝婴儿爽身粉和草药洗发水的味道。我究竟怎么了？

审讯二

受审者：#187799

日期：341 年 6 月 24 日

时间：上午 5 时

房间号：98 号

审讯人：审讯开始于……时间见笔记，受审者是 187799 号。告诉我对“病人”了解多少。

受审者：什么？

审讯人：这种化学药剂的释放导致了辛哈纳和诺鲁斯两大公司四十亿人的死亡。我们知道这次释放是从坎克鲁什科夫的地盘开始的。那里的人已经完蛋了——那些平民，尤其是小孩们，无助又无辜。那是你的主意吗？

受审者：你这么快就放过圣彼得堡的事情了吗？你是不是想转而把我牵连进数十亿人的谋杀案中了？那大概是一个更体

面妥帖的故事。你想告诉所有媒体，你抓到的是一个重要的火星恐怖分子，而不是一个油腻腻的街头混混，拿着燃烧瓶到处乱扔。

审讯人：你有花时间反思一下你在圣彼得堡做的事吗？

受审者：我当然有了，但一直开着强光不让我睡觉是认真的吗？我还以为你会选择黑暗，让我淹没在黑暗里。要是换成我肯定就那么做了，把所有东西涂抹成冥河一样的黑暗。黑暗比光明可怕多了。

审讯人：我听说你在牢房里冷静的时候做了不少事。

受审者：是这样没错。我对"等待"很有经验。我们都受过这方面训练。你不也是吗？

审讯人：你指的是什么？

受审者：酷刑模组。伊芙康管这东西叫什么？不可能有那么多名字的。黑匣子？小电视？我认识的一个孩子以前还叫它"痛苦盒"——比·吉斯特姐妹会[1]的那个。他是个很风趣的孩子，经常引用赫伯特的话。你知道弗兰克·赫伯特[2]吧？对抗恐惧的祷文[3]？我一直都觉得那段祷文比冥想更有帮助。

审讯人：告诉我你在黑匣子里都经历了什么。

受审者：不如你来告诉我你的经历吧。

（静音：5秒钟。）

审讯人：我在黑匣子里待了六十天。那可是在你这一代之

[1] 比·吉斯特姐妹会是科幻小说《沙丘》中的一个秘密女性社团，她们用痛苦盒刺激手部的痛觉神经，通过观察对方的反应来判断是否为人类。

[2] 弗兰克·赫伯特，美国最有影响力的科幻小说家之一，代表作是《沙丘》系列小说。

[3] 比·吉斯特姐妹会使用的一种咒语，能让人在危难时冷静下来。

前——你出生之前的事情了。那时候这东西还是一种完全不同的野兽。我们之中有更多人被逼疯了。

受审者：中士，整整六十天吗？真实时间还是虚拟时间？

审讯人：那会儿还没有虚拟时间，全都是真实时间。整整六十天都待在匣子里。

受审者：那我就必须要表达敬意了。那种事情会给一个人的心理健康造成很坏的影响。你一定已经康复了。我不知道他们居然会把你关在里面那么久。我猜要搞情报工作的话这是必经之路。

审讯人：在我们那个时代，他们会一直把你关在里面，直到你自己把黑匣子破解开。我们可不像后来的几代人那样软弱。我仍然保持着打败虚拟模组的记录。

受审者：啊，我明白了。没错，待在虚拟匣子里，你很清楚折磨最终会在某个时间点结束。你知道它是人为构造，这就容易多了。尤其是当你学会了从真正的折磨中幸存，那想打败一个人为构造的东西简直易如反掌。不管那一切感觉起来有多么真实，你都知道会从噩梦中醒来，到时候还是一个完完整整的人。过后你可能会害怕、会发抖，不过这都是寻常事。你可能需要经历厌恶疗法，然后才能在真实世界里正常生活，但你会完好无损地从里面出来——这就是你忍受过去黑匣子的办法。你知道它会结束的，知道痛苦终有结束的一刻，这是一种巨大的心理放松。心怀希望的人能比陷入绝望的人活得更长久。你知道那些轻度抑郁的人对这个世界的看法会更准确吗？然而他们却没有乐观主义者那么长寿，也没有那么成功。事实证明，能够感知到真实的现状不会带来什么长期的好处。只有那些相信世界上还有比自己更伟大的存在的人才能兴旺发达。我们好像都需要一点儿妄想，才能正常地生活在这个世界上。这种信念可以是任何东西——一位神祇、一家公司、一个社会，好比我们接受的各种军事灌输。它可以是一种归属感，也可以是民族自豪感；或者是想让世界变得更美好的愿望，或者是想要把世界烧成灰烬的愿望——个人的或者政治的都行。不过……总需要一种更伟大的东西、一种更崇高的东西。

审讯人：我知道该怎么打败酷刑模组，但你呢？你是怎么忍受现在这一切的？你认为在真实世界里我们就不会动手把你拆解成一块一块的吗？可能动手的不会是我——我连手套都纤尘不染——但要是我得不到想要的结果，别人会动手的。你明白这一点，不是吗？到时候我们就不会把你关进匣子里了，我们会现场直播。

受审者：直播！太棒了！在线直播！到时候肯定会很刺激。

审讯人：你说谁会觉得刺激？

受审者：谁？对啊，这是个有趣的问题。“病人”释放了之后，还剩下多少人呢？我有个好主意，比你想象中的还要好很多。在自我毁灭方面，你做的工作真是令人钦佩。我是怎么忍受现在这一切的呢？我知道我不是在一个匣子里，即使用更高级的模组，也总是有办法辨别真假，而现在这一切够真实了。因此你真的提出了一个很好的问题，我应该充满绝望才对。说不定我能忍受这一切，是因为我很清楚结局。也许我能忍受这一切是因为我知道我们之前经历过这些。

（静音：7 秒钟。）

审讯人：你知道“病人”最终会造成什么样的结果吗？

受审者：你呢？我自己也想弄清楚，究竟有谁知道关于“病人”的事情，又是什么时候知道的。你是不是早就知道自己会把这事儿怪在火星头上了？战争到了那个节点上，士气难免有些低落。六巨头变成了四巨头。不过我还是觉得“病人”可能真的是火星的所作所为，即使这场传染病处处留下的痕迹都明显属于伊芙康。在我们想出了最终解决方案，针对所有滞留地球的火星人之后，那场传染病就释放了出来。你难道没有想过那可能是你们自食恶果吗？要是你们退一步，不去执行那个所谓的最终解决方案的话……也许可以拯救五十亿甚至更多的生命？

审讯人：我最感兴趣的还是你究竟为什么会在圣彼得堡。

受审者：哦，太好了，你真的回到圣彼得堡的话题上来了！真是好极了。不过我还是很好奇，既然你心里很清楚是怎么回事，为什么还要执着于让我告诉你呢？我敢肯定你看过我所有的身体指标了。你知道我是谁。如果你不知道的话，我也不会在这里了。你觉得了解整件事对你会有什么好处呢？你是不是觉得，只要你知道了我所知的事情，就能改变发生的一切？还是让我来告诉你一件事吧。所有即将发生的事情都已经发生过了，只是你还没经历到而已。我们所有人都被困在一个巨大的时间循环中，在事物之间的空隙里跌来撞去。

（静音：12 秒。）

审讯人：你不相信自由意志。

受审者：人们相信他们想相信的东西。你来到这里并不是为了粉碎自己的信念。你来是想巩固你的世界观。也许这就是你来审问我的真实原因——你希望除了已有的答案之外，我还能给你一些不一样的答案，但我这里并没有你想要的东西，不管你让我一个人在“光”里待多久都一样。

审讯人：那你有什么是能给我的呢？我们可以花上好几个月在这里兜圈子。

受审者：不，我们不会的。

审讯人：你也这么觉得？我们难得达成一致。

受审者：不是这个意思。我没有问过你，强迫我保持清醒并思考的这段时间到底有多长。我不需要知道，因为不可能超过几天。你是按时间表办事的，中士。旧世界已经结束了，而且结束很长一段时间了。你我只不过是活在它最后的余晖里罢了。

审讯人：你在圣彼得堡到底是想达到什么目的？

受审者：下完这盘棋。

审讯人：下完？我们才刚刚开始呢！

受审者：可能对你来说是吧，但我要下完的是一盘大棋，中士。

审讯人：告诉我你要怎么下完这盘棋。

受审者：怎么开始就怎么结束。

审讯人：要是你认为我们处在一条加速的时间线上，那你就知道我们的下一次审讯不会再这么和蔼可亲了。我建议你与我们合作。我们两个都不想待在这里，也都不想再拖下去。在这一方面，我并不是你的敌人。

受审者：（大笑）你的假设可真够多的，中士。

审讯人：你还是不打算告诉我为什么会在圣彼得堡？是谁派你来的？你到底在计划些什么？

受审者：你还是问错了问题。

审讯人：那我该问什么呢？

受审者：问我什么时候会离开这里。我很清楚那是什么时候。

审讯人：你死的时候？

受审者：不。是我杀了你之后。一切终见分晓。

审讯人：审讯结束。

（二号录音结束。）

15

“列兵迪兹，”陈医生微笑着伸出手来，“提醒我一下吧。我们见过面吗？”

“呃，见过。”我还在隔离期。至少四天以来，她是我除了医疗兵和安保员之外见过的第一个人。这里只有我一个人，连娱乐室都是空的。我想知道特内周围有多少这样的设施。

“那是什么时候呢？”

我顿了顿，感觉到有陷阱，“就是上一次。”该死！这才应该是我的第一次心理评估，是不是？

“我们都讨论了些什么？来，请坐吧，告诉我上次说到哪儿了。”她是在逗我吗？

“我的档案里不是写了吗？”

“我想看看你还记得些什么。”她坐在我对面，看起来一点儿没变。这有点儿奇怪，因为我的感觉……真的变了很多，好像距我上次见到她已经过去了好多年。我脑子里确实是这样，时间完全乱作一团了。

“我们见过面，”我说，想试着摸清她的底细，“我们谈了……我运气不好的原因。听着，这些都不要紧。我们还是……”按照任务简介来吧，我想。

我把告诉贾索的所有事情都告诉了陈医生，也就是并没有透露多少。不过我告诉了她贾索说的话，关于他们是在哪儿找到我的，还有医院里的事情。然而我没有把小维的事情讲给她听。军队可以容忍很多疯狂的事情，可我不觉得看到幻影或者跑到不该去的地方也在容忍之列。

连我都知道当一个人开始产生幻觉，看到不存在的东西时意味着什么。情况已经够糟了，我本来应该降落到……谁知道我本来应该降落到哪里呢？但我在南非凭空出现了。那怎么是我的错呢？我又不是控制降落的人，那都是军团控制的，是他们的错。

“你感觉怎么样？”陈医生问，“自从那件事发生之后？”

“我的全班人都失踪了，可能已经死了。我还能有什么感觉？”

“我来这儿是为了倾听，不是为了评判。”

“好吧，但是每个人都会评判。他们大概有这个权利，换我也一样。那件事可能只是哪个环节出了点儿问题，就是……变成光的时候。”

“部署的环节？”

“是啊，也就是说，那个过程出了问题。我的意思是，我听说那个过程不是十全十美的。我听说他们想怪我，但我什么也没做，只是按照命令来行动。”

“关于部署的事，你听说了些什么？”

“呃，有时候接受部署的人会在聚集成形的时候身体错位，或者陷入混乱。我们在预备班上学到过。”

“我明白了。这让你很担忧吗？”

“我……应该是吧？我不想再让新的班级失望了。”

“你觉得让之前的那个班级失望了吗？”

“当然了。我回来了，他们没回来。”

“要是你真的不记得发生了什么事儿，当然也就不必自责了。”

“我应该救他们的。”

“怎么救呢？”

“我也不知道，但我确实应该救他们。你不觉得吗？”

“战争时期确实会发生很多令人难以接受的事。你觉得你能掌控发生在你们班的那件事吗？”

“没错，我确实很喜欢掌控事情。穆妮奥斯是班长，而我是她的后盾。这就是我的职责。我和我的队伍团结一心。我会尽量确保他们不会中枪。我不知道他们身上发生了什么事儿，不过能想象那不是什么好事。”

“你把自己视作一个保护者吗？”

“我想帮助别人。”

“那你也可以从事别的职业啊。你可以进入医疗行业，或者……”

“我不是公民，怎么会有那么多选择，我明明一个都没有。”

“那你又为什么会参军呢？”

“我想站在正义的一方，想当一个圣骑士。”我又脱口而出了，赶紧收回我的话，“对不起，这种想法太蠢了。”

“一位圣骑士……一位骑士？”

“差不多吧。一位神圣骑士，就是说……你不仅会跟敌人战斗，还会做好人的守护者。”

“我懂了。讲故事给自己听是一件很重要的事，列兵迪兹。有一种理论认为，意识本身就是从故事开始的。故事是我们理解这个世界的方式。我们每个人的内心都有一个故事，从小讲给自己听。随着年龄的增长，我们会不断地修改这个故事，把它打磨得愈发尖锐，直到满意。有时候，我们会在生活中遭遇一些跟这个故事不符的问题，或者做一些不符的事情，从而产生一种巨大的违和感。这种感觉就像失去了自己的一部分。当现实世界与你的故事不符的时候，你会觉得这是对自身存在的攻击。要是你的故事中的一位骑士没能拯救别人，那该怎么办呢？”

我想回答，他们显然应该立誓复仇，加入企业军团。这不是很明显吗？但我没有说出口。我知道该说什么，而我已经透露太多事情了，“他们只能继续前进。下次会做得更好的。”

“你觉得你也能做到吗？”

“很抱歉我说了那些话。”

“不用抱歉。它能帮助我们增进理解。你觉得还能继续向前吗？成为另一个班级里的一员，对你来说是什么感觉？”

“可能会比较难以融入，但这才是……这才是我来这里的目的，所以我猜感觉会很好的。”

“你觉得这是一种天职吗？对你来说，这是一种个人使命的召唤吗？”

“也就……那样吧。这是一件该做的事。不管怎样。”

我们继续谈了下去，直到医生说：“我看时间到了。”

“就这样吗？那我什么时候可以再次降落？他们会把我安排去做文职吗？会安排我去修厕所吗？我是个很优秀的士兵。我可以加入另一个班级。也许我们还能把其他人找回来。”我没思考过他们在我身上发现血迹的事情——那是谁的血呢？我不相信是火星人的。

我咬了咬嘴唇。我敢问出口吗？他们会告诉我吗？

“这不是我决定的。很高兴再次见到你，列兵迪兹。在这里等一会儿吧，联络员会送你出去的。”

她留下我走了，没有回头。正是这个心理医生手中掌握着我的未来，而她的判断只能基于我漫无边际地描述的圣骑士故事和自我情感。该死！要是这些内容反馈到排里去，我就永无出头之日了。当然，这还得是我有机会回到我的排或任何排服役的情况下。

不管她都说了些什么，肯定不全是坏话，因为几个小时之后，他们把我从单独隔离中放出来了，还送我回到了我的排。

虽然我应该清楚会发生什么事情，但还是为此忧心忡忡了很久。如果他们不肯让我再降落了，我又是怎么变成“倒霉蛋迪兹”的呢？我肯定还搞砸了几次，才会获得这个名声。

不过话说回来，我怎么知道每一次降落之后，都不会出现在别的地方，别的……时间？变成另一个……我？我什么也不知道。我的头好痛。我是不是可以去到……任何一个时间里?

我回到床架边，琼斯已经坐在那里了。他坐在我的床上。因为上面还没让他搬到这里来，所以上铺还是穆妮奥斯的——他们仍然心怀希望，觉得她还会出现。然而我已经知道未来了，不是吗?

我打开我们床架最后面的大箱子，她的东西还在那里。有什么东西堵住了我的喉咙，让我不得不花点儿时间来阻止哽咽出声。

“发生了什么？”琼斯问。

“我都告诉过上百万人了！我不知道，琼斯。”接着我又想证实一下，“你受伤了，所以不能去执行任务，对吗？”

“这次降落任务把你怎么了，迪兹？”

“你回答是或者不是就行了。”

“是。我在这里玩第一人称射击游戏的时候，你把我们全班人都害死了。穆妮奥斯和下巴骨是不是都死了？”

“我不知道。我没亲眼看到她死了，也没看到其他人死了。我真的不知道。”

“那怎么全班人都去了，却只有你一个人回来了？”

“我不知道。”

“除了你，没人害死过一个士兵！”

“我们当时不都在那儿吗？”

“不，你到底有没有在听啊？你去了。我没去。你需要我再重复一遍吗？你脑子真的坏了！”

“是技术上的问题。他们搞错了。”

琼斯盯着我，“你就继续扯淡吧！”他说完就走了。

上面准许我和我的排一起参加体能训练，像往常一样和他们同住，但跟我上一次降落回到基地比起来，他们对我甚至更冷漠了。士兵们是一群迷信的人。琼斯每次降落都穿同一双袜子——尽管我们所有的袜子看起来都差不多。他用小的安全别针给那双袜子做了标记，说那双袜子是他的“幸运”袜。穆妮奥斯会亲吻她的十字架。我在战场上还是个新人，还什么都不信，连我自己都不信。我知道自己会变成一个倒霉蛋，没人想让我加入他们的班级，而我也不怪他们。

我们又迎来了一批新兵。指挥官叫到他们名字的时候，我感到胃里一阵翻滚。

“让我们欢迎一下新来的四个傻瓜。”指挥官说，“列兵兰登、列兵马尔卡什、专业兵莱希特纳和专业兵桑多瓦尔。”

名字念完之后，我闭上了眼睛。

可能我是在不停地穿越不同的时间线，不同的未来，不同的……或者是火星一直在拿我耍着玩。也许这段时间我一直都被关在火星上某种会循环的沉浸式设备里。我突然回想起了酷刑模组带来的惨痛记忆，一时间连呼吸都忘了。这些会不会都不是真的——自从我们第一次列队去执行火星探测任务以来，一切都不是真的？

我在强制训练的时候没能通过酷刑模组的考验，没有发现它不是真的，也没能拆解它的构造。有些事情你真的不能靠蛮力杀出一条血路来，沉浸式酷刑折磨是其中之一。

解散的时候，我深吸了一口气。

新兵们留下来和我们待在一起。

列兵兰登是个瘦高个儿，皮肤苍白，头发乌黑，牙齿整齐。“你是迪兹？”他说，“就是把全班人都丢在火星上的那个人？”

“是啊，”我说，“我就是倒霉蛋迪兹。”

“倒霉蛋迪兹？听起来很搞笑。”

他让我想起我弟弟——相貌太过英俊，反而对自己不利，再加上心肠又好，还愿意不断努力做一个更好的人。他说话的方式里没有掺杂一点儿恶意，只有纯粹的兴趣。然而，人都是会死的，像我妈妈；或是会消失的，像我爸爸；还会被闪袭，像我在圣保罗的弟弟和表亲们一样。因此，真的没必要跟别人建立什么情感联系。

“你为什么那样看着我？”他说。

“你让我想起了我弟弟。”

“那就好。我也对你没那方面的意思。你弟弟现在在哪儿呢？”

“他之前在圣保罗。”

“很抱歉。”

“又不是你干的。”我说。

“你家里还有其他人吗？”

“没有了，只剩你们这些混蛋。我的阿姨、表亲、叔叔——所有人都不在了。”

“父母呢？”

“你跟谁都这么健谈吗？”

“习惯而已。我是搞销售的。”

“卖什么？”

“统治方法。”

“什么？”

“我是指，大公司之间喜欢互相推销自己的政治理念。我就是其中一员。”

“那你跑到这儿来干什么？听起来是个挺惬意的工作。无聊，但是挺惬意的。”

“我老婆全家都死在月球上了。”他说，“或者至少我们是这么认为的。这就是我老婆。”他在口袋里摸索着找到了一样东西。我接过那张压制卡片，把它拿在手里。它已经折叠过很多次了。

“我把它打印出来了。”他说，“这样的话，降落后通信还没上线的时候，我就可以拿出来看看了。它能让我记起是为什么而战的。”看来这是独属于他的小幸运符。真有意思，我们到现在还紧抓着实物不放，也许是因为它们更难抹去吧。

他的妻子看起来是个十分讨人喜欢的人——一个温柔圆脸的年轻女人，有着浓密的黑发和茶色的皮肤。她露出大大的笑容，还有可爱的酒窝。不过不是我以为他会喜欢的那种人。她怀里抱着一个胖乎乎的小宝宝，脸上洋溢着骄傲的神采，好像那是她在公司运动会上得到的一枚金牌。

我最后一次看家人的照片是什么时候呢？我妈妈的照片？爸爸的照片？对我来说，死者已矣，而生者……我知道他们也是会死的。穆妮奥斯不在了，还有下巴骨……都不在了。我会和小维分手是为了她好——我当时就是这么想的。这样看来，命运真的很有意思。

我看着兰登和蔼可亲的脸庞。他也一样会死的。如果这场战争再持续很长一段时间，那也许他的家人也会死，也许我们所有人都会死。我把照片还给了他。

“挺好的，”我说，“还有个理由支撑着你。”

他把照片塞了回去，“琼斯说你读过亚马多和马查多·德·阿西斯。那你有没有读过维加或者马丁内斯·赫雷罗斯的书呢？大概有四个军团都把他们的书禁了。”

吃晚饭的通知来了，只有三十分钟，吃不完的就会收走。

“改天再聊吧。”我说。

“我会给你发一些文档的！”他说。我没打算告诉他读书不是我最喜欢的消遣。他人不错，我知道我现在需要盟友。然而你失去了一些人之后，就不想再接触更多人了。

我依然觉得我可以解决所有问题。像兰登这样的新人可能现在还什么都不知道，不过他很快就会弄清楚了。我想只要我们再降落一次，排里其他人对我的态度就会好起来。我会好好战斗。我会保护他们，他们也会保护我。情况肯定会好起来的，对吧？毕竟我已经跳到过很远的未来了，他们都挺好的，或者说比现在好多了。

然而，上面叫我们去进行下一次降落的时候，指挥官却说："这一次你不能去，迪兹。"

"我都做过心理评估了。"

"是军团让我们禁止你这次降落的。不好意思。不过你也不会闲着，他们会给你安排通信训练的。你得朝着擢升为专业兵的方向努力，对吧？好好干！"

"好的，长官。"我不喜欢她那个表情。我不喜欢她看得这么明白，也不喜欢她可怜我。她有没有失去过一支队伍呢？她当然有了。该死！我真的倒霉死了！我记得，是在我第二次搞砸之后，她才建议要禁止我降落的，结果却被驳回了。她是害我第一次被禁止降落的人吗？还是说这是情报部门的主意？如果是情报部门的主意，他们又为什么要在……未来让我恢复降落呢？为什么不……现在就让我降落？又或者说……天哪，这是换了个版本吗？如果这一切真的是火星人的酷刑模组，那也太可怕了。

他们去降落了，而我则把时间花在了通关酷刑模组上。我不是独自通关这些模组的，而是开启了指导训练模式，强度也设置得比较低。

进入沉浸式设备，我被铁链挂在了房间中央。我的训练指导站在旁边，双手背在背后，辅导我通关。这个教练你想让谁来当都行，不过我选择了一个普通角色，一个以索凯上将为原型的角色——她是个身材修长的黑皮肤女人，曾带领特内 - 西尔维亚公司在上一次公司大战中赢得了第一场胜利。她的站姿让我想起了穆妮奥斯，这让我有些许安慰。

"你没有被困住。"那个虚拟角色对我说。在她身后，三个穿制服的士兵走进来，穿过了她的身体，好像她不在这里一样——不过我想她本来就不在这里，我们都不在。“这只不过是系统告诉你的谎言——什么你被困住了，你丧失了控制权。”

我把注意力集中在呼吸上。我不擅长冥想，但在这种情况下冥想几乎是最好的策略了。

“你要等待他们。”她说。

“等待他们什么？杀了我吗？”

“你要等到他们相信已经打垮了你。”

“要是他们真的打垮我了呢？”

“那我们就再来一遍。”

“好吧。”

“专心。”警卫们拿出电棍，开始殴打我。我感觉到疼痛，但那是一种钝痛，像看着一具曾经属于我的身体遭受疼痛一样。我故意把强度设置调低了。这一次最坏的情况不会发生在我身上，只要我能想到办法控制它。

“夺回控制权。”那个虚拟角色说。

“什么的控制权？”

我脸上挨了一棍子，鼻子被打破了，鲜血飞溅。在这个人为构建的世界里，血液会像灰尘一样——先在空气里飘浮一下，然后才落地，变成平坦湿润的一摊，接着就消失在地板上。

“你的敌人不是这些士兵，”她说，“你的敌人是自己的大脑，而它也是唯一能摆脱束缚的办法。夺回控制权！”

“怎么才能做到？”电棍打在我身上发出噼里啪啦的响声，一道疼痛像闪电般炸开，象征着我被打断了一根肋骨。“根本就没有什么好控制的啊！”

在我挣扎扭动的时候，那个角色走到我身边。她冷冷地看着我，黑色的双眼是那样的深邃，我感觉自己都迷失在里面了。“你必须撕开自己，扯碎自己。这是离开这个世界唯一的方法。”

“结束构造！”

我又清醒过来。我正坐在一张垫着软垫的沉浸式设备的座椅上，安然无恙地系着安全带。房间里一片昏暗。我周围还有十几个其他座椅，大部分都空着。我的排不在这里，他们都在外面过着真实的人生。我却待在这里，想办法破解眼前这个虚假生活，前往真实生活。

我的排回来的时候，我正在重新校准头戴式显示器——只是定期维护一下。琼斯走进医疗技术室，跳到我旁边的床铺上。

“还顺利吗？”我说。

“当然了。”

“你来这里干什么？”

“有什么东西进到我显示器里了。”他左眼耷拉着，流下来的一行泪水沾湿了左脸颊，没有止住的迹象。

医疗技术员帮他做了检查，取出他的显示器镜片，“我会帮你把右眼镜片清理干净，再帮你换一个左眼镜片。”医疗技术员说完就走了。

这是我第一次在摆脱了降落事故的窘境之后，可以和另一个人坐在一起，而且没有任何东西会记录我说的话或者做的事。琼斯抢在我前面明白了这点。技术员刚一走出视线，他就转身朝我扑过来。

“到底发生了什么事儿？”琼斯问，“是不是你杀了他们？是不是你搞砸了一切？”

“你就别来教训我怎么搞砸了行吗？琼斯！看看我们搞砸的记录吧。”我眼前又出现了老奶奶爆裂的身躯和血光闪烁的内脏，在想是不是需要跟他挑明才行。

“你就把真相告诉我吧。”

“我不知道发生了什么事儿。不过……”我瞥一眼技术员离开的方向，“我不记得去过火星了，琼斯，可能根本就没去过。我和另外一个不认识的小队——我们跑到该死的开普敦去了！但是……那里都是死人。他们全都死在那里了，没人活下来，除了……马苏基桑的制服出现在辛哈纳的领地。这一点也很奇怪。我不知道。爆炸了，突然的爆炸……一切都变黑了。我可以对你发誓。"

"可能是假的。你被俘虏的时候，火星人把你关进沉浸式设备里面了。"

"感觉很真实。"

"感觉真实是应该的。训练中的那些酷刑模组感觉都很真实。"

"那要是我还被困在一个沉浸式设备里面呢？"

"现在吗？"琼斯笑了，"我猜也是有道理的。你的终极酷刑场景里会留下谁呢？穆妮奥斯没了，下巴骨没了——你就只剩我了。接下来又会出现什么呢？他们会不会把你的前女友也给挖出来？"

肯定是我的表情出卖了我，致使琼斯问："怎么了？"

"那次降落之后，在医院里面。我看到了……一个曾经跟我在一起的人，但不是我想见的人。然后她一下子就……消失不见了。你有没有碰到过这种事，琼斯？我是不是真的疯了？"

我以为琼斯会像那个心理医生一样看待我，或者像情报部门的人那样看待我——觉得我疯了。谁知他只是缓慢地点了点头，"是啊，我是说，你没疯……我觉得事情不是你想象的那样。"他把声音压得更低了，"你不是唯一一个经历这种破事的人。在你之前，穆妮奥斯也碰到过。她经历了一次非常糟糕的降落，然后把这件事讲给指挥官了。指挥官告诉她，她只不过是激动过头了，在胡思乱想而已，但我一看就知道是怎么回事——指挥官不希望情报部门会把这段对话标记下来审查。"

"要是指挥官知道这种事会发生，为什么她还想让我退出呢？"

"也许是因为她不希望发生在穆妮奥斯和其他那些人身上的事，也发生在你身上。"

“其他那些人？”

“这就是为什么我们要照着简介来，迪兹。那些人降落回来之后，狂呼乱叫说去了别的地方，我见过他们被拖走了。我们回来之后会隔离，就是出于这个原因。不是因为身体上的问题——他们一眼就能看出来身体出问题的人，而是因为精神上的问题。他们想知道我们是不是……去了别的地方。那些……脑子糊涂了的士兵会被开除。不是刷厕所或者做苦力，而是另一种开除，从此之后就消失了。你明白我的意思吗？”

“被杀了？”

“反正肯定没好事。可能是高层那些人杀了他们，也可能是抓去做人体实验了。谁知道呢？反正我们再也见不到他们了。”

技术员回来了，给我拿了一副刚保养好的镜片。

“照着简介来。”琼斯说，然后我们都不说话了。

我的显示器闪烁起来。这是一段时间以来我第一次想要再核对一下日期，但是没有时钟，也没有日历。我们可以通过显示器来标记时间，也有倒计时、计时器和闹钟。然而日期呢？今天是星期五吗？是 12 月，还是 3 月？当我试着要访问这些信息的时候，系统却给我发出了一个拒绝访问的红色警告。

我瞥了琼斯一眼。

我们这样不辨时日有多久了？

这时，我想起第一次回到基地之后看到的床铺上的刻痕——总共九十三道刻痕。

我回到床铺，躺下来，盯着光滑的金属条，用手指从上面抚过——上面还没有刻痕。我看到的那些刻痕不是在计算杀人数，而是在记录日期，记录时间。是每次降落任务之间相隔的时间吗？还是每次糟糕的降落之间相隔的时间？我不能确定，但如果这就是我在火星侦察任务之后

第一次回到基地的时间，那么现在是开始计算真正时间的绝佳机会。

我数了一下隔离和被禁止降落的日子，把每一天都在床板的金属条上刻下一道痕迹。

我想像正常人一样计算度过的每一个日子。

我会把跳跃时空这件事弄清楚的。

我还要学会如何去控制它。

16

虽然我有在时空中跳来跳去的经历，但最奇怪的体验其实是另一件——我要加入新的小队并假装是初次见面，即使我已经和他们一起出过任务了。

其他人经过了两次降落后，我才获准再一次出战。我觉得能有这个机会完全是因为我给指挥官找了不少麻烦。每一次她带完任务回来，我都会去找她询问最新进展。我还发消息给她的上级，甚至还发给了贾索——告诉她我已经恢复了，可以再去执行任务。他们又让我去见了两次心理医生。我咬紧着我的说辞不放，只说把之前的经历都忘记了。我在铺位上刻记号记录日期——这一次我在基地里待了十一天，我想把这个时间记下来。

等指挥官终于叫我去见她，我说："长官，要么就开除我，要么就送我上战场。我不能待在这里，体验着六个不变的沉浸式设备，也不想再跑跑步机了。我会发疯的，长官！"

"他们批准你再上战场了。很明显，你的心理医生认为你没有什么问题。情报部门已经盯上你了，所以自己注意点儿吧。我会把你和琼斯安排在同一个班级里。要是你对他当班长有意见，我就干脆把你调到另一个排。我听说你们两个在训练期间就有矛盾。”

“长官，没有的事。我对他当班长没意见。”

指挥官把普拉卡什也派到了我们班。当她宣布这个决定的时候，我注意到普拉卡什的眼睛睁大了。指挥官把她叫过来，本来是因为她的头发比规定长了四分之一英寸——规定长度只有四分之一英寸。普拉卡什有好一阵子都对我爱答不理，但是一天午后我发现她在抽烟。她递给了我一根烟，我们就站在那里，保持着友好的沉默。

“我爸抽烟。”我说。

“我妈也抽。每一次她出去修理我们不稳定的克努连接时都会抽烟。她还以为我们没注意到。”

“规定是不允许抽烟的。”

“气死我了，我还得自己卷烟。你是不是把你全班人都杀了？”

“我没有。”

这可真是一个交朋友的好开头！

我们班又调来了一个新人，马里诺，他前一个排在火星上被屠戮殆尽。他可能比我还惨一些。他眼睁睁地看着整个班级被脉冲步枪击碎了。回到降落点的时候，他吓得神志不清、胡言乱语，身上还覆盖着一层雾状的尸体的残留物。对他，军团没有过多的询问，不像对我那样，不过我觉得这也公平——他们已经掌握那家伙的所有情报了。当我试着去查看他的相关信息时，头戴式显示器却一次又一次地拒绝了我的访问。真不知道他们参加的是什么行动。

另一个新人是奥玛拉斯，她本来就在我们的排。经过了那次香蕉地降落任务，她也算是我的熟人了。当然了，没人记得那次降落，除了我——因为那次降落发生在未来。她是个面容清秀稚嫩的年轻女孩，壮得像一辆坦克。她个头儿比我高多了，身材有我两倍宽，可能比我重二十五公斤。企业军团显然想让她苗条一点儿，但苗条了就不是她了。她赫然耸现在我面前，深色的脸上牙齿闪烁着白光。我立刻紧张起来，准备好要打架——打她肯定会像打弗兰基一样。

“你知道厕所怎么走吗？”她用温柔平静的声音说——语调很低沉，我几乎没听清她说的话。她眼里闪着亮光。

我指了指厕所的方向。她当时忍住没有放声大笑，但事后还是笑出声来。我对他们的了解只有现在所见的，还有那次诡异的降落中见到的——时间出了错漏的那一次。他们的档案对我不公开。

我们进行了几次正常的降落——知道这一点很重要。我只有在降落回来之后，发现降落前的任务简介符合降落中与降落后的，才会意识到这一次降落没有出问题。我希望能得到一些较长的、不间断的线性时间，然而这些时间没有我想象中的有意思。

时间没有错乱的正常任务是最糟糕的。当你回到线性生活中时，那感觉像泡在热水浴缸里，很舒服、很满足。我想过把一切都告诉心理医生，也想过给情报部门发条消息，把目前对这场战争的了解都列举出来。我还想过自己真够幸运的，因为特内还不能阅读和记录想法……真的不能吧？

我在正常时间中和这个排的这个班一起经历实战……感觉很糟，因为我知道他们会死。我知道普拉卡什会死。这是不是我们酒后乱性的原因呢？可能吧，也可能我们无论怎样都会上床的。我在床铺上刻下度过的每一天，知道这段时间只是借来的。

即使有更好的解释，比如我是被困在某个火星的模拟装置里面了——在很多日子里我也确实觉得那是一种更幸福的解释——不过那也不能避免终结之日，不如还是享受当下吧。

琼斯给了我两本若热·亚马多的书——《弗洛尔和她的两个丈夫》

和《沙滩船长》，还有一本马查多・德・阿西斯的书——《精神病医生》。这些都是他妈妈寄给他的真正的纸质书。很明显，这些作品都不允许以数字的形式传播。公司政策对文学作品有着严格的限制，连琼斯这样的公民也不例外。

我想还是迁就一下琼斯算了，毕竟他费了那么多工夫才把这些书搞进来。我也需要一些跑步机和酷刑模组之外的时间。心理医生问了很多关于酷刑模组的问题，还是看禁书的事更容易和她解释。

“你花这么多时间在高强度的沉浸式酷刑体验上，就不担心不健康吗？”心理医生问。

“我真的很不好受。”我说，“因为我可能在火星上被俘虏了。我在训练的时候没能很好地通过酷刑模组的测试。我希望能做得更好，以备万一我们再次降落到火星上去。这只是时间问题，对吧？”

她很容易就照单全收了。我为骗了她而感到难过。

大多数情况下，士兵们在两次降落之间只会做两件事——喝酒和乱性。不是一边喝酒一边想着乱性，就是一边喝酒一边找人乱性。我们都还年轻，挤在一起像一群老鼠一样，而且没什么事情可做。你再爱跑步机也只能跑那么多公里，再喜欢健身也只能举起那么多重量。

“北方的日子就像这样。你和琼斯发生过关系吗？”普拉卡什说。

“不啊。”

“兰登呢？”

“天哪，不可能的事！”

“我们倒是搞过几次。”

“什么，你跟这两个都搞过？该死，我真的在酷刑模组里面待得太久了！”

“只跟琼斯搞过而已，但你肯定跟穆妮奥斯上过床吧。”

“没有。搞什么啊，普拉卡什，这难道是纵欲后的忏悔时间吗？”

她咧嘴笑了。我眼前又一次浮现那副景象——她手臂张开穿过躯干。我猛地眨了眨眼，然后转过了头。

“你怎么了？”她说，“你时不时就会这样看着我，说不清是伤心还是害怕。我很吓人吗？”

“不是你的问题。只不过是想到了这场战争。”

“哦，对了，你的小队。不好意思，我不该提起穆妮奥斯的。我真的很喜欢她。”

“没事的。”

“不是没事。我们都失去了……很多人。我已经当三年兵了，真不敢相信我还活着。你知道现在的平均服役时间吗？才十八个月。是不是完全疯了？这还是平均数据，也就意味着有很多人第一周第一天就没命了。经过了那么多训练，只在战场上待了十五分钟就死了，这有什么意义呢？”

“但我们只能跟他们拼个你死我活。难道你希望最后变成公社分子吗？”

“我倒开始觉得当个公社分子也比丢了命好。”

我扬起一侧的眉毛，真的很容易忘记设备一直在录音。我听说过有士兵因为说错了话被惩罚，不过从没有亲眼见过，但还是宁求稳妥以免后悔。

我跟普拉卡什待在一起的时间可能太多了，不该这样的，毕竟我知道后来都发生了什么。然而转念一想，也有可能我和她在一起花的时间还不够多。星期天早上，我们不用降落的时候，我读《弗洛尔和她的两个丈夫》这本书给她听。她觉得这本书很好笑。琼斯糗了我们，不过我看他是嫉妒。

那天早上，我在床架上刻下的一条细线，就在六组五条细线旁边，我知道自己要降落到正常时间之外的地方去了。

第九十三天到了。

我在真实时间中的缓刑结束了。

“你们当中那些没去过火星的人，”我们一起开完简介会之后，指挥官对我们说，“这会是一次特殊的经历。我们奉命去确保一个最近失联的基地的安全。对于你们很多人来说，这将是你们第一次火星战斗任务。”

这话引起了我的注意。这就是普拉卡什和琼斯说过的那次战斗任务吗？指挥官宣讲警告和注意事项的时候，我却在想，好啊，这就是那一次了——火星的战斗任务。这就是我成为大英雄的时刻了吧？我真的已经准备好当英雄了！我受够了当个差劲的小兵。

“这是一次全连参加的任务。”指挥官继续说，“我们连的任务是攻破一处有围墙的场地，坦尼恩的连队会提供援助。为了实现目标，我们将会穿过一片城市作战环境。我们可能会遇到地雷、饵雷，以及偶尔的敌对交火。情报部门说应该不会遇到有组织的部队，不过我也不需要提醒你们，一个位置绝佳的狙击手会带来巨大的危险。热信号不总是可见的。他们有很多狙击手都用上了隐形技术，还是用老办法来侦察最好——观察狙击镜的闪光，注意枪声的来源。我不喜欢降落到城市战斗环境中去，不过这种情况也还算讨喜了。”

他们把我们带去了降落场。我拿好了脉冲步枪，琼斯站在左边，普拉卡什站在前面，马里诺站在她旁边，对着自己的步枪低声细语。奥玛拉斯站在我右边，还是像一尊雕像一样沉默不语。

我们开始颤抖了。

我的牙齿在打战。

我知道我不太可能到火星上去，或者，即使我真的出现在火星上，也不是现在。试着放松下来吧，我想，不如当成是一个惊喜来看待。我们的身体开始抖散了。我又一次看见普拉卡什的手臂从身体里直穿而过。我不得不迅速眨眼，确认她还在那里，身形依然完整。

我恨“惊喜”。

我们分解开了。

审讯三

受审者：#187799

日期：341 年 6 月 26 日

时间：上午 1 时

房间号：99 号

审讯人：我们开始录音。第三次录音……审讯对象是 187799 号。审讯人是……见笔记。

（静音：5 秒钟。）

审讯人：你能听见我说话吗？

（静音：7 秒钟。）

审讯人：她清醒了吗？她身上看起来有不少伤痕。这是她来的时候就有的吗？

（模糊内容：15 秒钟。）

审讯人：我们给你注射了肾上腺素。麻烦把她吊起来吧。你想喝点儿水吗？给她拿点儿水。这里，喝吧。很抱歉发生了这种事。我告诉过你这是必要的。我们快没时间了。在加速的时间表上……没有你的合作……我们的选择就很有限了。你现在肯定明白了吧？

（模糊内容：25 秒钟。）

审讯人：我听不懂她在说些什么。把她吊起来。这是肾上腺素造成的反应吗？她还需不需要再……

受审者：去你的吧！

审讯人：啊，你回来了。

受审者：我就没离开过，中士。只不过……刚刚有点儿飘了。

审讯人：你飘去哪儿了？

受审者：飘到前面去了。我一直都身处前线。你呢？

审讯人：我们损失很惨重。

受审者：但你从来都没有亲眼见过，不是吗？我看你不像是一个会把时间花在战场上的女人。你是那种人——会挨家挨户上门搜查，冷眼看着别人家破人亡，再兴高采烈地把审讯对象带回去……

审讯人：我亲眼见过的惨象已经够多了。我们就别假装在这场战争中，或者在别的地方里还有一处干净的所在了。

受审者：你不过是在直播里看到过，在沉浸式设备里看到过。你从来就没有切身生活在那种惨状下。你是一次又一次把悲惨强加给别人的人。

审讯人：在你眼里，是不是这样就能贬低我所经历的一切了？是不是这样就能感觉我比你渺小了，还是说这仅仅是因为你把我当作敌人来仇视？

（静音：15 秒钟。）

审讯人：我也在这场战争中失去了不少东西。

受审者：东西，当然了……你失去了安全感，失去了一种坚不可摧的理想，可能还失去了对你事业的信心，但失去的人呢？除了你的公司知识产权保护小队，你的指挥官，某个被炸飞的小女孩……

审讯人：你是不是又想猜测我的过去了？你做得真不怎样。

受审者：不啊！完全没有。我知道的远比你想象的还要多很多。我就是这样来到这里的。你知道“黑暗时刻”过后，特内-西尔维亚和伊芙康的军队都开始说些什么了吗？他们说：“有人叫你开枪，你再开枪。不要违抗命令。见到第一个火星人，你就投降。”知道他们为什么这么说吗？

审讯人：因为他们都是懦夫。

受审者：因为火星以前——现在也一样——对俘虏很好。火星人会解除他们的武装，让他们坐下来，给他们一包口粮。大多数战俘都能在温暖舒适的房间里度过战争，还能享受到娱乐设施和教育课程。战争行将结束的时候，你知道的，就在“病人”被释放之后，六巨头的士兵们都饥肠辘辘。火星一向有着善待俘虏的名声，甚至称得上是优待。六巨头……就没有。这就是为什么你们中有很多人都开始叛逃了。也许在你们投资更高级的审讯技术之前，应该先考虑一下这个问题。

审讯人：保留俘虏从来都是不切实际的。当然我也不相信你在那种条件下长大能有什么高远的见识。

受审者：在第一次世界大战中，那个叫什么来着……哦，美国，他们当时叫这个名字……他们以善待俘虏闻名，结果在后来那场战争里，应征入伍的德国人出发之前，他们的父母都让他们向见到的第一个美国人投降。听起来是不是很耳熟呢？要是你觉得那也没什么区别的话……

审讯人：那看看后来的美国怎么样了吧！它自己变成了它曾经指责的那副样子。它从内部分裂了，被不加约束的言论自由蛀蚀得千疮百孔。铺天盖地的政治宣传鼓吹着的没文化民众，他们都没有接受过正规的批判性思维训练。自由的民主党和酝酿阴谋的社会党政权从开始就注定了失败。要是你把自由和人权都作为与生俱来的权利给了人民，他们还需要为什么而战呢？人权是需要自己挣来的，居留权也是要靠挣来的，公民身份同样如此。如果你不能为公司挣钱，那么你就是在害公司赔钱。

受审者：我只不过是想说他们赢得了那场战争而已。他们的失败源于忘记了如何善待人民。人们会为了正与善的理念而战，会为了把他们当人来对待的人而战。比起出于恐惧，为了信念而战的人会更坚强，也更勇猛。

审讯人：但“食尸鬼”们还不是照样为我们而战。

受审者：直到他们有机会向火星人投降并且得到有尊严的对待。企业军团的想法是公司的一贯想法——目光短浅，没有长期战略，不懂高瞻远瞩，而且眼里只有利润，一心想着输赢。你们也就只能赢得这么长时间了，然后就会从下到上被彻底颠覆。

审讯人：这就是你求饶的方式吗？讨论政治？道德？想让我设身处地地看看你那一边的情况？然后顺理成章地要求我停止对你的审讯？你觉得我以前没在别的俘虏口中听过大同小异的话吗？我审问过比你更聪明，而且肯定更漂亮的俘虏。他们全都招供了。他们招供是因为知道自己没有出路，不能回头了。这不是在沉浸式设备里面。这是现实生活。在这里，我就是决定你生死的神。

受审者：我们还是实话实说吧。言语是挺重要的。你一直在折磨我。要停下当然很好，但就算停下来，你也没办法赢得我的忠诚，只能得到我面对持续痛苦时的疲惫和寻求死亡解脱的希望。当然了，我也知道战争进行到了这个地步，说什么都太晚了。我知道你很绝望。我一开始就知道这一切会往何处发展。

审讯人：你一直这么说。但如果你知道这一切会往什么方向发展的话，你又为什么会任由自己被抓获并审讯呢？至少从这一点来看，你已经告诉我都知道些什么了。

受审者：真要那样，我早死了。

审讯人：我们不会杀了你的。

受审者：你们当然会杀了我。

审讯人：我们可能会拿你去交换别人。战俘交换仍在进行。

受审者：拿我去换谁呢？我不是什么重要人物，不管你多希望我是。你可以向我承诺任何事，毕竟在这个地方，承诺什么也不是。

审讯人：告诉我圣彼得堡的事。你为什么去那里？

受审者：去做一件正义的事。

审讯人：你想拯救什么？

受审者：对我来说很重要的一切，可以拯救的一切。我经历了一次又一次，这场战争是不能阻止的，也不会有赢家。我唯一能做的就是拯救一些在意的东西。

审讯人：回答我一个问题，我就让他们割断绳子把你放下来，就一个问题。不要胡说！

受审者：问呗。

审讯人：“二重身”用俄语怎么说？

受审者：Dvoynik。

审讯人：回答迅速，很好。你，把她放下来……

（静音：45秒钟。）

审讯人：好了，你好点儿了吗？

受审者：我经历过更坏的情况。

审讯人：火星上也教俄语吗？

受审者：我在火星上有很多时间学习。火星上确实教俄语，这样火星士兵就可以接受那些诺鲁斯的应征入伍者投降了。他们征召的全都是些“食尸鬼”，你知道吗？他们不会假装服兵役是光荣或崇高的牺牲。服兵役仅仅是为了满足大公司的一时兴起。一直都是些有钱人在背后推着我们到处跑，编故事说为了一个崇高的事业而奋斗，可这所谓的“崇高事业”最多也就是，一个糟老头去嘲讽另一个糟老头的小弟弟，他俩还直播打飞机，靠观看人数来衡量谁的那方面能力更强。你知道这场战争的收视率都破纪录了吗？几家公司因此大发横财。我听说特内－西尔维亚甚至还在战争直播中给诺鲁斯和伊芙康打广告，利润非常可观。

审讯人：既然你一直那么爱给我讲历史和道德，那你来告诉我“二重身”的事情吧。

受审者：这个词来源于德语，意思是“双重的逝者”。据说看到爱人或者亲人的“二重身”预示着他们的死亡或者疾病。如果你看到自己的“二重身”，那就是大限将至的噩兆。埃及人有一个相关的概念，就是双重灵魂，但要是你回溯到很遥远的过去，你就会知道……早在巴比伦时代，波斯的琐罗亚斯德教徒[1]就有了关于双重身份的概念，这些双生的自我……它们代表着善与恶。这样你就明白了，这个概念在其他很多文化里都存在。一个“二重身”不只是一个替身，而是一个邪恶的替身，你的一个恶毒的双胞胎。我一直都觉得这事儿很有意思，好像“二重身”理应是邪恶的。但明明也有可能自己才是邪恶的那个，“二重身”才是善良的。不过这却违背了一种倾向，我们总把自己视作故事中的英雄，“二重身”自然也就视为外人、敌人，试图夺走我们所拥有的一切的人了。我……可以继续说下去，如果你肯给我一杯水的话。

审讯人：你回答了我的问题，所以当然可以——你能不能给她……谢谢你。

[1] 琐罗亚斯德教，古代波斯帝国的国教，是基督教诞生之前中东最有影响力的宗教。

（静音：35 秒钟。）

审讯人：给你。

受审者：谢谢你。

审讯人：你一定也饿了吧。

受审者：没你想象的那么饿。疼痛让我没有胃口了。

审讯人：我们猜测你大概在过去几年冒充了我们的一位特勤人员，这样就能解释你是怎么获得情报的了。你怎么认为呢？

受审者：听着像你想找出一根救命稻草似的，什么都朝我扔过来，看看我会抓住什么。冒充特勤人员听起来非常困难。

审讯人：到目前为止，这样更容易解释你手上的信息是怎么得来的——你就是假装成一个军团士兵。我们甚至见识过火星人是怎么给我们其中一些人洗脑的——把他们送到火星集中营里去，美其名曰“改造”，结果这些人出来之后身上被安上了乱七八糟的新有机体或者无机硬件。我们很快就把这些人遣走了，不过他们的心机变得更深沉了，有人一直在向火星泄露消息。有人告诉你圣彼得堡是最好的降落地点，这座城市受“病人”所害尚浅。他们还告诉你我们的总裁在那里。获得这些消息的唯一途径就是混入我们其中，但我们已经消灭了所有的叛徒，斩草除根，一个不留。

受审者：你听起来很肯定嘛！

审讯人：那是一次很彻底的大清洗。

受审者：这只是一个省事的说法，不是真的，但很省事。

审讯人：你为什么想要毁灭我们这个自由的地球呢？

受审者：好像往你们总裁的酒店里扔汽油弹，真的能毁灭什么东西似的。事实是地球上根本没有自由的社会，每个人都是从属于别人的。这里的抵抗军想打破你们的枷锁，但那对大多数人来说都太可怕了，所以我们还有什么选项呢？一群相信自己已经获得自由的自由人？他们认为现在受的奴役是自己选择的，这种选择权让他们成为独立个体。工作的自由？哈哈！那个自由是死在工厂地板上、倒在办公桌后面，因为没有上厕所休息时间只能原地大小便吧！还有被老板一时兴起裁掉的自由！老板们只发停滞不前的薪水，而你只能在公司的商店里买东西，他们就是这样吸干了你的血。然而在鞭子和锁链之间做选择是不正确的，有的时候你不得不把一些人抛下。他们是旧世界的余孽，没办法建立起新的东西。建立新的东西，等于承认他们所过的生活叛离了自身的信念，而失去那种信念……会威胁到他们的自我意识。信念的湮灭就是自我的湮灭。

审讯人：你就别再说得天花乱坠了！

受审者：是你先问的。

审讯人：再回答一个问题，我就叫医生进来。

受审者：叫医生，外加一杯伏特加。

审讯人：你需要仔细思考你的答案。

受审者：我已经在思考了。这现在是我们的共同点了。我很肯定。

审讯人：是谁命令你去袭击那栋大楼的？是谁告诉你我们总裁在那里？

受审者：是你啊！不然你觉得我是怎么知道你会在那里的？我又是怎么知道那里没有瘟疫的？怎么知道你会来接我的？

审讯人：你在说什么……

受审者：这可是两个问题。我要我的伏特加。

审讯人：我告诉过你，要仔细思考你的答案……

受审者：我仔细思考过了，就算你再把我吊起来，得到的也还是同样的答案。

（静音：9 秒钟。）

审讯人：把她吊起来。

受审者：你输了，Dvoynik。当然了，我觉得这对我来说是个绝佳的好名字，而你呢……你的心思未免也太好猜测了。

审讯人：审讯结束。

（三号录音结束。）

17

我们分解的时候，我想了很多。

当你分解成一堆原子变成光的时候，本来应该是没有能力去思考的。不过话说回来，你在降落的时候，有很多事都应该是没办法做的。我连记忆都混淆了，昨天是什么时候？今天是什么时候？

我们都只不过是对刺激做出反应的动物，像水往山下流，或者水银遇上障碍物会散成小滴一样。我曾经在生物课上听说一件事——动物没有办法察觉到超出与生俱来的感知能力的东西。听起来可能是显而易见的，但你是否时常认为万事万物对世界的观察和反应都和你一样呢？如果我们生来就没有能力去察觉或者感知一种东西，而且它对我们的生存能力来说也无关紧要，那我们就没有办法理解它了——想想宇宙吧，比如暗物质、黑洞、宇宙膨胀。我们穷尽一生想要编故事解释清楚这些事情，正是因为我们没有办法理解它们——至少不能像我们搞懂视觉那样，或搞懂重力如何把我们束缚在地面上那样。对视觉和重力的感知能力是我们进化出来的。如果我们不懂这些，那我们就处于劣势了。然而宇宙呢？懂不懂都没关系，对吧？可能从宏观角度来说有影响，但不会体现在日常生活中，因此我们一直都没有进化出理解宇宙的能力。我们生来就不行，变成光也是一样的——像我们现在这样变成光穿行。这不是我们与生俱来的能力，也难怪我的记忆会这么混乱了。

这也难怪我没有看到他们保证的火星景象，反而出现在了一片蔚蓝的天空下，某个金黄的田野里。

唉，好吧。

我想知道我的队伍里都有谁，想知道通信还要多久才会上线，想知道我是怎么在显形之前就开始思考问题。

我们聚集成形了。

我试着呼吸，但是我的肺还没有成形，像吸了一口真空一样。空气终于来了，好冷，冷得要命。哪里会这么冷？现在是什么时候？排里其他人的身体忽隐忽现，仍在定型中。

我扫视一眼地平线——目光所及之处只有平坦翻滚的麦田，没有建筑物，没有高塔。在排频道和班频道里，我都没有说一句话。我在等待通信上线，等待着最新的任务简介，像琼斯和穆妮奥斯一直告诉我的那样。

我可能是很固执，但并不是不听教训。

在我周围，一排接一排的人开始出现在田野上——每个排一般有四五个火力小队，一个排就有二三十人。我不久就弄清情况了，我们这次是一个非常庞大的部署行动，可能一个旅都来了，有大约一千五百到三千五百个士兵。

因为我们没有遭到枪击——真是个不错的惊喜——所以都静静等待着通信。

我听到的第一个声音是琼斯的，忍不住松了口气。“全班人，报告一下情况。迪兹？”

“没死，”我说，“还行。”

“奥玛拉斯。”

“长官。”她说。

“马里诺。”

马里诺在我们班的频道上哼唱着什么，听起来很耳熟，但我说不清究竟是哪首歌，是巴西版《芝麻街》[1]的主题曲吗？我还模模糊糊记得，在劳工营里面，我和其他二十多个孩子挤在一起，围在一个 LED 投影屏幕前看这个，而外面一阵狂风卷起沙尘。你可能认为这个节目里最精彩的部分是木偶秀，不过里面那个空气清新、社会平等的世界才是真正让人觉得神清气爽的幻想。

“我需要你的确认，马里诺。”琼斯说。

“还能开火。”马里诺说，“咱们把他们切成碎片吧！”

“不死人，你呢？”

不死人又是哪位？

“在呢。”一个女人说道。她举了举枪，让我意识到她是我旁边的那个人。她差不多和我一样高，我可能比她重点儿，不过也重不了多少。

等我们的追踪器上线了，我查看了一下头戴式显示器，看到她的姓氏列为“拉茨伯格”。姓氏这么难念，难怪要给她起外号了。此前我肯定没在我们排里见过她，否则我肯定会记住她这个难念的姓氏。

其他人在线上聊了起来，马里诺说：“这儿可有个大任务。”

“他们就喜欢在坎努克搞事儿。”不死人说，“让所有火星移民都吓得尿裤子。”

等待最新的任务简介，我想。加载图标还在我视野的左下方闪烁着。

[1] 巴西版《芝麻街》，即《塞萨莫》，美国著名儿童电视节目《芝麻街》和巴西联合制作的版本。

“迪兹，”琼斯说，我的心一揪，“你还好吗？没出什么问题吧？”

“没事。”我查看了一下我们排里其他的名字，想找出有谁不在了——兰登还在，还有田中，莱希特纳……但是赫雷拉不见了，还有马尔卡什。其他人都和我记忆中的一样。不死人肯定是轮换进来代替他们哪个的位置的。

普拉卡什也不见了。我呼出了一口气，都没注意到自己一直在屏气。我试着帮自己在时序中定位。这是在普拉卡什那次失败的降落之后，对吧？又是在哪次之前呢……或者说我跳到了还没有经历过的前方？我不知道，也可能不是？我想知道能不能再见到普拉卡什，还是说她已经不在了，封存进某个我永远都回不去的记忆里，像穆妮奥斯和我第一个班级里的其他人一样。

照着简介来。

简介好像听从了我的召唤一样，突然在头戴式显示器上跳了出来。

情报部门的报告称六艘火星运输飞船在这里着陆，迅速占领了该地区的一个坎克鲁什科夫军事基地。坎克鲁什科夫已经派出去了两个师，但我们失去了与他们的联系。我们作为主要部署集团的一部分，要进入坎努克，确保这个地区的安全。我们排属于猛犬连队，与另外三个连队一起组成了幽灵营。幽灵营与我们的姐妹营，午夜掠夺者营，又一起组成了红宝石团。红宝石团和另外两个团组成了火行者旅，火行者旅则编入第九十一装甲步兵师。上次我听说，我们师大约有一万五千名士兵，但还没见过全面部署。

直到现在。

让我来告诉你火星人都在坎努克做了些什么吧！几十年来，伊芙康和坎克鲁什科夫一直为北美大陆的大部分地区争夺不休，最终坎克鲁什科夫胜出了。很久之前，坎克鲁什科夫和诺鲁斯还为这片土地打过一场大战。那场战争就是种子之战，主要为了争夺解冻之后的遥远的北地——可能是一百多年前的事情了。那时候马尼托巴省和萨斯喀彻温省的丰收的稻田和太阳能农场，比原油还更有价值。天气状况的持续变化极大地改变了太平洋地区的状况，并且影响到了遥远的内陆。北美洲南部的大部分地区都成了沙漠——这件事发生得很快，大概只用了二十年。人们流离失所，地方也一片狼藉，没有人在那场战争中取胜。整个地方都被他们给炸成了地狱。他们把这个令人爱怜的伊甸园变成了一片传染与辐射横行的废土。在坎努克，无数的剧毒垃圾正在蚕食着有机的土壤，它就这样变成了一个鬼地方，你用它来吓唬孩子们，告诉他们如果不遵守公司的规章制度就会被送过去。

当火星上的一小撮人打破"静默"，提出要帮坎努克恢复生机，并以此换取回到地球的机会……该死，谁又能说不呢？收拾我们留下的烂摊子？听起来很不错啊！

不过我觉得当时没有人相信他们真能让这地方恢复如初。我在很多沉浸式设备里都见过这个地方，但在现实生活中这里感觉还要更清爽、更凛冽。我想在显示器上搜索一下日期，不过什么都没搜到。如果非要我猜测一下的话，现在有可能是初秋时节。远处有几棵树，矗立在我们所身处的轻柔起伏的麦田之外。乌云低垂空中，一团黑云在我左边绽放开来。我花了一分钟时间才意识到，那不是云，而是烟。

我们的目标就在那里——火星运输船与那两个失踪的师，都被滚滚浓烟遮盖。

"敌人来袭！"指挥官在排频道上大喊了一声，声音听起来有些不一样。她还是瓦少尉吗？

她这一句话是我们仅有的警告。

巨大的爆炸炸飞了我左边十米处的地面，吞没了旁边的整个排。

它像一列货运火车一样把我撞飞了出去。

我在空中飞了三米远，摔在地面上。小块的草皮，星星点点的血肉，破损的装备，炸烂的防护罩，都从空中如雨落下。黑烟中夹杂着微红的血雾。我的头盔前面沾满了飞溅的鲜血。

我想把血擦干净，结果视野却更脏了。我本能地伸手去摘头盔，却停了下来。有头盔的保护，我听力才能完好无损。我掀起护目罩——即使冒着失明的风险，那也比因没看见而挨的炮弹强。明明有这么多高端技术，当炮弹真的打过来的时候，他们却还是不能让我们的视野保持清晰。

“琼斯？”我说。

“评估损失，向北推进！”指挥官在我们排频道上说，“我们必须前进！他们消灭了我们的无人机。你们就是地上的眼睛了。”这肯定不是瓦少尉的声音，听起来更像……谁呢？我说不清楚。

我举起步枪，保持低姿态。头戴式显示器给了我方向，这倒是如同及时雨一般，毕竟烟太浓了，我还是什么都看不见。我“啪”地打开了氧气管道，我们本来应该在火星上才用的，不过我觉得现在也是个派上用场的好时机。

导航系统在显示屏上标出了我们班的位置。我赶到奥玛拉斯身边，她正帮不死人从滚落的土块下面脱身。

“有人受伤了吗？”我在班频道上面问。

“我没事。”琼斯说。我看不到他，不过本地地图上显示他的追踪器图标在绕着我转圈——他和马里诺的图标都是。

“我找到马里诺了。”琼斯说。

“我的蛋蛋还在。”马里诺说。

“迪兹！戴上护目罩，”琼斯说，“他们会用毒气的，可能是沙林毒气。大家都检查一下你们的医疗包，确保氧气面罩戴好了。”

我尽可能地擦掉了护目罩上的污迹，把它放了下来。它的边缘与头盔严丝合缝地密封起来。我拿起整个氧气面罩，把它从我头盔里拽下来固定好，氧气管穿过面罩。我对各种神经毒剂有一定的了解，在强制训练里也学到过，但一想到它们真的会被用到战场上，还是震惊不已。我在医疗包里翻了翻，找出了标有“毒气”的解毒剂注射器。我不知道它能不能对沙林或者其他所有毒气起作用，又或者……唉。

“我们师正在向北推进。”琼斯说。炮火沉重的轰鸣声还在继续。等离子电弧从我们头顶划过。

我一直在奥玛拉斯身边保持着低姿态，没想到会有这么重的火力。

“快走！”琼斯挥手让我们向前，步枪在他手中颤抖。

我放慢呼吸，试着像在酷刑模组里面一样集中精神。战场上的怒火和狂暴是为了杀戮，但你也会因此而陷入困惑，这种困惑同样会毫不留情地将你置于死地。

我看着头戴式显示器上面的地图，它显示我们师大部分人正在向北移动。他们在读取系统上都是一些小小的蓝色珠子，聚在一起，又被打散，又重新聚在一起。如果想知道他们的名字，我需要聚焦到每一个蓝点上，但我不想这么做。他们的数量掉得太快，我甚至害怕对一个名字产生牵挂。我扫视着地图，想找到指挥官，但是又一次爆炸发生在三十步外的地方，打断了我的行动。

一大块带草的泥土砸在我头上。我一个趔趄，赶紧站稳身体，跑过去追上我的班级。

“散开！”琼斯说，“别扎堆！”

于是我们远离了彼此，试着与班上和排里的人都保持四五米的距离。这是训练中推荐的做法，能最大限度地避免一个地雷或者一次爆炸就失去整个班级的情况。然而这次的爆炸规模都太大了——土块、弹片与残躯随着爆炸的巨大的威力飞溅起来。我相信不会有任何人能在一次近身的爆炸中幸存下来。

琼斯从一个弹坑跑向另一个弹坑——可能是觉得炮弹连续两次击中

同一地点的可能性不高吧。我很肯定概率不是这样算的。烟雾笼罩着地面，是扭曲的黄绿色。沙林毒气是很清澈的，无色无味。因此，这一定是另外一种毒气。

我把这个想法赶出了脑海，只关注自己呼吸的声音。先前平坦的平原上布满了弹坑、土堆和尸体。我被两个浑身是血，而且还在扭动的士兵给绊倒了。随着我们前进的脚步，田野上的尸体逐渐堆积如山。我一直让头戴式显示器上的本区域地图保持在最小的状态，害怕在现实中看到我们所有人倒下身亡。

几分钟过得像几小时。我的头戴式设备开始显示近距离的热信号了。

“距离目标还有三公里。”琼斯说，“继续前进。”

“那些完蛋玩意儿应该让我们直接降落到敌方军营里去。”马里诺怒气冲冲地说，“我会直接在一个敌人身体里显形，当场杀死他。”

“废话少说。”琼斯说。又一次爆炸翻滚着穿过附近的一个排。一个戴着头盔的头颅从我面前飞过，消失在烟雾中。

田中他们班跟上了我们的步伐——我们排一字排开，已经损失了不少人。

“情报部门的消息错了，”田中在排频道上说，“不应该有这么重的火力。”

“低着头！”指挥官在排频道上吼道，“我们继续前进。”不管她是谁，她的声音听起来都比瓦少尉更加年轻。

我的呼吸声在头盔里听起来很响。我们排和附近的排像幽灵一样在烟雾里忽隐忽现。

不死人绊了一跤，在我左前方。她摔了下去，我跑过去扶她一把。又一次爆炸，连地面也随之震动。不死人躺在弹坑边缘的里面，我看不到她头盔后面的表情，不过我打开了一个双向频道。

“走吧。”我说。

“我不行。”

“你行的。”我抓住她的手臂，但她把手臂缩了回去。

“往前走只有死路一条，而且死得不明不白。他们是在把我们往绞肉机里送。”

“我们参军就是为了这一刻。我不会抛下你的。走吧。”

我用胳膊环在她双臂下面，把她拖了出来。强迫她动起来，唤醒了她心中的一些东西——也许是她被恐惧掩藏的士兵的一面。她动了起来。我离她很近，如果想避免一次炸死两个人的情况，我们是不该靠这么近的，不过我觉得她看见旁边有人，是一种能起到鼓励作用的同侪压力——既然我还能动，那么她也可以。

我们脚下踩到尸体的情况变得越来越频繁——遍地的碎肉、血肉模糊的尸体、脑浆迸裂的头颅，还有变成碎片的头盔、断裂的脉冲步枪、弃之一地的医疗包和破碎的军粮包装。我们快步从一个士兵身边走过——他跪倒在死者中间，摘下自己的头盔，在血染的泥土中悲泣起来，而毒气的卷须缠上了他。

不死人说得对，我们都会死在这里的，为了什么而死呢？火星人究竟做了些什么，值得我们这样大张旗鼓地展示武力？值得我们像这样不顾一切地冲进毒气和炮火？长官们又为什么要派我们这些步兵踏入这个死亡陷阱？

我们赶上琼斯和奥玛拉斯。马里诺在我左边，在烟雾中穿行着，正好走出我的视线。我小步跑上前去，赶到琼斯身边，开启一个双向频道。

“琼斯，我们……”

我甚至都不知道要说些什么，告诉他我们应该照看不死人吗？还是说我们应该回头？我们应该告诉指挥官让她把我们送回去吗？当我们面对一个无望的任务时，应该当一次懦夫吗？

我旁边的地面炸开了——炽热的温度，啪嗒啪嗒往下掉的泥土。我的耳朵听不见了，而且还被什么呛住了，结果发现是泥土。我强迫自己直起了上半身，戴着的护目罩碎了，耳边好像有无声的呻吟和尖叫声。我眼前的景象游动着，任由自己倒回地上，仍然头昏眼花。我翻了个身。我的四肢呢？我的四肢还齐全吗？我的肠子是不是流出来了？

我拍了拍胳膊、腹股沟、大腿，然后抬起头来往下看看身体的长度。我浑身是血，躺在尘土里，身上还覆盖着点点碎肉和撕烂的金色草叶。

你还活着，你还是完整的，你还能动。

“琼斯。”我大声说，好像是在井底往外喊话一样。我前面是一个冒着烟的弹坑废墟。头戴式设备闪烁不停，我却想不起来怎么查看信息，脑子乱成了一团。

我一边朝着一个阴暗的堆积物爬过去，一边拍走身上沾着的石子和扭曲的草叶。我的脑海里又一次浮现出老奶奶的尸体——她的躯干被撕开了。“不，不。”我说，声音在耳中变成了嗡嗡轰鸣，像在水下说话一样。

一条手臂——手指裸露在外。我爬过去抓起那条手臂，把自己拉得足够近，看见这条手臂的大部分都不再与滚进弹坑的身体相连。

我滑进弹坑的边缘，用手臂环在琼斯的双臂下面。除了那只被炸烂的手臂，他看起来基本上是完整的，但他眼神呆滞、困惑不已。我拉动他的时候，那只悬荡的手臂拖在了地面上……

我打开连队的频道——一瞬间，恐惧的号叫、死亡的痛呼与垂死的呻吟一同穿透头盔。“医疗队！”我说，“六〇四排的琼斯需要医疗救助！”还有其他十几个人也在呼叫医疗兵。

“这里是五〇六排，医疗队！医疗一队，这里是五〇六排。费雷拉倒下了！”

“三〇九排，塞瓦内——我们需要输血！医疗二队！这里是三〇九排！完毕！”

“别用这个频道！用撤离频道去！”

“谁把我们送到这个鬼地方的？我们全都需要撤离！这里根本不是人待的地方！”

我搜索着医疗队的频率，是不是换新频道了？我不知道。这次是大型行动，我还没有开过真正的任务简介会，至少我不记得开过会。

我又在新的频道里呼叫了一遍请求，这里也同样人声鼎沸。

“医疗二队，医疗二队。这里是瓦斯奎兹，三〇九排。我中弹了，我们……”没声了。

“医疗队，医疗队，我和科埃略在一起，她需要立即……”没声了。

“嘿，三〇九排，这里是医疗一队。我们会派遣人员去你们的位置，三〇九排。等等。该死！我们刚刚失去了三〇九排的最后一个人。五〇六排还——好的！我们会派三个医疗兵过去。待在那里别动。完毕。”

“五〇六排只剩一个班级了！我重复一遍，我们只剩下一个班级了！请求立即撤离！完毕。”

“嘿，五〇六排，这里是医疗一队。我没办法让你们撤离，五〇六排。我们最多只能过去急救，然后再赶去下一处。完毕。”

我不敢打开更高一级的频道，师频道里肯定是一片混乱的尖叫，我什么也得不到。

琼斯的血流个不停。我猛地拉开医疗包，打开一条止血带。我把止血带缠在他的上臂上，紧紧地扎起来，想帮他止血，但我也知道做法错了。弹坑底部沉积着毒气，不能当作避风港。

我不再去考虑师频道，而是换成和琼斯一对一的频道，“我已经叫来医疗撤离了。”我说。

“别管我了。”

“很快就可以撤离了。等待撤离。听到了吗？”

我在医疗包里翻找着，想找一剂肾上腺素——我得让他保持清醒，不能陷入休克。我抓住他的腋下，帮他掉了个头。琼斯的呼吸很急促，不停挥舞着受伤的手臂——还剩下的那小半截，两根筋拉紧了，残肢摇晃着。

我想摸出刀来把两根筋割断，但我的多功能刀不知道到哪儿去了。我丢在什么地方了？我俯下身，用牙齿咬断那两根筋，帮他把残肢从断臂上解开。

“把胳膊给我留下吧。把我的胳膊留下来给我。”

我把他的断臂放在他的胸前。

“你看起来没什么大问题。”我说，“没事的。他们会把你治好，给你装个新胳膊，但你得保持清醒，等待撤离。你明白了吗？”

“往前走吧。继续前进。”

“我不会丢下你的。”

“倒霉蛋迪兹。真是倒霉啊！”

“要是我不在的话，你觉得会好受点儿吗？”

“我不想死在这里。”

“你不会死的。”

“我妈妈……告诉她们我英勇战斗……”

“我会的。”

“我祖母曾经也英勇战斗过，参加的是她那时候的战争。我们都战斗过。我其实没必要来打仗的。为什么我要……”

“你冷静一点儿。保持冷静，等待撤离。”

“我本来是要当个记者的。我妈妈……想让我加入情报部门，但我做不到。迪兹，我做不到。”

“没关系。”

“我们消磨时间，时间埋葬我们。”琼斯引用了一句马查多·德·阿西斯的话，“我的胳膊。迪兹，他们会治好我的胳膊吗？”

“没事的。他们会治好的。”

我调出了本地地图。田中和他的班级在我们前面十米处，班里的成员要么死了，要么在猛烈的炮火下保持着低姿态。奥玛拉斯和马里诺在我身后，慢慢朝我们靠过来。不死人平趴在泥土里，离我左边距离适中，在变幻的烟雾中，我只能勉强辨认出她的身形。

“琼斯！”指挥官在排频道上叫人。

“琼斯受伤了，长官。我已经呼叫了撤离。”

“给他标记一下，等医疗兵处理，然后就别管了。召集你们班上的人，继续前进，迪兹。田中！去跟迪兹的班级会合。田中，你现在是这个联合班级的班长了。我们还得继续向那个该死的目标前进。埋着头，继续前进。士兵们，你们听到我说的话了吗？这场战斗里我需要你用用脑子，迪兹！”

“是的，长官。”我盯着琼斯看。他的护目罩是不透明的，我看不见他的表情，感到一丝侥幸。“医疗兵快来了。我必须得继续前进了。”

“我听到了。”他说。

我把肾上腺素针剂放在他手上。“你要是觉得快昏过去了，就打一针这个。明白了吗？你只是手臂受伤而已，出血速度也减慢了。医疗兵随时都会来。”

“好的。知道了。”

我捏了捏他的肩膀，让自己爬起来变成半蹲的姿势。他会没事的，我对自己说，医疗兵快来了。话虽如此，但我还是犹豫了一下。

“少尉。请您允许我和琼斯待在一起，直到撤离。”

“迪兹，我刚刚口吃了吗？”

“没有，长官。”

“而且我是中尉！”指挥官说。

“我马上开始行动，长官。”

我打开了班频道，“不死人！马里诺！奥玛拉斯！你们都听到指挥官的话了！往田中的方向走。”我把田中的班级添加到我们的频道里，“田中。我们正朝你们的方向前进。”

“快点儿！我们暂时得到喘息的机会了，正处在两次炮击之间。”

我抓住不死人的手臂，把她拽起来。她气喘吁吁，不情愿地扭来扭去，不过还是往前走了。她像一只疲惫的旧引擎——每一次停转都需要踹上一脚才能继续运行。

马里诺和奥玛拉斯跟田中的班级一起等着我们。等我们都来了，田中叫我们一起往前走。炮火已经停歇了。我听到远处传来低沉的隆隆声。他们没弹药的概率很小，更有可能是在装填弹药并重新瞄准。

田中的班级少了两个人，兰登还在他身边，即使穿着战斗制服也还是高高瘦瘦的。剩下的还有圆脸的桑多瓦尔。第三个是维拉，她几乎和奥玛拉斯一样高，但要壮一倍。她的名字好像有点儿耳熟，可能我和她一起参加过哪次降落任务，不过我记不起她的脸了。我们八个完好无损的人聚在了一起，我忍不住怀疑指挥官想让我们再被敌人收割一遍，因为现在这个战斗组的规模更大了。

一阵轻柔的微风从北边吹来，我们周围的烟雾开始消散，迈步前进的时候，耳边只剩自己的呼吸声。田野间，风揭去了烟雾与毒气的帷幕，一片横陈于残破的金草地上的尸海浮现出来，一滴滴血红的露水沾湿了片片草叶。

我们面前矗立着附近城市的一座座闪亮尖塔，那是沙布雷特城——改变了这一部分世界的火星难民们的家园。一列庞大的运输飞船环绕着这座城市，它的前面是让我无法呼吸的大规模炮群。战斗机尖啸着划过天际——飞离那座城市，而不是飞向它。

“这些东西都是从哪儿来的？”我问。

“火星上呗。”马里诺说。

“哇！”兰登说，“你可真是个小机灵鬼。我们的大炮上哪儿去了？还有空中支援呢？要不然……任何支援都行？”

大地隆隆作响。

“那些枪炮快准备好了，”田中说，“我们走吧。”

“我们为什么还要自投罗网呢？”桑多瓦尔问。

“这是命令。”田中在前面领头。虽然我的肠胃一阵翻滚，但还是强迫自己跟在他身后。这是我干过的最蠢的事情。躺倒的尸体一路延伸到第一环大炮前面。大概有一千名士兵仍然在我们前头移动着，小心翼翼地绕开尸首——死人比活人还要多很多。

枪炮又响了起来。

“该死。”兰登说。他站立不稳，一下子跌倒在田中身后。

我一把抓住他，正好一颗炮弹从身边飞过，只隔了三米远，离得这么近，连空气都被搅乱了——在炮弹落地之前，你就能感觉到它的威力，这是一种物理现象。

爆炸声从我们身后传来。到处是纷纷落下的泥土、残肢肉块和破碎的装备。一块弹片“砰”的一声撞到我的头盔上。

“迪兹，保持距离。”田中说，“你们所有人，扇形散开。我们都是些活靶子，像一群坐着的鸭子。”

马里诺高分贝的狂笑声响彻整个频道。

“一样的，”维拉说，“我和你一样，马里诺。”

我跟上田中的脚步。枪炮的声音本身就会造成物理冲击。周围烟雾缭绕，轰鸣和呻吟此起彼伏，好像有未知的活物一样。

“空中支援来了，”指挥官说，“注意掩护。”

“去哪儿找掩护？”不死人号叫道。

“趴下！”我说着猛拍了一下她的背。我趴了下来，步枪指向前方，好像这枪真能派上用场一样。

战斗机在头顶飞驰而过，班上其他人也平趴在地面上，迫切地希望能躲避飞溅的碎片。重枪炮闪电般地改变了炮弹的轨迹，轰向两架战斗机，让它们在浓重的黑烟和滚滚的烈焰中爆炸了。

“回集合点。”指挥官说，“他们要我们撤退，给空中支援留一些空间。”

“他们之前怎么就没想到呢？”兰登说。

“都是瞎扯。”维拉咕哝道。

“但我们离集合点还有六公里远。”田中说。

“那是距离最近的安全集合点了，可能还会从那里撤离。”指挥官说，“这里太热了，后勤部不能把我们送出去，而且敌人正在干扰我们的追踪器，导致他们不能得到准确坐标。”

“收到，长官，”田中说，“我们会……”

在这时，通信断了。

我们的头戴式显示器被切断了。我左眼的左下方一直亮着的蓝色光芒消失了。我和排频道之间联系不上了。

“田中？”我大声说。因为他们的头盔都还戴着，所以我不知道对着谁。

田中把头盔压在兰登的头盔上，又朝我走过来，也做了同样的事。他把头盔压在我头盔上的时候，通过他的声音造成的震动，我就能勉强听清他的话了。

“通信还能用吗？”

“我的也断了。”我说。

他的脑子转得比我快得多——这又是一个他能当上班长而我当不上

的原因。我脑海中再次传来教官的声音，他大吼着说我连两个可以揉在一起的脑细胞都没有。他确实该死，但他的声音直到现在都在我脑海中挥之不去。

田中挥手示意我们往南走，那是在通信中断之前我们一直走的方向。我们跟着他，从倒毙者的肢体上冲过去。在我们前面，还有几个散兵也在做同样的事。当恐惧层层传递的时候，散兵们的行军步调变成了无头苍蝇似的乱窜。

我们的空中支援绕了个圈又回来了。

一阵灼烧的烈焰如雨般地落在我们和前面的士兵之间，阻断了我们的去路。烈火蹿到了离我们最近的班级里，烧焦了他们的制服，并且贪婪地舔舐着。

我一屁股跌坐在地上。桑多瓦尔的腿上着火了，他拼命乱动着。我们的制服耐火，但防护罩上的火很难熄灭。火焰从他身上剥落，悄悄地爬到我的手上。我把它压在地上，想要按灭，却让火势蔓延了——地上有滑油。绝望之际，我四处扒土，想把火熄灭。

我回头一看，田中和奥玛拉斯正用聚酯薄膜的毯子裹住桑多瓦尔，把火扑灭了。然而在我们周围，火焰仍然舔舐着天空，又高又热，好像只靠空气就能越燃越烈了一样。我看不到维拉了，于是眯着眼睛望向火焰里面，终于发现她健壮的身形，但她已经被烈焰给吞噬了。

马里诺站在漫天遍野的火墙前。他把步枪举过头顶，朝空中开枪，然后猛地扯下头盔，一把扔进火焰里面，像扔一个巨大的黑色足球一样。“去你的！”他尖叫道，口水沾到了下巴上，“滚蛋吧！去你的！”

我把破碎的护目罩推了上去，“马里诺！”

“你也给我滚远点儿！”

其他人也都掀起护目罩。田中大喊道：“我们过不去了！维拉倒下了！往……”

“往我们唯一能走的方向走？”马里诺发出刺耳的笑声，而火焰开始从第三面包围我们了。

“快走！快走！”我说。我帮奥玛拉斯扶起了桑多瓦尔——他看起来头昏眼花，火焰烧穿了他制服的第一层，身体的右半边从胸口到脚趾都烧伤了。我不知道一旦把他的制服脱下来，会看到多么严重的烧伤。

穿过烈焰之间的细缝时，我们紧紧靠在一起。火焰的热度太强烈了，我的头盔一下子就烧焦了，我只能尽可能地把它合上，心怦怦直跳。

我们前面蹿出了更多的火柱。金黄的草地着了火，烧得很旺。没有了通信，没有了地图，我们连在哪里都不知道。我们制服里的氧气是有限的，如果不能从烟雾和酷热里面脱身，肯定会窒息，然后被烧成焦炭。

田中突然转向前进，但又被一团熊熊烈火切断了道路。

马里诺尖叫起来，他的头盔已经不见了。他怒气冲冲地远离田中，喊道：“这边！这边！这边才是火里的生路！”

“唉，管它呢。”我咕哝一声，跟上了他，示意奥玛拉斯跟我一起。如果真有人疯到了赌上性命也要找到一条生路，那只可能是马里诺了。

我没有停下来看有没有人跟着我们。没有了通信，我收不到任何来自田中或者指挥官的命令，即使他们让我去反方向，我也无法遵命。我想你可能争辩说，我应该跟着田中走，但这种小事还是等我有朝一日去军事法庭讨论吧。

希望是永恒不灭的。

马里诺飞奔过一堆堆的石头，越过长满青草的燃烧的田野，到了一个向上的斜坡。我上气不接下气了。桑多瓦尔在我们的手臂之间一个劲儿地往下坠，右脚拖在了地上。

我又一次推起护目罩，也推起桑多瓦尔的。“嘿，醒醒。”我说着，拍了拍他的护目罩。他的眼帘颤动起来。

“好啊！好啊！”马里诺站在山脊上，距离我们十五米的上方，然后他突然消失了。

“马里诺？”我说，“等一下！奥玛拉斯……”

“我扶着他，你去吧。”她说。

我留下她和桑多瓦尔一起，独自爬到山脊顶上。山脊向下延伸到一个满是岩石的浅峡谷里。马里诺躺在峡谷底部，步枪放在腿上。一条小溪从他身边缓慢流过，再往前是茂密的矮林。我转过身，看着我们来时的路。烈火仍在下面肆虐，战斗机不再飞过湛蓝的天空，而这座令人颤抖的火星城市，像《绿野仙踪》[1]里的奥兹国一样，从黄金原野上拔地而起，喷出巨大的火焰。火光环绕着一座座高塔，羽毛状的东西遮挡住了一团团焦黑的烟雾。城市中的黑烟永不断绝地升腾着。

我们班的其他人也费力爬上来——奥玛拉斯和桑多瓦尔，田中，兰登，还有不死人。然而我们身后……什么都没有了。那次爆炸之后……战场上再也没有呻吟和痛哭了——一个完整的人都没有了，也就没有人能再发出声音了。

一切闻起来都有股血与烟的味道。

我走下去帮奥玛拉斯把桑多瓦尔拖完了剩下几米，来到山脊顶上。

田中加入了我们。“我们下到山沟里去吧。这上面只会暴露目标。”

我们跟在马里诺后面爬了下去。不死人一下子跌到他旁边，扯下头盔，露出将近两指长的深棕色头发。我想知道指挥官从什么时候开始不再抱怨有人没剪规定发型了。

奥玛拉斯和我把桑多瓦尔放在溪流边，即使冷水不是完全无菌的，

---

[1]《绿野仙踪》是美国作家弗拉克·鲍姆创作的著名童话故事。主人公多萝西意外闯入奇幻世界，为了回家，她沿着黄金大道去找巫师奥兹求助。

也应该能让他舒服一点儿。我翻了翻医疗包，给他打了满满的几针抗生素和止痛药。

“我们必须得呼叫撤离才行。”桑多瓦尔说。

“我们的追踪器应该还能用。”不死人说，“就算通信中断了，他们也能追踪到我们。”

“可能吧。”田中扫视着小溪另一侧的树，手里端着步枪，“迪兹，你在火星上的时候，他们把你的追踪器禁用了，你班里其他人的也一样，然后就移除了你们的追踪器。”

“他们是这么告诉我的。”我说。

“现在可能也是同样的情况。”他说。

“他们把我的追踪器摘除了，还是一个平民认出了我。”

“被干扰的追踪器还管用吗？”兰登说，“要是我们坐在这里不乱跑……”

“火势已经失控了。”田中说。

“这道山脊可能起到防火的作用。”我说，“这条小溪也是。这座城市现在着火了，会产生独特的天气。”我举起一只手，“风正从我们头上吹过，往城市里面吹。这意味着火也会朝远离我们的方向烧过去。”

“还有人记得撤离点在哪里吗？”不死人心不在焉地揉着两只胳膊。

“我记得。”奥玛拉斯指着小溪对面，“穿过树林，走过河上的那座桥，就是地图上的那块空地。”

“他们会找到我们的追踪器的。”不死人说。

“是的，要是追踪器还管用的话。”田中说，“但要是每个人的通信和追踪器都不管用了，他们就只能希望我们在那里集合了。他们会派来标准的空中接送。”

“就像他们派来空中支援一样？”兰登真是不放过任何挖苦的机会。

“战争本来就很混乱。后勤部有时候搞砸也是难免的。”田中打着官腔。

“他们说得倒轻巧。”兰登说，“真是站着说话不腰疼。”

“喝点儿水吧，”田中说，“我们在这里休息一刻钟，然后继续前进。迪兹，你能看着风向吗？”

“当然了。”我摘下头盔，把它挂在腰带的钩环上。我把戴着手套的手放进溪流里洗了洗——我的手套上还沾满了腐烂的内脏和焦炭。等洗干净了，我摘下手套，把水泼到脸上，凛冽的触觉像我脸上挨了一巴掌。我想起那个女人对爸爸说的话……她到底是谁？可能是某个来自公司知识产权机构的头领吧。她说过，纳粹分子相当高傲。我现在明白为什么了。我真希望能拥有他们拿走的东西——哪怕是一个被诅咒的未来。

奥玛拉斯盘着腿坐在我旁边，拿出一根蛋白棒，又把她的水袋拿给我喝一口。

“谢谢。你想在这儿再添点儿水吗？”

“好啊。我有药片。”

她说的是可以净水的碘片。我倒希望她说的是百忧解，那样多好。

我们都静静地坐着，听着原野燃烧的声音。我累极了，真想瘫倒在溪流里，再也不起来。

“你还好吗？”我问奥玛拉斯，尽管这是个愚蠢的问题。我们没有谁是“还好”的，不过沉默让我害怕，它会让我开始思考。

“人们都说你会在战争中成长，但只有一部分的你会成长，而其他的部分……都被压抑，被侵蚀了。”

“你多大了？”

“谁又能说清楚呢？我打这场仗已经很久了。一旦你开始执行降落任务，时间就变成了一种奢侈的东西，像投票权或者平等、自由之类的想法。自由只是富人强迫穷人承担重负而换取的自由。”这是我听她说话最多的一次。

“这是从哪儿引用的话吗？”

她不露齿地笑了笑——一个悲伤的笑容，笑意半点都没有浮上扁平的黑眼睛。“不是，只是陈述事实。”

田中又一次让我们起身前进了，可能他打了鸡血而我们没有吧。他弯下腰靠近桑多瓦尔，“你觉得还能走吗？”

“我没事。止痛药很管用。”

“太好了。要帮忙吗？”

“不用，不用。我现在没事了。”

田中扶桑多瓦尔起来，他一瘸一拐地向前走去。我只希望那些止痛药的作用能持续到撤离点。

“真是胡闹。”不死人嘟囔道，我也没办法不同意她的话。

我只能说：“那你想留在这里吗？”

她冲我发了几句牢骚。

“马里诺，”田中说，“你过来跟着我。迪兹，你殿后。”

“还要看着风向。”我指了指火。

“没错，还要看着风向。”

风还在往城市的方向吹，算是小小的福佑了。

我们七个人步行穿过溪流，走进树林，沿着踩出来的小路往前走。路上见了一些废弃的建筑物——我希望它们真的是废弃的——门窗都紧紧地固定了起来，场地的一部分被火烧了。我们找到一条通往目标地点的铺得整齐的道路。我从这里刚好能看到一条宽阔河流的涟漪。

“我们分成两队。”田中说，“挨着两边走。桑多瓦尔，马里诺，奥玛拉斯，和我一起。迪兹，兰登，和不死人一起到那边去。”

沿着路边走可以更容易地散开找掩护，而分两边走可以确保至少一半人能在地雷爆炸中幸存，这跟我们在战场上避免扎堆，以降低被一发炮弹全灭的概率一样。

世界安静了下来，我们头顶上什么都没有了。我们又经过了几处住宅，它们都用木板封起来了。这里没有炊烟，没有狗吠，甚至没有一声鸟鸣。

“那儿有更多的黑烟。”马里诺指了指树林后面——滚滚黑烟在树线上方形成了一团团厚重的烟云。

“是另一座城市吗？”我说。

“这里有个山脊，”田中说，“不死人，跑上去侦察一下。”

她稳步向前，比我们其他人都更加轻巧敏捷。她在杀伤区外面的动作更快了。

她走回到路上，说：“看起来像是两列火车，一定是战斗机击中了它们。”

“希望那不是来接我们撤离的火车吧。”兰登也朝着山脊上走去，我跟着。

我们站在高处俯视着火的列车——一辆开到轨道上的大车逼停了第一列火车，而第二列火车在第一列火车后面，似乎是想倒回去。

“第二列火车为什么不掉头？”马里诺说，“真蠢啊！”

“可能跟我们一样，通信断了。”我说，“我敢打赌他们是从城里逃出来的，所以他们没办法掉头再回去了，也许他们以为可以把另一列火车撞出去。”

“就是蠢！”这个解释可能让马里诺更舒服些。我们都希望敌方平民死于自己的愚蠢和报应，而不希望自己扮演了坏人。

田中走到我身边。马里诺吐了口唾沫，和其他人一起朝下面走去。我和田中一起望着那两列燃烧的火车，望了很久。那两列火车上肯定有上千人，现在都被烧焦了，只剩下扭曲的遗骸，本该载着他们通往安全的列车也一样烧得面目全非。

“你觉得他们有没有可能是……士兵？”我说。

“不，应该是平民。”

“我报名参军不是为了杀平民的。”我想当圣骑士，当光之英雄。然而，朝火星大炮扑过去也好，炸死逃命的普通人也好，这根本不是英雄的所为。

“你看过《世界之战》[1]吗？”

“听起来很耳熟。”

“是讲火星人入侵地球的。不过原版……我姐姐很喜欢旧媒体，比如广播剧。你知道那是什么吗？”

我摇了摇头。

“像一部电影似的，不过只有台词，所以只能听声音，好比在战场闭上眼睛。人们以前常常围坐在大木箱旁边，听广播剧。你能听到的就只有人声。《世界之战》播出的时候，很像是在播新闻。有很多人都信以为真，都吓疯了。他们真以为长着触手的火星巨怪入侵了，还打电话报警，简直吓得魂都没了。”

“听起来像欧洲发生的埃博拉骚乱，那是伊芙康公司统治之前的事了。”

“还有 75 年的辛哈纳大恐慌。没错，就像那样。”

我看着燃烧的列车，没有跟上他的思路。“人害怕的时候就容易干出糊涂事来。”我说，“他们可能不是故意炸这些火车的，而是把它们当成别的东西了吧。”

“迪兹，如果我们并不是在对火星作战呢？”

我转过头去，想看看他是什么表情。“那真是……”我想起了埃博拉骚乱，还有他说的《世界之战》的故事，然后就住嘴了。

[1]《世界之战》，英国作家乔治 · 威尔斯所著的科幻小说。

“几大军团在这场战争中团结一致——他们就是这么告诉我们的。那要是他们在撒谎呢？之前的公司大战，他们铲除了埃洛沙公司，让七巨头变成了六巨头。如果这不过是又一场公司大战，就像之前一样呢？只不过这一次，我们一定要拼个你死我活。”

“只留一个军团统治所有人？”我说。

“是啊。”

“为什么要说这种谎话呢？”

“也许火星上根本就没有人，只有我们自己派去的殖民者，根本没有什么自由的火星人。也许这些难民就是最后剩下的真正的火星人。”

“而我们……杀他们就是为了掩盖这个真相？这没道理啊！”也不是说这场战争中发生的很多事都很有道理，“是火星先‘静默’了，然后才……”

“杀了他们才保险。也许火星静默就是因为上面的每个人都死了。”

“但是我们在火星上战斗过。”

“是啊，迪兹，但那都是谁呢？我们在火星上是跟谁战斗？火星上面有公司的定居点，我们见过的。”

我没有去火星的记忆，虽然其他人都默认我至少去过两次了。我深挖记忆，希望能得到一些启示，但一如既往，除了我已经知道的，其他什么都没有。我没办法用自己的经验来证实他所说的任何事。战争期间人们是会发疯的，这一点我和其他人一样清楚。

他说：“要是通信没有断的话，我也不会说这些话。”

“是的，当然了。”

“要是火星人并没有炸毁月球呢？如果那是某个军团的失误呢？”

“你这话听起来像那些阴谋论者讲的。”

“我们和火星的战争也就是这副鬼样子！我们能把人变成光送走，而火星上就没人能做到。那么谁能像‘闪袭战’那样让两百万人瞬间消失呢？”

“你的意思是我们把他们送到别处了吗？”

“我这样想了很久了。”

“多久？”

“迪兹，我已经卷入这场战争……很久很久了。我觉得我们一直都在原地兜圈子。”

“你知道今年是哪一年吗？”

他用那双锐利的蓝眼睛在我脸上打量，“那你知道吗？”

“不知道。”

“我也不知道。”

我们一起回望那两列火车，还有那些烧焦的士兵，以及血红的落日下升腾的黑烟。

18

最终，我们对那些残骸选择了敬而远之，走向在火车的另一侧流淌的河流。虽然空气挺凉爽的，但桑多瓦尔仍旧汗流浃背。河上的桥梁变成了堆满石块的废墟，不过还是留了足够的余地可以择路而行。桥的另一头是一个公园，一片长满青草的宽敞空地，周围环绕着各种常绿树木——这就是撤离地点。

这公园荒无人烟。

没有士兵。没有车辆。

“我们在这儿休整吧。”田中说，“天空晴朗，说明情况还不错。晚上会比较冷，不过我也不确定是不是值得冒险生一团火。”

“有那么多烟，肯定能遮住我们生火的这点儿烟。”兰登说。

我知道他在想些什么。我也想洗个澡，吃点儿东西，待在一个温暖舒适的地方。虽然我们的防护罩很擅长吸收体液，把它们循环成干净的水，然后把剩下的排泄出去，但是没有什么能比真正的温暖、真正的水、真正的食物更能鼓舞士气了。

“奥玛拉斯，”田中说，“你站第一班岗。”

她点了点头。

我们在空地边缘选了一个休息地点。兰登和马里诺拉过来两张野餐桌子。

马里诺优哉地走到一个烧烤架旁边，摘下手套。“里面还有煤呢！”他说，脸上的笑容是我至今见过他最真诚、最不生气的表情。

我们把军粮拿出来热了——真是一种奢侈——而太阳也西沉了。我坐在其中一张桌子旁边，把步枪放在腿上，望着远处瘀血般红色的天空在熠熠生辉。滚滚黑烟让这番日落景象看起来有些诡异。我摘下手套和头盔，感觉到风向变了。

“田中，”我说，“风转向我们了。”

“知道了。河流可能会减慢火的速度，也可能会阻止它烧过来。”

“也许吧。”烟雾朝我们滚滚袭来，像蘑菇林一样绽开。

“如果撤离来了，肯定会来这里。我们还是尽量待在这里最好。”

“这破制服根本就不防火。”桑多瓦尔说。

“听见你说的了。”田中没有看他。

在强制训练中，他们会反复向你强调纪律的重要性，当时我不理解。现在我们七个人失去了联络，坐在这里孤立无援，很可能已经被假定阵亡，而火焰还正威胁着要吞噬我们，我忽然明白了那是为了什么。在激烈的战斗中，没错，你是需要纪律，但是肾上腺素和对身边人的保护欲也能提供不错的动力。然而在这里，这种情况下——需要等待，有空思考的情况下——你就必须要依靠铁一般的纪律。我看了看田中。他正嚼着一叶金色的长草，凝视着公园另一侧的树木。奥玛拉斯把目光投向了南边，那里正是陷入火海的城市。桑多瓦尔小心翼翼地照料着自己发炎的皮肤，把“再造皮肤”黏合剂贴到破损的伤处。

本以为身处黑暗可能会让我感觉好一些——黑暗没那么暴露我的存在。然而当暮色笼罩了我们，却仍然没有空中撤离或者“光”撤离的迹象时，我才发现黑暗原来是那样的令人窒息，让人产生幽闭恐惧。城市的火光继续点亮着北方的天空。轻柔微风裹挟着余烬和浮尘飘过我们面前。如果大火越过了岩石峡谷和河流，就会点燃我们周围的所有树木，以迅雷不及掩耳之势扑过来，让我们连跑都来不及。在我长大的那些垃圾堆里面，火灾是再常见不过的事了。堆肥垃圾堆所产生的热量，往往能点燃有毒废弃物和不知名的易燃液体。如果火烧过来了，你要先搞清楚风向，然后抱起你的破玩意儿撒腿就跑。我们社区的人在垃圾填埋场周围挖了很多防火沟，但公司转头又会把它们填平。

坐在野餐桌旁，为火光着迷，我发现自己又回到了那个时候。我的小手放在妈妈油滑的掌心里，这时外面飘来一阵恶臭的烟，她连忙把我从抓壁虎的梦里摇醒了——我梦到壁虎从橱柜里倾巢而出，爬进给简易水槽排水的水桶，在里面大吼大叫。

“妈妈，”我说，那时我还很小，弟弟都还没出生，“爸爸呢？”

她什么也没说，嘴唇紧紧地抿在一起。对那时的我来说，她是个很有气势的人，方方面面都很坚强。她有着尖锐的胳膊肘，脱皮的膝盖，和强壮的前臂。那段时间我很少见到爸爸。他对我来说就是个活在神话里的人物。

我们和其他几十个人一起，爬进一条又深又湿的沟渠里。她的身体压在我身上。高温的气流和浓浓的烟雾翻滚着朝我们袭来。我尖叫起来，紧紧抓着妈妈，突然绝望地想逃出去，想跑掉。我害怕沟渠的墙壁会垮下来压住我们，像一个坟墓一样把我们封在里面。

“迪兹？”

我吓了一跳，仍然沉浸在泥土和燃烧的柴油的气味里面。“怎么了？”

田中站在我面前，天空中的火光勾勒出他的部分轮廓。“我想沿着公园周围走一走。看看我们还有没有漏掉任何人。你也来吗？”

“当然了。”我举起步枪，跟了上去。

“你照看一下全班人，奥玛拉斯。”

田中走上桌子后面一条破旧不堪、洒满松针的小路。我们默默地走着，一直走在路的两边。我保持着沉默，不知道他在想些什么。因为头戴式设备会录音，所以我已经习惯了闭口不言，导致如今想开口说点儿什么都难了。现在我们联络中断，孤身在外，猛火正从四面八方围过来。

“你家里还有什么人吗？”田中问。

我吓了一跳，这不是我以为他会问的问题。“还有我女朋友，不过参军之前就和她分手了。我不想再失去什么人。你呢？”

“我结婚了。当月球上的一切发生时……我已经是军人了。那场灾难发生的时候，她就在月球上面，又或者……我是这么听说的。我当时在驻扎地，正在做一些训练，亲眼看着整个月球分崩离析。因为找不到尸体，他们都确认不了死亡名单。那些火星人可能把她俘虏了……等这场战争结束……我会去找她。好在孩子们都没事，那时都在地球上探望我的父母。”

我情不自禁地透过头顶缠绕的树枝，望向广阔的黑色天空与围绕着月球旋转的碎片，一阵阵幽灵般的烟雾飘过，眼前的景象也随之若隐若现。一块月球的残骸像一只会发光的巨大萤火虫一样，掠过虚空，又被另一团烟雾所遮盖。

“你相信是火星人干的？”我问。

“我也不知道了。”

“你是看见了什么东西吧。”

“也许吧。”

“你看到了什么？”

“未来。”

一阵寒气蹿上我的脊柱。我看了他一眼，想从他侧面的剪影看出点儿什么来。我还记得穆妮奥斯把他指给我看——我们俩的品位有很大不同，只有他能让我们达成共识。他是一个面容和善的男人。然而，望着他，我还是情不自禁地想起了小维，想念她是如何像一只心慌的小鸟一样，拍着翅膀飞来飞去，念叨着有关人质谈判的故事，以及如何在考试前给自己壮胆。她前程似锦，而我永远都不可能参与其中，可我似乎是我们中间唯一一个明白这一点的人。小维会加入公司事务部的知识产权部门。她会出人头地，而我在公司是没有一席之地的。我那时就知道，我现在也知道，即使她决定休息一年去做想做的工作……我也从没想过那是长久之计。她很快就会进入其中一座闪闪发亮的高塔，而我不会。

结果我又跑到这里来，有可能还要赔上性命。真是好笑，有时候你拼尽全力想逃避，到头来却发现自己回到了原点。

“什么样的未来？”我问。

“这场战争的未来。不管我们是在对谁作战——另一个军团，或者自由火星人。他们反正都是要发起一场战争的。当时大部分军团都离开了月球。各方面损失都降低了，主要是研究机构的。大多数驻扎在那里的士兵那天也都出去训练了，省了麻烦。”

“你去过火星上吗？”我想起父母运送货物去小行星带的旅程。

“去过。以前就去过。”

“以前？”

“火星静默之前。这场战争之前。我们仅仅是……突然有一天就不再去火星上了而已。也没有解释。”

“你在那里有认识的人吗？”

“没有。在那儿你跟任何人都说不上话，只是卸下补给，搬上货物。”

我们沿着小路绕着公园绿地继续走。从这里我能看见马里诺的烧烤架里面，温暖的煤块上依旧火光荧然。加热过后的军粮不会变得更加美味，但也别有一番风味。

世界在燃烧，而我们在继续前进。我们沿着小路一直走，绕了半圈，还剩半圈就回到来时的地方了，大概两公里远。

“田中，我们在一起服役多久了？”

他顿了顿，停住脚步，把脸转向我。我就这样迷失了自己，迷失了所有的时间感，迷失了我们究竟是谁。我能感觉到只剩下我们两个人，两个在漫长的跋涉中只希望这不是结局的小杂兵。

我还有那次火星战斗任务。我还是有机会成为英雄的，但是除此之外呢？会不会这就是结局？我们也许就这样葬身于此——与其他人失去联系，被烈火吞噬。

“你告诉我吧。”他说。

“这个要求不公平。我经历事情的方式……和普通人不一样。”

“这一切就没有普通可言。”

树木变得稀疏了。我们闯进了一片空地，这里完全独立于公园。一条小溪在另一侧潺潺流淌，水量比春天的冰雪融水还多。我真嫉妒火星人能在这里安家。他们把这片炸毁的荒野变成了一个生机盎然的秘密花园。我们为什么要跑回来把这个地方再毁灭一次？这有什么意义呢？

走到这道天然的防火屏障的另一侧，田中放慢脚步，然后停了下来。我和他间隔不远。他朝我走过来，放下步枪，眼神炙热。

“我想问问你关于火星上的事。”他轻声说，站得很近。我们之间只有一只前臂的距离。他紧握步枪的手放松了。

“我什么都不记得了。”

“你确定吗？”

“我失去了整个班的人，田中。我也很想记起来是怎么回事，但我真的不记得了。”

“现在没人在录音，你可以坦诚相告。”

“我已经很坦诚了。”

“我就没听说过有人被火星人抓了还能回来的，还以为你能证实我的理论呢。”

“不好意思。如果这是什么来自公司的逼问，那确实问得漂亮。”

他点点头，又开始往前走了。他的态度让我很不安。我说不清这都是怎么回事，也没有跟上去。当他注意到的时候，又转了回来。

“这都是怎么回事？”我说，“你应该叫奥玛拉斯和兰登过来巡视的，没必要自己来。你难道就是想问关于火星的事吗？”

“不是的。”他朝我走回来。我的脉搏加快了。“如果我吻你，你会打我吗？”

“你军衔比我高。要是我不让你吻我的话，你会不会拿军衔来压我？”

他笑了。“打从我们降落之前，我的军衔就一直没有超过你，迪兹。”

我的肚子上像挨了一拳，“什么？”

田中不耐烦地嘟囔一声，“用头戴式设备查看一下你的信息吧。”

我访问了本地地图，打开自己的简历，上面写着：迪兹下士。“这样啊。”我说，想不到还能说些什么，而不会引发更多问题。我选择了回避，“我还以为你和琼斯有一腿呢。”

田中抬起眉毛，“你只不过是给另一个家伙来了个手活儿，大家就都以为你这是要向他求婚了。”

“说得没错，看来浪漫还没完全消亡。”

“迪兹下士，那你怎么看呢？”

我想的是，人只能活一次，想做就去做吧。我把步枪挂在肩上，然后双手捧住他的脸，吻了他。他比我高一个头，所以要俯下身靠近我才行。我上一次这样触碰的人还是普拉卡什，而那也是出于同样的原因——当死亡环绕在周围的时候，你就会想要活着的证明。

田中抚过我裸露的锁骨，“没有伤疤。”他说。

“什么伤疤？”

“火星上受的伤。”

我闭上双眼，差点儿没能压抑住一声叹息。“好吧。火星上哪一次？我把它们都搞混了。”

“就是你被俘虏的那一次。我看见是怎么回事了。”

我侧过身来，用一只手臂支撑住自己。“情报部门告诉我没人看见了，又或者……”他们说了什么？一次火星伏击，有烟雾、电磁脉冲，还有……一些让我们的追踪器都失效了的东西。“不管他们了。我这是第一次听说还有人看见了。”

“因为头戴式设备一直在录音，没人谈论过我们在那里都看到了些什么。你这里被击中了。”他的手指又一次放在我的锁骨下面，手指粗糙，长满老茧，“我还以为你死定了，我们排也完蛋了，但他们只抓走了你和你的班级。”

“他们开枪打别人了吗？到底是怎么回事？”

“你真不记得了？失忆不是你装给情报部门看的吗？”

“你跟我在一起，就是为了证实这一点？”

“不是的，那是……很抱歉，不是那样的。”

“我又不蠢，田中。”

“有一些关于你的谣言。”

“说我是倒霉蛋吗？”

“说你是‘光能战士’中的一员。我只是觉得你是沉默又坚强的人。”

“光能战士？”

“这是开玩笑的说法。有些人经历战争的方式……我不理解。战争会对他们有影响。他们的经历和记忆都不同于常人。说真的，这些鬼东西听起来就很吓人。”

“那就试着接受一下吧。”

“还是别了，谢谢。”他坐起来，伸手去拿汗衫，“那一枪正好击中了你的肩膀。在烟散了之后，你们所有人都中了枪。不过打中你的是特别准的一枪，迪兹。”

“可能火星人的医疗保健特别好吧。”

“也许吧。”

我翻过身，穿上衣服，抓起防护罩。我的步枪放在够得着的地方，保险栓开着。如果在我们胡搞的时候，这两把枪中有哪把走火了，我们会立刻被轰成渣——也许只有死亡才能让我们从这一切的疯狂中解脱。

“你打败过酷刑模组吗？”我一边问，一边穿上靴子。

“你是说能掌控它们吗？”

“是啊，强制它们重启。”

“那没有。我恨那些东西，训练过后就再也没碰过了。”

田中穿上靴子，而我系好盔甲，把步枪扛在肩上。

我说：“要是我们可以控制自己降落的地点呢？”

“我们？我们这些小杂兵？我不知道这项技术是怎么起作用的，但这听起来……不太可能。”

“把我们分解后变成光也一样不可能。”

“但要是真能做到，不应该已经有人做了吗？”

我想到了每一次奇怪的降落，在时间和地点上不停跳跃。“可能已经有人做了。”

一阵低沉的隆隆声。

“该死。”田中说。

聚光灯出现在公园的开阔区域上方。

“是来帮我们撤离的吗？”我问，并朝那块空地走去。

“等等。我们还是原路返回吧！”

我们跑回去时，我一直盯着那块空地不放。一艘飞船悬停在上空，下面是巨大的探照灯。借着照在桌子旁边的耀眼白光，我看到马里诺走出来，举起了步枪。

“嘿，你们这些白痴！都跑哪儿去啦？”马里诺大喊道。

一束能量从飞船上涌出，摧毁了马里诺右边的桌子，把他甩进碎木堆里面。他尖叫着朝飞船开枪，边开边向树林里退去。

“掩护！掩护！”田中喊道，“那不是我们的战斗机！”他跑到我前面去。

我们在小路上遇到了班上的其他人，他们都朝我们跑过来。马里诺一瘸一拐地跟在桑多瓦尔身后，他的右半边脸被烧焦了，上面扎满了碎木渣。一块有我大拇指粗细的木楔子从他臀部伸出来，除此之外还有一堆木楔子，把他的屁股都扎成针插了。

“有这么热烈的欢迎吗！”马里诺说，“那些人是谁？”

奥玛拉斯举起一只拳头，“你听，感觉到了吗？”

我的身体颤抖了。我本来以为是害怕，但是兰登的牙齿也在打战。

“后勤部的人肯定在同一时间找到了我们。”我说。

“通信还是接不上。”兰登说，“后勤部能赶在这艘敌舰搞死我们之前，把我们救出去吗？”

“这个地点不方便后勤部把我们接出去，”田中说，“我们得待在空地上才行。”

“那艘飞船动了！”奥玛拉斯指着它说。

飞船在旋转。一道光芒从我们背后的树林射出，洞穿了森林，留下一个清晰的孔——被切开的树枝和完美凿刻的树干，仍然泛着燃烧的红光。不管他们是谁，他们都不想让我们活着变成光从公园里脱身。

“往那里跑！”我说。我和田中在树林的另一侧发现的那片空地，能给我们多一点儿喘息的空间以便撤离。我连奔跑的时候，腿都在不断痉挛。桑多瓦尔闷哼一声，摔了个跟头。奥玛拉斯抓住了他。

那艘飞船又朝我们开火了，一道迸发的亮光击穿了我和马里诺中间的树木。他号叫着向他们还击，“你们这些混蛋！”他大吼道，“你们这些该死的非法移民！我们会让你们好看的！”

我们跑到空地上。我跪倒在地，挂在腰带上的头盔砰砰地撞在屁股上，整个身体都在颤抖。在这里，我们成了容易击中的目标。

飞船的隆隆声越来越大。它从树林覆盖的地方来到了我们所处的空地上。我们在空地上散开，脚踩被压扁的草地。

“兰登去哪儿了？”田中问。

我转头看向小路。兰登正一瘸一拐，一棵树扶着一棵树地走过来。他是不是摔倒受伤了？

“兰登！离那些树远一点儿！”我说，想起了所有糟糕的降落显形——我们的降落区域受到的物理干扰越少，回去后所有手指都完整的可能性越大。

飞船嗡嗡作响。我的牙齿在打战。这是一场敌舰和后勤部门之间的竞赛。

“迪兹！迪兹！”兰登从树林的遮掩下冲出来大喊道。他的步枪不见了，一侧的脸颊上沾满了污迹。他伸出双手。

“我抓住你了！”我说，伸手去够他。

我的身体痉挛起来，牙关紧闭。后勤部找到我们了，会把我们救出去的。

飞船出现在上方。它的探照灯直直地照在了我的脸上，而我吓呆了，像一只动物在午夜的公路上被汽车撞见。

兰登朝我扑过来，挡住了那道光线。我能感觉到身体开始分解了。

我们能回去的。我们能……

我的手指一下子抓住兰登的手腕。

兰登在我的怀里爆炸了。他的血喷遍了我的全身，脸上和胸前全都沾满了炸毁的碎肉块。

飞船的亮光穿过兰登尸体残留的红雾，又一次直刺我的眼睛。我为双眼挡住强光，看到了飞船上的标志。我对这个标志太了解了——蓝色的镰刀与十三颗星星。我捡到的这个标志的碎片已经足够多了，一眼就认出它是诺鲁斯的标志。不是火星飞船，而是一家公司的飞船在对我们开火。

我是下一个。

我分解开了。

19

万物之间的光。

当人们已经明白自己应该停下来的时候，为什么还要继续前进呢？当一样东西已经开始瓦解，为什么我们还要为之战斗呢？

我不是傻瓜。我不相信他们灌输给我的一切，也不相信所有的网络消息。当我浑身沾满兰登的鲜血分解开来时，我的脑海没有变成一张空白的挂毯，也没有变成一片黑暗。在万物之间的空隙里，时间仍旧流淌不息。

我仔细思考着圣保罗“闪袭战”的事情。他们为什么会选择圣保罗？以及，为什么只有这群外星人从火星上下来了，而其他人没有？还有田中提出的那个问题，为什么火星人对圣保罗做了那样的事之后，又将那种科技抛弃了？那种科技看起来更像我们进行光穿越的科技。然而，最要紧的问题是那艘向我们开火的飞船，上面有诺鲁斯的标志，因此我们到底是在和谁打仗？

他们不喜欢我们问问题。他们想把人们训练成不问问题的人——不仅仅训练公司的士兵，也训练公民和居民。没有谁比公司懂得更多，对吧？

我和小维在一起的时候，谈了很多关于哲学的事情；或者更确切地说是她说给我听。这些事情听起来很有意思，而我又不擅长闲聊。她讲解了什么是承诺升级——一旦人们在某个项目上面投入的时间达到了一定量，他们就不会放弃，即使这已经不再值得，他们眼看着就要输了。战争正是如此——没人愿意承认自己快输了，即使他们已经失去了很多。为了结束战争，你必须给他们一个台阶下，假装这些牺牲都是值得的。

你知道你的本性，也知道你正在变成什么样子，但无力阻止。你已经投入了太多，于是不再在意对方怎样尖叫，或是杀死了多少脸庞像你的人。这正是你的工作。这正是你训练的目的。你正是这样的人——无法和自己残忍的部分划清界限。

我聚集成形了，仍然在发抖，步枪挂在身侧。一阵微风吹来，步枪“砰”的一声撞到头盔上。在我周围，其他士兵看起来一样狼狈，他们都隔开站着。不管上一次的降落任务是什么，我们中似乎没有多少人活着回来。他们的制服都破烂不堪，盔甲也支离破碎。

我脱掉手套，用它们擦去了脸上沾着的鲜血。它们黏黏的，还很新鲜。

蓝色的通信指示灯在我眼睛的左下角闪烁。我调出了我们排的地图，想知道跑到哪个时间和地点来了。我这样跳来跳去，是不是改变了什么东西呢？还是说一切早已注定，像通关一个沉浸式游戏一样？

“迪兹？”

我最小化了地图，晃了晃脑袋。

琼斯摘下头盔，盯着我看，“什么……在哪儿？该死，迪兹。”

我一把抱住他，“你还活着。你这个该死的混蛋！”

“你身上都是些什么？这是什么东西？”他推开了我，挥手把我肩膀上沾着的兰登的头皮给扫掉了。“怎么回事啊？迪兹。”

“还有谁活着？”

“我们班的人都还活着。”然而这话当然没有任何意义。不管活下来的是哪些人，刚刚经历了怎样的任务，肯定都不是我勉强幸存的那个该死的坎努克任务。

“所以撤离人员还是找到你了。”我说，“你活着回来了？但是兰登他……”

“迪兹，我想你需要再去见见情报部门的人。”

“让他们去死吧！”

“嘿，中尉，”琼斯在我们班级频道上说，“我们又碰到了……迪兹出了点儿问题。”

“等一下。”指挥官说。这个人绝对不是瓦少尉，瓦少尉怎么了？

一个纤瘦的女人朝我们走过来。两位医务人员走在她前面，给每个人做降落后的检查。

女人摘下头盔，露出浓密卷曲的黑发。她把后颈到耳朵中间的头发都剃光了，让那窝卷发看起来像一顶俏皮的帽子。有那么一分钟的时间，我都没认出她来，而她仔细端详着我。

“你跟我说你是光能战士，”安德里娅说，“我还不相信呢。”

“安德里娅？什么时候……”我住嘴了。

她抬起眉毛，“哇，她原来是这样反应的，琼斯。”

“没错，”他说，“说句公道话，这次降落对每个人来说都不怎么样，但至少它已经结束了。”

“我会送你去见情报部门的人，”安德里娅说，“但上次行动过后他们就一直很忙。我们失去了很多人。过来吧。隔离的时间到了。我相信你的心理医生一定很想念你。”

20

“我们见过面吗？”心理医生说着，伸出了她的手。

“见过。你可能见过很多像我这样的人吧。”

“几位而已。”她坐在那张大安乐椅上，“我们继续上一次的讨论吧。时间隔了多久了？”

“你没有记录吗？”

“我对你的个人记忆比较感兴趣。”

“你也会问别的士兵同样的问题，让他们回忆吗？”

她淡淡一笑，“你知道我不能泄露其他士兵的秘密。这只是例行提问而已。”

“除了对我们的上级。”

“什么意思？”

“你可以对我们的上级泄密。”

“你觉得奇怪吗？你知道你的合同归特内 - 西尔维亚所有吧。你明白那个协议的条款吗？”

“我读过。”这只是部分事实，没有人读过完整的条款。

“上次我们谈到，你对死亡和道德有一些想法。”

“所以你确实有记录了？”

“我理解，这些事确实会令人困惑。”

“我不记得谈到过死亡。”

“我明白了。”

“我始终觉得之前经历过这一切了。”

“你是说‘既视感’吗？就是你觉得见到了以前见过的东西。这种情况经常发生，虽然我们不确定为什么有些人比其他人更容易发生。比起癫痫发作的人，士兵们似乎更容易经历似曾相识的感觉。我们相信这种情况跟大脑中的放电现象有关，它会导致储存记忆的方式出现问题——并不是眼前见到的东西以前真的见过，而是大脑写下了记忆，但意识部分并没有把它记录为一瞬间之前写下的。于是你会感觉这是很久之前的事，但事实并非如此。这只是一种错误的感觉罢了。”

我很高兴不用再去和情报部门谈话，所以就顺着她的话说下去了。我告诉她这么说确实有道理。这只是记忆出了差错，当兵是会这样的，会看到一般人不该看到的东西。

“你能告诉我上一次降落任务的情况吗？”她说。

“我……不记得了。”

“我们有一份记录，写了专业兵兰登的遭遇。”

我发抖了，“是什么时候的事？”

“一段时间之前。”

我的身体开始颤抖。

“今天应该差不多了。”她站起来说。我意识到她已经知道了，也许她一直都知道我身上发生的事，情报部门也知道。光能战士——田中曾在战场上小声对我提起这个名字。在这里——不管现在是什么时间点——光能战士都已经不再是秘密。

隔离持续了四十八小时。我又一次独自度过了隔离期。

我在淋浴间里待了一个多小时，任由热水泼洒在身上。我睡了很久，考虑过登陆沉浸式设备，或者参与酷刑模组训练，但都打不起精神付诸行动。心理医生给了我一些帮助睡眠的东西——因为我每次闭上眼睛，眼前都会出现兰登被炸成碎片的样子。

第二天晚上，我登入了克努，想找一份媒体文件。“你能找到《世界之战》吗？”我问克努。

它返回给我二十部不同的电影，十六个版本的文本，但是没有广播剧形式的。

其中一个文本提到了这段历史，还包含了一份文稿。“念给我听吧。”我说，然后克努就选择头戴式设备里设定的默认的舒缓声音，给我讲述了一个故事——在资本主义鼎盛时期，一些小镇以为火星人入侵，所以个个都吓疯了。他们怎么会相信这种鬼话呢？

我躺在那里边听边想。然而当人们被孤立的时候，要让他们相信这些也是易如反掌的事，不是吗？处在信息稀缺或者被隐瞒的情况下，人们会相信任何摆在他们面前的东西，只要这种东西符合他们对世界的理解——火星人是坏的，而大公司是合乎逻辑的，也是善良的。

我睁开眼睛，发现自己仍然独自待在隔离区，只有克努的轻声细语陪伴着我，这幅景象让我顿悟了。

他们准许我离开隔离区，外面的洗澡水甚至更糟糕一些，几乎连温水都算不上。自助餐厅里的食物是烤面包上面浇土豆泥，这让我想起穆妮奥斯说的“木瓦上的屎”。

我接触到的每一个人都疲惫不堪、眼神呆滞。我仍然觉得很不舒服，不想去查看我们排的地图，不想知道谁还活着、谁是新人。不过走了几圈，我看到的面孔都是新旧混合。

“至少是结束了。”桑多瓦尔坐在旁边的一张桌子上说。

我一个人坐着，喝着一杯非常差劲的咖啡。所有的食物尝起来都像掺了水一样，没滋没味的。土豆泥吃起来像锯末，锯末也经常拿来充数，而咖啡可能是用内裤过滤出来的。

我瞥了一眼桑多瓦尔，很庆幸看到他还活着。和其他人一样，他的头发也长出来了。这是安德里娅带起的风潮吗？是她对规定松懈了才会这样吗？

“火星人死了不少。”和他同桌的女人说。我不知道她是谁。“不过，确实，我觉得可能就这样了，至少对地球上的火星人来说，但他们会生气的，不是吗？会报复吧？”

“他们会明白我们都做了些什么，”桑多瓦尔说，“他们会知道我们也能在火星上做出同样的事来。”

我步履艰难地走回营房，准备好面对自己的床架了。我爬到下铺，躺着望向上面的床板。

那里的划痕更多了，有成百条。

我觉得晚饭涌了上来，就坐起来，把头放在两腿中间。等我准备好了，数了数床板上刻下的所有划痕。

九百六十七条。

从我第一次降落，到这一次任务，已经度过了九百六十七天。

这段时间里发生了什么事？还将会发生什么事？

21

他们把它叫作“病人”。

第二天早上，我醒来发现我的排都挤在娱乐室的屏幕前面。走进娱乐室，我一开始都没注意公司发言人在说些什么，而是在留神都有谁活着。

普拉卡什不在——我早料到了，不过还是很心痛。兰登也不在——他们之前证实了这一点。琼斯坐在椅子边上，双腿搁在沙发靠背上。奥玛拉斯双臂交叉站着，离屏幕最近。我又认出了不死人，虽然她比我记忆中更瘦些，脸差不多是皮包骨了。她靠在门口，吸着一支没点火的香烟。我已经见过桑多瓦尔了，而莱希特纳正在后面咬着拇指指甲。

没看到马里诺。

我想知道战争是什么时候击溃了他，也可能他是开小差去了。我希望是后者。

田中呢？我扫视了整个小组，但还是没看到他。其余的都是新面孔，有二十来个——新面孔未免太多了。

我转向公司发言人。她站在一个嵌入式记者席前，所有提问人要提的问题都是经过批准的。

“能告诉我们病毒的来源吗？”一位记者问。

“我们还不能确认它是一种病毒。”发言人说，“但我们相信它来自火星人。它起源于坎努克，开始于我们在那里取得了重大胜利之后。”

“战争本来应该结束了。这是新战线吗？”

“战争确实已经结束了。”发言人说，“我们所倡导的最终解决方案是成功的。火星再一次‘静默’了。我们有希望迅速根除这个横生出来的新枝节。病毒不意味着战争。我们已经控制并且隔离了那些受感染的人。我们会尽快找出解决办法。”

“公民和居民们要如何保护自己？”

“我们敦促任何有类似于流感症状的人，都到最近的公司健康中心报到。我们正在努力研制一种疫苗，希望很快能进入试验阶段。如果你不去健康中心报到，我们就不能治疗你。请和你的朋友、邻居、同事谈谈，并且敦促他们有症状就去报到。如果他们抗拒，请联系你们当地的公司安全联络员。”

我一直待在房间后面，靠近门口的地方。战争本来应该结束了？我想起那九百六十七条划痕。我不记得的日子未免太多了一些。

“迪兹？”

我转头看看走廊，发现是田中在叫我。我松了口气，甚至没发现自己一直在屏气。

“我听了《世界之战》。”我脱口而出，像个白痴一样。我和他的那段对话可能已经过去好几年了，但对我来说……还是三天前的事。

“是你。”他说。

“不是一直都是我吗？”

“不是。你想不想出去？出去走一走？”

“发生了什么？”跟着他走过走廊的时候，我问他，“自从……兰登的事之后。”

“你刚从那个绞肉机里回来，那场大火。他们说你浑身沾满了他的血。”

“是的。”

他盯着我看。我希望他的眼神是温暖的，但他眼中却流露出了恐惧与疏离。我记得他有一位失踪的妻子，还有孩子。他想回到孩子们身边，并且继续寻找妻子。战争已经结束了。至少我现在知道了结局。

“下次你降落的时候一定要告诉他们。”他说，“告诉他们这里发生了什么事。”

“战争结束了。不会有下一次降落了……对吧？”

他把目光越过我身上，看向屏幕。“你记忆中还有空缺吗？”

“有。”

“那你就还有降落。”

“该死！”

“确实挺该死的。我经常跟你商量，看看接下来会发生什么。你告诉过我这一切会变得多么糟糕。”

“什么会变糟？”

他冲屏幕点了点头，“病人。”

“有多糟？”

“很糟。你参加酷刑模组训练是走对了路，这就是你想让我告诉你的。继续下去，也许你就能……改变这一切。”

“还有吗？”

“呃……没有了。”肯定还有——我能从他脸上看出来，但还是由着他去了。谁真的想知道自己的未来呢？我可不喜欢我看到的这一个。

我想知道为什么我们还没被情报部门的人给拖走，怎么都还安然无恙。

“我们还在被录音吗？”

“是啊，”他说，“只不过……没那么多监视了。‘黑暗时刻’过后，我们就人手不足了。很多情报部门的人本来一直在监视我们，现在都重新分配去补上阵亡人员的空缺了。不过最好还是现在跟你谈谈，别等到时候他们监视并观察我们所有人。”

“我是不是应该知道‘黑暗时刻’是什么？是现在还是之前的事？”

“我们失去了通信。”

“就像上一次……像在坎努克那样？”

“差不多吧。不过是到处都失去了通信。”

“是火星人干的？”

“他们是这么说的。”他不再看我了，而是看向屏幕，“那时我还不相信你，不相信这一切会发生。”

“换我也不会相信自己。要我说，每个人都会认为我疯了。”

“嘿，迪兹！”安德里娅说，她现在是我们的新指挥官了，正从走廊另一头走过来。

“长官。”我说。

我和田中分开，之间隔开一些距离。我想给她一个拥抱，想知道她当指挥官多久了，瓦少尉又怎么了？

“去我办公室。”安德里娅说。

我跟在她身后。走过走廊的时候我们什么都没说。她走进以前指挥官的办公室，里面看起来没什么变化，可能桌子上多了些划痕，椅子扶手磨破了。唯一新添的东西是一个很大的木制地球仪，放在远处的角落里，大概有胸口那么高。

她关上门，指了指椅子。“放轻松点儿吧。就我们两个，想喝一杯吗？”

“好啊。”我坐了下来。

她打开地球仪的顶部，露出了一些高度烈性酒。她用一条发带把卷发束到后面，在末端扎起一个小马尾。我仔细看着她的脸。我们十八岁就参军了，现在比起那时大不了多少，对吧？二十一岁，最多二十二岁，除非我铺位上的划痕错了。该死，我们真的派遣出去这么长时间，搞得我连哪年都忘了吗？

“我要说的话你肯定会觉得很蠢。”我说。

“战争本身就很蠢，来点儿伏特加？”

“我知道我们以前也谈过。”

“没关系的。”她从口袋里拿出一样东西放在桌子中间，是一只怀表。我头戴式显示器的微弱闪光熄灭了。“这是个扰频器。”她说，“只要它开着，我们就有隐私。”

“你是什么时候搞到这个的？”

“我是从你那儿听说的。虽然公司拥有一切，但是我们可以私下传递物品。我问过你关于这玩意儿的事，知道你还会问一些同样的问题。这没关系。”

我本来以为是火星人切断了我们在坎努克的通信，但这是我们的技术，是公司的技术。一个公司拥有的技术，大多数公司都会拥有——不管是通过公司间谍活动，还是通过个人资产的买断合同。总之，切断我们通信的可能是任何一个公司，也可能是特内自己。

“我怎么还没被踢出军队呢？毕竟你们都知道我……会时空跳跃了？”

“心理医生一开始就知道了。这就是他们来这里的原因。情报部门……呃，他们一开始确实相信像你这样的大多数光能战士的话——有些人记事，有些人不行。”

“那些记事的人都失踪了，都被他们给拖走了。”

“是啊，战争初期的时候。”

“现在不是了吗？”

“你告诉我们有关黑暗时刻的事之后就不是了。”

“我帮上忙了吗？”

“也不算吧，但还是……有些破事平息下来了。你不是唯一一个告诉他们这件事的人。你们的消息帮助我们制定了刚刚完成的那个任务，那场面可真是惨不忍睹。不过……可能战争已经结束了吧？我也不知道。也许还在继续。”

“还有多少像我这样的人？”

“我碰到过三个——你，一个叫拉契的家伙，还有鲁本。你还记得鲁本吗？”

“他还活着吗？”

“死了。”她递给我一杯伏特加，满满的一杯。我早饭过后就没吃东西了，而现在已经过了午饭时间。我试着去判断她对鲁本之死的感觉，但她脸上并没有什么表情。

“我知道失去一个亲近的人是什么感觉。”我一口气喝了半杯，剩下的放在桌子上，胃里的灼烧感觉起来很舒服。

“战争就是这样。”安德里娅说。她喝了杯中酒的三分之二，而杯子还拿在手里。

伏特加的温暖开始让我身体的紧张和焦虑逐渐消失了。我对它敞开了胸怀，让它带着我逐渐沉沦，沉沦，终至沉陷。烈酒让生活之痛变得可以忍受。

“我觉得穆妮奥斯也经历过奇怪的降落。”我说，“是琼斯后来告诉我的。”

“穆妮奥斯……是你第一个班级里的人。”

“是的。”

“真奇怪，这些都是你认识的人。”

“只不过是我和你有一些共同的熟人而已。我很肯定还有其他人，其他队伍。”

“我和其他指挥官谈过。大多数人在遭遇失败降落的时候就死了。活着回来的人之后就疯了。他们有的在地底下显形，有的在墙里面显形，大喊大叫着说他们去到哪儿了。你是唯一一个跳跃时空回来还能保持神志清醒的人，而且还活到了这个战争应该结束的时刻。”

“你觉得战争还没结束吗？”

“我能撑到这一步，可不是靠盲信公司的官方说辞。”她说，“也许在一开始……你知道的，我们报名参军是为了彼此——你，我，还有鲁本……唉，你知道加西亚和奥维尔被开除了吗？马赛第一次降落就死了。我和泰蒙一直保持着联系，直到黑暗时刻的降临。他孤身一人远在北京。可怜的混蛋。”

“我们都挺惨的。”

“是啊。你报名参战了，但你参战是为了保护身边的人，不是为了公司。”

“你说我什么也改变不了。如果是真的话，这一切又有什么意义呢？无论是分解成光，还是目睹一个无法改变的未来？”

她耸耸肩，“我不是后勤部的人。我只是很庆幸他们没有把你弄丢。我，琼斯，田中……都花了很多心思才让你走到这一步。”

“也许我不在了会更好些。”

她啜了一口酒，“是你唤醒了我，迪兹。让我看明白了这一切究竟是怎么回事。你也是个不可多得的好士兵。”

我嗤之以鼻，喝完了杯中酒，手止不住地发抖。“为什么你要在这里问我？”

“因为我想帮你打败酷刑模组。”

“你做到了吗？”

“是的。不过你不会喜欢这个过程。”

“我觉得自己就活在一个酷刑模组里面。”

“我明白。这个释放出来的东西，这个……病毒。是你告诉我，当它被释放的时候，战争还没有结束，只是进入了终局一战。如果那是真的，我们就还有时间。军团不会把人送回家的。”

“还能送我们回家吗？”我问，想到了田中，“真的有人能离开这场战争吗？”

她摇了摇头，“你不肯告诉我。”

22

现实是一种构造出来的东西。

想象一下，我们围成一个圈站着，试着互相描述一个物体。当我们对它的特性达成一致的时候，这个物体就开始在圈子的圆心逐渐显现。我们就是这样创造了现实——我们对它的规则和形状达成了一致。不同的文化凭借各自对事物的一致描述，创造出了不同的现实。

我第一次意识到我的现实和别人的不一样，是在弟弟把一件浅棕色外套带回家的时候。那会儿我们已经是居民了，而父亲又一次被带走了，只留下我们两个孩子和垂死的母亲。她大部分时间都只是通过吗啡的迷雾来凝望世界。

“你是从哪儿弄来的外套？”我问。面料倒还不错，很干净。

“我买的。”托马斯说。那时候他十二岁，身高已经远远超过了同龄人。他肯定有一百多公斤，没人能猜到他原来岁数还这么小。

“拿什么买的？你要这么一件难看的棕色外套干什么？”

“这是绿色的。”

“不是。”我拿起衣服，在他面前晃了晃，“是棕褐色的。”

“是淡绿色的。”

“你是不是嗑药了？”

他一把把外套从我手里夺了过去，“你滚远点儿吧！”

我扇了他一巴掌。

他比我高大，但并没有还手，只是盯着地板看。我的脸颊发烫了，觉得很内疚。然而现在只剩下我们两个了，我又比他年龄大，应该要管好他，而他也要尊重我。

他的眼里充满了泪水。

“对不起，”我说，“你只不过……你不应该那样跟别人说话。”

他拿起外套，走进他的房间，静静地关上了门。我觉得自己真的坏透了。这样对待一个小孩子，我还是不是人？

我敲了敲他的门，“托马斯？对不起。我就是个坏蛋。”

我打开了门。

他坐在床沿上，腿上放着那件外套，正在哭。

“嘿，对不起。”我说。

“这件外套是我偷的。我才该说对不起。”

“天啊。有人看见你偷东西吗？”不过这是个蠢问题。如果有人看到他的话，公司安保人员就该来敲门了。我们“食尸鬼”的一面又暴露了出来。特内会为此严惩我们。“在他们眼里，我们就是一群只会偷窃、撒谎和蒙骗的人。我们不能让他们得逞。”

他摇了摇头，“但我真的太想要了。这件衣服实在太好了！我从来都没见过这么好的衣服。”

“爸爸会回来的。”我坐在他身边，用胳膊搂住他。他靠在我身上抽泣，头发该洗了。他的衬衫下摆撕开了一个大口子，需要缝补。居民们有一些权利，主要是工作的权利，但我们几乎没有安全保障。

三天之后，我们的母亲去世了。他们把父亲放回来参加葬礼。我弟弟穿着偷来的外套，而我站在他旁边，握着他的手。

我们拥抱了爸爸。他瘦了很多。他用手指牵起托马斯外套的袖口，笑了笑，说：“这件绿色外套很好看。”

我冲他眨了眨眼，又盯着那件外套看了看。在我眼里，它还是浅棕色的。我慢慢地转了个圈，凝视着火葬场给我们安排的小悼念室的四壁——玫瑰是白色的，相框上是假的镀金，还有无处不在的摄像头。和其他人相比，我看见的东西还有什么是不一样的？

“爸爸，”托马斯说，“你什么时候回家？”

房间里只有我们三个人。两个公司安保人员在外面等着爸爸，还要把他送回……不知道他被关押在什么地方。

“很快就回来了。”爸爸说，“很快。”

他说过很多谎，这只是其中一个。

我们再也没有见过他。

回顾这些往事的时候，我明白了谎言是支撑我们的力量。是谎言让我们得以继续前进，给了我们希望。如果没有谎言，早在我们没有准备好之前，就必须直面真相。

早在我们还没有准备好与之对抗之前。

23

我被吊在审讯室中央，锁链撕咬着手腕，留下鲜红的肿痕。我的脚趾堪堪碰到地面。石头墙面光秃秃的。这个房间看起来像是在某个中世纪地牢里。

安德里娅的虚拟角色站在我前面的一个大木桌旁，观察着周围的环境。“你为什么选这个背景呢？”她说，“现在的审讯房间都比这个干净多了。”

“我也不知道，可能是想到了《基督山伯爵》[1] 吧。”

[1]《基督山伯爵》，法国作家大仲马的小说，里面的主人公爱德蒙·唐泰斯曾遭到陷害，被打入地牢。

“我的天，你花了不少时间在媒体上，是吗？”

“我通关了一个改编自《基督山伯爵》的游戏。”我说。我没跟她说我扮演的圣骑士。这个她早就知道了。

“啊，是的。没错，我记得那个。”

“你准备好了吗？”她又说。

“没有。我真的很讨厌这些。”

“好吧，反正我在这里。你要把注意力集中在我身上，听我说。在这些模组里你不能靠蛮力杀出一条血路。”

“你是怎么打败它们的？”

“我掌控了审讯。”

四个身穿黑色盔甲的审讯者穿过她，走进房间。他们拿着电击棒，像上次一样。

“我调回了真实模式。”她说，“你之前都把它调成简单了。”

“安德里娅！”

第一击打中了我的右腿，又一击打中了我的胸口。然后他们的殴打变得又快又凶，每一击我都切实感觉到了。

“停下！”我说。

“我不会让他们停下的。这是你构建的牢房。”

我让她编写了一个可以关闭程序的安全词，不过我已经后悔了。

“你比一个构建出来的东西坚强多了。”安德里娅说，“听我的声音。只听我的声音。我会帮你渡过难关的。”

审讯者的殴打接连不断地降临。我咬紧牙关，看着他们一模一样的冷酷无情的脸庞。他们出汗了，头发看上去油光光的。空气中有一股汗臭和潮湿的霉味。

“安德里娅……”

“这些都不是真的。”安德里娅说。她开始绕着我转。“眼前这个现实，甚至连同我们看不到的部分，都是完全捏造出来的。它存在于你的脑海之中，就像疼痛一样，就像欢愉一样。你知道，我们所有人都只不过是野兽而已，会对刺激做出反应。这就是我们在这些模组里面所做的一切——刺激大脑里面对输入做出反应的部分。在这里，你就是让自己受刑的同谋。”

“它明明来自外部，是软件造成的！”

“这只是个小把戏而已。你要是不接受，就不会起效。”

“我没有接受！你们又为什么还在这里呢？”

我想起了父亲。他们也对他做了这样的事吗？把他关进酷刑模组里面？还是真的对他施以了酷刑？

“你在害怕什么，迪兹？”

“我什么都不怕。”

“老实点回答，迪兹。”

“怕死，可能吧。我不……让他们停下来！”

“只有你能让他们停下来，圣骑士。我经常玩的游戏是什么？”

“坦克游戏。你总挨打。”

其中一个人打了我的脸，我感觉一阵天旋地转。锁链噬咬着我的手腕。我禁不住流口水了。这对我来说太真实了。我又看到兰登被炸成碎片的那一幕；看到普拉卡什的手臂；看到田中抚摸着我的锁骨，问伤疤去哪儿了；看到妈妈只用三口就吃掉了那只小鸟。

“这些都是真的。”我说，“这些……”

“你是光做成的。”安德里娅说，“我们都是光做成的，你知道这一点吗？我们基本上就是一片虚空。他们部署我们的时候，只需要把这些原子给分开。我们就可以更容易地穿越世界各地。我们被分解开，又聚集成形。”

我的身体挨了电击，我尖叫起来，一根棍子打在脸上。其中一个人猛地扯起锁链，把我从地板上整个拽了起来，晃来晃去。

“你有什么想去的地方？”安德里娅说。

“圣保罗。”

这个构建的虚拟空间改变了，像信号受到干扰一样变得断断续续。我瞥见一片灰蒙蒙的黄色天空。

“你的家？”安德里娅说。

劳工营里的生活更简单一些——也可能是因为我当时年纪尚小，所以才会有这种感觉。当你还是个孩子的时候，整个世界看上去都是那么简单，只用关注食物、住处和家人。你要记住尽量不要死于感染，在炎热干燥的夏天最好不要中暑。这些既艰苦，也短暂。不过你还是活了下来，你那时只是为了当天而活，不会去想明天的事。那时候你眼中不存在未来。

没有未来。

透过磨破流血的手腕，我望向天花板。在我头顶上，这个虚拟空间的纹理中出现一个锯齿状的裂缝，出了一点儿差错，是一个编程错误。我们所有人都是原子组成的。在公司的意图下，我们被分解成残片抛向宇宙。

一次次殴打仍然如同雨点般落在我身上。我闭上眼睛，专注于安德里娅的声音。

“我们都只是血肉之躯。”她说，“你可以控制自己有选择地做出反应。你可以改变对疼痛的反应。疼痛只是一个信息，你头戴式设备造成的一次刺激。承认它的本质，然后着手解决真正的问题。很多人都对这种模组不够了解，不知道这里面一半的体验都依赖于你的相信。你相信得越坚定，感觉就越强烈，它也就变得越真实。人们的确会在酷刑模组里面迷失自我。我亲眼见过。但是，因为这里面半个现实都是你自己构建的，所以你可以打破它。打破自己的枷锁吧，迪兹！”

我朝那些抓住我的人踢过去，但脚却直接穿过了他们。怎么会这样？为什么他们的殴打能落到我身上，而我的却不能？

我是这一切的构建者。

我深吸了一口气，再一次把注意力集中在安德里娅身上，只集中于一个单一的真实的东西——她的声音。

我猛然出击，脚踢中了其中一个审讯者。他向后跌倒，鼻子流血。

我提醒自己这不是真的鼻子。这是我的世界，我的构建。

一阵警报声响起。

“那是什么？”我说。

安德里娅望了望天花板。“该死！是警报。结束构建。安全词：鲁本。”

周围的环境逐渐消失。我倒吸一口气，又回到游戏室的躺椅上。警报还在响。

安德里娅躺在我旁边的椅子上，睁开眼睛，解开安全束带。

外面走廊上传来靴子踩地的声音。我们排的另外两个士兵也在房间里面——桑多瓦尔和一个我不认识的女人。他们都跑向了走廊。

有什么出现在安德里娅的显示器上，她的左眼亮起了。

“怎么了？”我问。

“去阅兵场报到。公司里的人来了。”

24

我刚在琼斯旁边排好队，运输船就到了。空气又热又闷，若不是我们身上裹着能调节温度的防护罩，就真的受不了了。整个猛犬连队都出来迎接这几艘运输船了，总共三个排。我们的连长走到前面来视察几个排。我一下子就认出了她——瓦少尉。

她没死，反而升迁了。安德里娅为什么不直接告诉我呢？当然了，我也没问。我害怕听到最坏的消息。

运输船吐出坐在里面的人——二十四个身穿黑衣的公司知识产权执法人员。他们巡视了这一片区域，扫描我们的时候，眼中的设备闪闪烁烁。他们似乎对眼前的情况比较满意，于是在领头的运输船旁边排好队形。船的前门开了，两个穿着更厚重的套装的技术人员走了出来，而他们身后……

我先是看到了那双红靴子，然后是白裤子，紧接着是白大衣的下摆。

穿着这套衣服的高个子的瘦女人完全出现在我眼前。我立刻认出了她的脸，尽管她和我们其他人一样，年龄变大了，也变瘦了。小时候我还没注意过她的眼睛。她审讯我父亲并把他拖走的那一次会面，我基本上都是趴在地板上度过的。她的眼睛是黑色的，发间生出了斑斑银灰，好像有人用金属丝梳过她的头一样。她把双手背在背后，目光扫过人群。我稍微偏了偏头，和商损管的探员一样，她的显示器里肯定也加入了面部识别的功能。

瓦少尉走出来欢迎她，向她伸出了一只手。那女人没有跟她握手，反而讲了一些冗长的空话。我能想象她讲的内容跟某些尘封的经历有关，就是这些旧账让她觉得比我们其他人全都聪明百倍。快让她去死吧！

她们又说了几分钟的话，然后朝里面走去。等他们都进去了，几个排的指挥官就得到消息说我们可以解散了，于是我们又都回到里面去了。

那么把我们全体叫出去到底是为了什么？这个女人为什么要来检阅我们部队？

我的头戴式设备上显示了一条消息，是安德里娅。她说："连长叫我和你一起去会议室。准备好看场好戏吧！"

我开始回复消息，告诉她这可不是个好主意，但我又知道些什么呢？我甚至都不知道过去的九百多天里都发生了些什么。真是太倒霉了！

我离开了阅兵场，遵命去了指挥官所在的房间。我抬手想敲敲会议室的大门，但安德里娅已经在那里了。她把我领到隔壁的观察室，手指放在嘴唇上示意我别出声，然后拿起怀表。

"我们的任务更新了。"她说着，把我带进了这个黑暗的小房间。我们站在一个透明的 LED 屏幕后面，这个屏幕既能让我们看到房间里的情况，又能给房间里的人显示一幅普通的投影画面。屏幕的另一边是白衣女人和她带来的知识产权技术人员，瓦少尉，还有另外两个连队的连长。我还认出了我们旅里的斯塔克利少校，团里的杰米森上校，还有营里的鲍曼中校。

安德里娅把怀表放在镜子前的桌子上。

"发生了什么？"我低声问，不知道为什么我会把声音放这么低。我猜是因为感觉离他们都太近了。

"我们要在这里听取简报。公司说这些信息过于敏感，不能在通信接通的情况下听取。"

"是真实的信息吗？我们怎么会……"

"是瓦上尉的意思。不管那次燃烧的坎努克任务之后，你回来对她说了些什么，都让她相信我们死定了。不管他们说些什么，她都希望你能在降落到过去时，把这些消息带回去。毕竟你是光能战士。"

我倒是真希望回到过去时能想出点儿什么妙招，让他们相信这一切都是真实的。九百多天的空缺证明我一定会再回去，这让我感到身心疲惫。我不想再继续下去了。我只想和他们剩下的人一起留在这里，结束这场战争。

“你们都已经知道这个……事件的简要情况了吧？”一个穿黑衣服的男人问道。

那个白衣女人向后靠在椅子上。有那么一瞬间我感觉这场景极不协调。那个男人才是负责人吗？他们之前都把他藏起来了？他是谁？那张脸有点儿眼熟。

“我们有六个师在隔离区。”他说，“杰米森上校，你那边状况如何？”

“列斯科岛与世隔绝。”杰米森是个又高又瘦的女人，又是一个不老的指挥官。我注意到这些高级军官的骨头上都还有些肉，反正肯定比我们过得滋润些。“或者说，我们只透露这么多，直到你们把情况讲清楚为止。”

“我们都没有携带病毒。”他说，“行政管理层和董事会也都隔离在安全的地方了。我想其他几家公司也都做了同样的事。我们的情报不太清楚。”

“情况比令堂透露的要严重多了。”杰米森说。

令堂，他妈妈。他妈妈是总裁吗？肯定不是特内的总裁——那个女人没有家人，那便是另外一间公司的总裁。这是一次收购吗？

“没错。”他说，“诺伯格上尉？”

白衣女人说：“我们怀疑我们的……最终解决方案可能释放出了一种凶猛的病原体。”

“天啊。”杰米森嘟囔道。

另一个人，就是团长，开口说道：“我们谈论的这东西到底有多凶猛？”

诺伯格耸了耸肩，“我们目前所见是百分之百的死亡率。这个狡猾的小东西，有着能迅速传播的完美结构，但也不是太迅速。你们的部队之前在外面执行任务，虽然现在隔离起来了，但还是很有可能已经感染了病毒。”

“那你们为什么还来这里？”杰米森说，“你们就那么想死吗？”

诺伯格大笑起来。

“告诉他们吧。”那个男人说。

“我们是从圣彼得堡来的。”诺伯格说，“他们已经合成了一种疫苗。我们想给你们的人接种。”

“你们不到一周就合成了一种疫苗？”杰米森问。

那个男人说：“现在伊芙康公司唯一安全的地点就是圣彼得堡。他们封锁并隔离了整座城市。我们知道情况会变成什么样。”

“那你们又是怎么知道的呢？”杰米森说。

“这不是重点。”他说，“关键是要让士兵在这东西变异之前就拥有抵抗能力。”

“它变异有多快？”杰米森问。

“它杀人的速度前所未见。”男人说，“它可能已经变异了，超过了我们这种疫苗能治愈的范围。不过疫苗暂时能够避免最严重的症状。在测试中，它使病患的存活率提高了百分之五十。”

“我的老天！”团长说。

“几大公司中有多少还在活跃？”杰米森问，“我要的是真正的情报，不是胡说八道。”

“我们是伊芙康公司的代表。”男人说，“与特内 - 西尔维亚公司的合并刚刚敲定。我们很快就会宣布品牌重塑计划。”

“马苏基桑公司和诺鲁斯公司都倒闭了。”杰米森说，“现在只要我们能幸存下来，那就只剩下三间公司了，还有火星这个手下败将。”

“终局之战永远都只是整合问题而已。”诺伯格说，“损失是意料之中的。”

“这是谁家的病毒？”杰米森说，“伊芙康的吗？要不是特内-西尔维亚公司的战争首席执行官告诉我，我都不知道是这位伊芙康总裁的儿子在给我们下命令。”

“战争就这么混乱。”诺伯格说。

“我该怎么告诉士兵们？”团长问，“难道说你们搞出了什么神药吗？”

“你只管告诉他们是我们在保护他们就好了。”男人说，“一直都是这样。他们会排好队，接受注射，然后回去。战争还没结束。”

“但火星已经战败了。”杰米森说。

“没人在意火星怎么样。”男人说，“火星已经是历史了。月球也已经是历史了。我们还要再往外看——小行星带、木星、冥王星，还有那该死的仙女座星系！我们的未来比这个星系和邻近星系的冰冷岩石还要广阔得多，但除非我们能团结一致，否则就无法达成这个目标。”

“要是我们这个星球只剩下遍地死人，你又要怎么达成宏伟目标呢？”瓦上尉问。

所有目光都转向了她，而杰米森大笑起来。

“你可以去问问战争行政官。”男人说，“她直接向总裁汇报。”

“大家还是高兴点吧，毕竟我们还提供了一种疫苗。”诺伯格说，“八十二师和七十九师还没注射疫苗，就派去平息布宜诺斯艾利斯和波哥大的动乱了。再过十七个小时，他们就都没命了。”

“我们怎么还没有出现症状？”杰米森问道。

男人耸了耸肩。“我只是说我们怀疑你们可能受到了感染，你们也完全有可能没有；或者你们感染了原始毒株，这样需要更长的时间才会出现症状。我已经把疫苗提供给你们了。”

我一边看着这场大戏在屏幕那头上演，一边咬着指甲。我想知道外面的世界到底还留存下来多少。那一刻，我真想要再降落一次……去别的地方。

男人站了起来，“你们自己选吧。”

“我们选？”杰米森说，“你根本没有给我们选择。”

“我还没有得到董事会的支持，我理解自己的处境，”他说，“我来这里是想赶在合并之前帮你们一把。公司合并那么多繁文缛节，很多东西都可能会因此丢失。但我觉得不需要等所有文件都归档之后，再把疫苗拿出来。我是出于一片好意。”

“你觉得他是不是想巩固权力？”安德里娅问我，“打着对我们好的幌子，这样他就能利用我们，在合并造成的混乱中趁机推翻他妈妈？”

我一时消化不了这么多心机和手段，“我担心她已经死了。”我说，“我担心外面所有东西都死绝了。”我真想去问问特内的总裁是不是这么回事。

“我们可是自相残杀了！”安德里娅说，“他们把我们扔到北半球去消灭了所有的火星难民，到头来又怎么样呢？不过是这些混蛋自己家里争权夺利的游戏罢了！”

“我们只接受战争行政官的命令。”杰米森说，“你让她把我们叫过去下命令，我们就会执行。你们这些衣冠楚楚的办公室职员，把什么都当作权力争夺。你们在说的可是我手下将士们的生命啊！我只服从上级层层传达下来的命令。你又觉得自己是个什么玩意儿！就这样跑进来给我们讲故事，还带着诺伯格这把小银刀耀武扬威？你以为我们不知道她是谁？”

“我就是指望你们知道她是谁。”他说。

杰米森说：“我们至今还在学院里讨论你呢，诺伯格。”

“那就说明我的记录还保持着。”

“你不到十三秒钟就打败了酷刑模组。”杰米森说。

“我可是在真实情况下受训的。”诺伯格挥挥手，像在驱赶一只特别烦人的苍蝇，“那些模组半点儿也比不上真实的受刑。”

“那你来这儿就是为了告诉我，凭这小子一句话，我就要枪杀我的士兵吗？”斯塔克利少校说，“你们两个的话我都不信。我见过太多像你们这样的人了——贪得无厌，对权力趋之若鹜，让别人替你们干脏活儿，自视比我们其他人都聪明得多。这个会我开不下去了。我会等待从正规渠道得到的命令。”

他站起身来，诺伯格说：“斯塔克利少校，您经历过兵变吗？”

“我这辈子没有，”他说，“而且我想保持下去。”

“但你肯定学到过吧。”诺伯格说，“在参加军官培训的时候。你肯定学到过以前那些波澜壮阔的大战役，学到过战术与后勤。有关兵法的部分一直都很吸引我。只有韬光养晦……才能一朝发作。若想精心打下牢固的基础，往往需要几代人的努力。种子战争前的一个世纪，几大公司就开始削弱政府的权威了。他们在公司拥有的城镇里进行了试验，然后又给了雇员高得离谱的福利。随着医疗费用越来越高，一家公司甚至都不用再提供车马费和伙食费了。仅仅是帮助一个人付清祖母癌症的治疗费用，就足以获得盲目的服从。这就是你让他们保持忠诚的方法。你其实还得依靠这些人来助长对民主政府的不信任，要告诉他们，只有公司才能从他们手中拯救他们。你以为这场战争是一场子弹和炸弹满天飞的战争，但火星的兴亡其实是像我这样的情报部队所策划的。你手下那些新兵为什么会报名参加这场战争？因为月球？还是因为‘闪袭战’？我曾经编造了一个故事让他们奋不顾身地投入战争，如果你觉得我不能再编造一个故事让他们掉转枪头针对你，那你就比我想象中还要更懵懂无知了。”

“我会等待总裁的消息。”斯塔克利少校说。

“那你要等很长一段时间了。”男人说，“她已经死了，伊芙康的总裁也是。病毒带走了大部分行政管理层的人。”

“那现在是谁在负责？”杰米森说。

男人向前倾身，“这个问题就很有意思了。”

“该死！”斯塔克利说。

我看了安德里娅一眼，“他们能证实那家伙所说的话吗？”

“不行。如果他说的关于总裁的事是真的，那他就有可能掌握了媒体。一切都搞不清楚了。倒是有一些暗中渠道……我听到一些底下人的传言，不过我认识的人级别都不够高，接触不到。”

“他们没有人手来监视我们了，”我说，“所以大家才会那么懈怠。”

“这样有一段时间了。”

“那他说的不就有可能是真的了吗？关于领导层的生死，还有因为合并而引起的权力纷争。”

“这是公司体制的问题，太根深蒂固了……百足之虫，死而不僵，还要再往前走六步，才会发现自己已经死了。”

诺伯格站了起来。我转头望着她，想起她站在我父亲面前的样子。“我的建议是接种疫苗，”她说，“否则你们就不知道自己的军队会变成什么样了。”

“我要走了。”男人说，把椅子往后一推，“我在圣彼得堡还有事要做，期待你们回复我的提议。我们会在塔利昂帝国酒店。诺伯格？”

她歪了歪头。男人的保镖走在他前面，都穿着和他一样的衣服，还有跟他一样的发型，一样的年龄。我认为这样跑来跑去是个挺聪明的花招。我想知道有多少人巴不得他死。

整个公司正在分崩离析。安德里娅满怀期待地看着我。

“怎么了？”我问。

“你觉得你能改变吗？”

“改变什么？”

“我也说不上来……可能你再降落一次，就会有所改变吧？既然你知道了这种事会发生，就可以阻止我们去那里，不是吗？阻止我们执行最终解决方案？那样的话，这种病毒也许就……”

“我势单力薄。再说了，我们又怎么知道那家伙说的是真是假呢？”我还是不知道他的名字叫什么。我没怎么关注过政坛人物。总裁的儿子？我一点儿都不清楚。

“上尉说……”

“上尉她知道什么？我们的朋友都死了。兰登是在我怀里被炸碎的。他被炸成碎片了！普拉卡什……唉。我到现在还没有经历她死后的那段日子，但我每一次闭上眼睛都会看到她，而且……”

“迪兹，你觉得你是唯一一个鬼魂缠身的人吗？”

门打开了。我吓了一跳。

瓦上尉站在门口，看着我们。“怎么样？”

“该死！”我说，“我到底告诉你什么了？你为什么要叫我来听这些？我只是个无名小卒。我是个小杂兵，而我还发疯了！之前还是你说我发疯了！”

她静静地看着我，等着我说完。我最终还是强压住怒火，站起来向她敬礼。“对不起，长官。”

“迪兹，你还有剩下的降落任务没完成吗？”她问。

“没有了。”

“我也是。去排队，接受注射吧。”

“那我们同意了？接受疫苗注射？给那个家伙打工？”

“我们现在是没有军团的士兵了，迪兹。”瓦上尉说，“我们的选择很有限。”

他们让我们在医务室外面排队，听从命令，乖乖打针。我接受疫苗注射之后，回到了医务室外面的走廊。透过走廊窗户，我看到运输飞船起飞了。我希望这是最后一次见到诺伯格，但我也知道我运气不好，所以……

运输飞船掠过丛林上空。与此同时，我听到走廊另一头传来一阵骚动，是餐厅。“砰”的一声巨响，是枪响。不是我们脉冲步枪的响声。这声音听起来完全不同，像一记闷拳，而不是爆炸的响声。

我紧张起来。我们在基地里面不会随身带武器。在射击训练和降落任务之间，我们的武器都存放在储物柜里。

“怎么回事？”我问前面的那个小兵，头戴式显示器说她姓陶。

“我也不清楚。”

我变换重心，站在她和通向我们走廊的大门之间。人声越来越响，而且有靴子踏在油毡上的声音。

医疗中心外面，排队等待接种疫苗的士兵们，开始变得焦躁不安了。

陶想推开我，走到门口去。

“等等。”我说。

“我为什么要……”

大门猛地打开。一个士兵摔倒在地上，她的头被人打凹了。

我看到安德里娅跟在她后面，正全速奔跑着。

“发生了什么？”我问。

“快逃！”安德里娅说，“快逃！快去降落！”她把什么东西朝我扔过来。

“什么？”

她的怀表从地板上滑过来。我一把抓住了它，抬起头来。

她身后出现了人影。一声巨响，好似一记闷拳。

她被炸碎了。

血溅到了走廊上。我转身，推着陶在前面先走，踩着安德里娅湿滑的鲜血，转过走廊拐角的时候，把染血的手印涂了满墙。

有几个士兵还站在那里，吓得目瞪口呆。

我把扰频器塞进裤袋里，刚跑到餐厅，就碰到有人在另一头开火。

桑多瓦尔从我身边跑过。“怎么……”我开口问。

“斯塔克利少校正在组织一场该死的军事政变。”桑多瓦尔边跑边说。他是在朝步枪储物柜跑。

该死！

我跑向营房，走了一条绕远的路，希望能避开大多数人。一队全副武装的士兵走过，我躲进浴室里面。他们是我们排里的人吗？我一张脸都不认识，但这也说明不了什么。我们列队迎接运输飞船的时候，我也认不出来几个人。

我蹲了下来，稍微扒开营房的门，刚好够往里面看一眼。一群士兵正从后门溜出去。我认出了琼斯，他正在帮他们打开门。

“琼斯！”我说。

他朝我挥挥手，“过来！”

我赶紧四下一望，确定目光所及之处没有任何人拿着枪。

“你们去哪儿？”我问。

“跟我来。”他伸出手，手指上沾着血。

“怎么……”

“我会帮你把追踪器取出来。我们都把追踪器取出来了。斯塔克利从黑暗时刻开始就一直在计划这次兵变了。我们都知道这件事会帮我们打掩护。把你的头戴式显示器取下来，跟我们一起走吧。我妈妈会……”

“你妈妈是在情报部门工作的！”

“特内已经不存在了。我们会建立起一些新的东西。”

我身后传来尖叫声。他望向我肩膀后面，而我看着他身后——通过那扇敞开的门，穿过阅兵场，看到了后面的树林。我还记得我们一起穿越森林的那次长途跋涉，只带了一张地图、一个指南针和一些实弹。我想知道那天开枪打死老奶奶的是不是他，想知道是不是穆妮奥斯的小队先开火的，想知道我们一起经历了这么多事之后，那件事到底还重不重要。

“我不能走，琼斯。”

“为什么，我们……”

“我必须再降落一次。”

“你完全疯了！”

“是啊。”我紧紧地拥抱了他，“你走吧！”

他跑走了。我一直看着他，直到他跑到了那一小群人旁边——我认出了人群里有莱希特纳。他们拆掉了外围篱笆上面破损的缠结物。琼斯爬过去，加入了他们。军营内外都响起了枪声，但他没有停下脚步。他一直在跑，直到和其他人一起消失在了丛林里。

我肩胛骨中间的位置在发痒，那是植入追踪器的地方。他们把彼此的追踪器取出来，并扔掉了显示器，像奴隶们扔掉了镣铐一样。我们难道就是这样一群奴隶吗？不是的，我们有选择。我们有报酬。没有人是我们的主人，至少真正意义上不是，对吧？不过我们此刻的选择是有限的，一直都是有限的。他们都还没有接种疫苗，也没有时间了。他们跑进了丛林，但却逃不过被病毒杀死。那是我们释放出来的属于公司的噩梦，也是每个人和这个白痴世界的宿命。

是从什么时候开始的？

从“闪袭战”开始。

“举起手来！”

我举起双手，没有别的动作。

“转过来。”

我转过身。

是田中，他正举着脉冲步枪对着我。

“你是我们这一边的吗？”他问。

这一刻我并不知道他说的“我们”是谁，这让我想揍他，朝他尖叫。

“我是来对付坏人的。”我说。

“那你就是我们这一边的。”他说，然后带着我去餐厅和其他人见面了。

25

田中擢升为排长了，军衔也提高了。

“迪兹，你想接管我的老班底吗？”他说，“你是下士了，现在也该是个领导了。”

“领导什么呢？”我问，毕竟我们的人已经所剩无几了。

但是公司——不管我们现在算是属于哪个公司——还需要利用我们。

我们需要把尸体集中起来，向逃离隔离区域的人开枪，还要追捕逃兵。我花了六个星期把一车接一车的尸体从福塔莱萨送去一个乱葬岗。那气味真不是人能受得了的。这份工作让人身心麻木。

我还记得那些婴儿鞋和破烂的男士领带，还记得当时没有足够的医务人员去帮助得了坏疽的公民。

我和奥玛拉斯站在一家通宵的外卖餐厅里，正在翻找后面的罐头食品，准备带回去给全班人吃。这时候，主要用餐区域里闪烁的 LED 屏幕播起了新闻——军队去的很多地方，电力依旧能够运作。我们那些工程兵的首要任务就是保障电力。

“谢谢你们的耐心，特内萨纳公司的各位。”公司发言人说。屏幕上只有她一个人，一个年轻的女孩，可能才二十岁。我突然想到我也二十岁了，有点儿可怜她了。

她纤细的双手叠放在面前的桌子上，一头黑发向后梳起，露出一张严肃的脸庞。虽然她化了妆，但我还是看到她喉咙和手腕上明显的粉红色斑点——人称火星痘疾病的早期症状之一。虽然当时我们大多数人都怀疑，这种病跟火星人根本就没有关系。

“你们所表现出的坚毅精神真的超凡卓越。”发言人说。

一辆坦克从外面开了过去。上面的侦查员都戴着夜视镜和防毒面具。一些当地人把这场疾病怪在我们军队头上——他们有可能是对的——还用燃烧瓶和自制的胡椒喷雾来攻击我们。

这位长痘的发言人继续说：“我们的总裁先生，马丁阿爸，向你们保证，自由已经唾手可得了。圣彼得堡刚刚逮捕了一名暴力的火星叛徒。我们很快会得到答案。”

“我敢打赌那个火星人听到这话会高兴。”奥玛拉斯说。她剔了剔牙。

“你喜欢辣白菜吗？”我从橱柜里拿出一罐。

“掺着伏特加酒还差不多。”

我点点头，把罐头放进包里。不管罐头里装着什么东西，肯定都比我们的军粮好吃。我实在是受够那些军粮了！

“这一切是从什么时候开始变得不对劲的？”奥玛拉斯盯着屏幕问。

发言人播报了一下天气，好像真有人在意似的。“现在呢，”那女人轻松愉悦地说，“我们将会奉上更多由文化事务委员会呈现的精彩节目。”

我们全新的公司标志出现在屏幕上。

“一直都那么难看。”我说，“我刚刚才明白这个道理，你知道吧？感觉事态好像有些变化，但实际上根本没有，永远都那么烂。只不过我花了这么长时间才看明白。”

“事情有没有可能往另外一个方向发展呢？”她挠了挠胳膊上的什么东西。

“不知道。”

我又拿了几罐甜菜和一罐鸡尾酒橄榄，举着背包走到她跟前。“外面有人吗？”我问。

坦克在远处隆隆作响。

“没有。”

然后我看见了她深色皮肤上凸起的淡色斑点，还有剥落的伤口。那时候我们都已经接种过疫苗了，但病毒变异得很快。这种病毒和流感一样，不同变种会在人口密集的地方传播，有时候会杀死全部的人，有时候会留下一半幸存者，还有时候只会带走老人和孩子。然后它会再次变异，这个循环也就继续下去。

她对上了我的目光，耸了耸肩。“很讽刺，是吧？”

“这些都不是我们的错。我们为什么要承受这些痛苦呢？”

“我们是在为前人的罪孽付出代价。”

“胡说八道！”

我们回到卡车上——我把卡车停在了餐厅后面。虽然车厢里没有装尸体，但之前的气味已经渗透到各处。我开车载我们回到了娱乐大厅，这里充当了临时的行动基地。我需要洗个澡，即便知道这股味道是不会散去的。

门口的人挥手叫我们开进临时大门里，这时候田中来找我们了。

“怎么了？”我问。他是拿着步枪出来的。

“瓦上尉需要志愿者去参加一次降落。”他说。

“没人再降落了，自从……”

“我们得到降落批准了。”他看着我的眼睛。那场兵变之后我们就没有再说过话，至少是没有再好好谈过。在这个时间点上，我既不信任他，也不信任自己。

“降落去哪儿？”我问。

“诺伯格上尉的一个项目需要后援。”田中说。我盯着他看，尽量让自己不动声色。“最近有些流言。她认为可能有一支马苏基桑小队想要渗透她的一个审讯地点。你准备好了吗？”

“你要派我去？”

“迪兹，要不然我还能派谁去呢？”

我忽然发现他的喉咙上也出现了斑点。他用衣袖擦了擦鼻子，留下一点点带血的痕迹。

一切都结束了，我想。什么时候才会有变异的病毒把我也给带走？

“我会派你去和一个诺伯格挑选的班级会合。我们大多数人都还在隔离中。”

“全世界都在隔离中。”我说。

“桑多瓦尔连今晚都撑不过去。”田中说。

我不知道该回应什么，于是说：“我能先吃点儿东西吗？”

“你觉得你还会回来吗？”

“回这里？我也不知道。”

安德里娅会劝我怎么做？掌控构建，还不如让我掌控世界呢！但世界自有其运行规则，又怎么会听我的呢？

“那先吃点儿吧。”

我下了卡车，带着罐头食品去了临时厨房，把它们都交给负责口粮的小兵。他知道我马上要有麻烦了，就奖励给我一罐甜菜，甚至还帮我打开罐头。

“你也太招人爱了。”我说，然后坐在封堵住的窗户前面，手里拿着一只塑料叉子，插进我赚来的罐头里。

我们分解开的时候，我会看到一些东西，也会听到一些东西。我还记得我们在好望角上面分解开的时候，那里的山脉有一条蜿蜒的长尾巴。我闭上眼睛，啜饮了一口甜菜汁。

“你还好吗？”田中问。

我没有转身，只是看着他在窗户上的倒影。“我当然不好了，”我说，“我们没一个人是好的。”我叉起一块甜菜。

“我不是坏人。”

“你当然不是了。我们才是。”

“这话不是真的。”

“只要你能睡得安心，说什么随你的便吧。”

我们已经很久都没有驻扎在兵营里面了。我也已经记不清日子，没办法再把日期记在床架上。我本来可以划伤胳膊或者用别的方法来计算日子，但又担心会感染，毕竟药物越来越难搞到了，包括抗生素。我曾幻想过在这场战争中幸存下来，最终却沦落到被肉食性链球菌杀死。

“我很久之前对你说起过一些事。”他说，“那些全都是真的。”

“你还怕诺伯格偷听吗？你觉得她还有时间往回翻我们无聊的日常生活吗？”

“如果还有人有这个闲情逸致，那一定是她了。”

“好吧，田中。你又为什么要在意我的想法呢？”

“你还是没有那个伤疤，对吧？”

我转过身来看着他。在他的注视下，我扯下衣领上的搭扣，把装甲衬垫掀开，露出心脏上方光滑的皮肤。

“也许是你记错了。”我说。我把搭扣放了回去，光滑的防护罩很容易就黏合在一起，像第二层皮肤一样。

“上午 9 点到部署室来。”他说完就离开了。

那天晚上我没睡好，其实每天晚上我都睡不好。我梦到了诺伯格，她苍白的双手掐住我的喉咙，睫毛上覆盖的玻璃碎片，统统扎进我脸上的缝隙。

我凌晨四点就醒了，浑身大汗，躺在临时铺位上面。这个房间是我和奥玛拉斯，还有一个叫罗斯的年轻小兵共用的，这家伙每天晚上都要打两次飞机，从不间断。谁还会有这种时间和精力？我想朝田中大喊大叫，让他告诉这小兵每晚睡觉前都去跑一个小时的步。看着他，我为什么感觉自己老了呢？

我洗了个澡——水有点儿硫黄味，而且足足十分钟淌出来的都是冷水，所以我决定就这样洗了算了。

现在的天气感觉起来像春天。我想起之前在某人的桌子上看到一些日历，沮丧地发现我已经打这场仗四年多了。兵变之后，又过去了很长一段日子。你的衰老程度是按你的身体来算呢？还是按你的记忆来算？

看来我得去问问罗斯了。

我穿好衣服，下楼来到了餐厅里，但是厨师还没有起床。我想喝点儿咖啡，看见有人把咖啡滤渣放在工业咖啡机里面过夜了，就往里面又添了些水，凉的也照样喝了。

我爬上后面的楼梯。一些人的足迹沿着二楼地板一直延伸，然后全都消失在了窗户旁边。我站在那里，看着太阳升起，啜饮着极其难喝的咖啡。

当粉色的太阳在遥远的地平线上升起时，我才发觉这一切与童年是多么相似。二手咖啡，拾荒找吃的，在我们鸠占鹊巢的某栋楼里遥望太阳升起，好像我兜兜转转又回到了原点。

爸爸是怎么说的？他好像说了我是如何听信公司的胡言乱语，这些东西又是如何确保我的安全，但等我长大了，就不应该再相信。

他是对的。这些大公司把我们都害死了。他们所有的阴谋与操纵，所有的政治宣传和恐慌散播，都是像诺伯格这样的人主导的，而且没错，我也是同谋。我也是其中一员——公司是手臂，我就是手臂上的拳头。

等田中把我们全送出去的时候，这一次我们又会去到哪里？又或者，更确切地说，我会去到哪里呢？我的班级又会遭遇什么？

我觉得自己在这里就是一头笼中兽，没完没了地重复错误，仿佛一个循环。

我把手伸进裤袋，拿出安德里娅扔给我的怀表。它不会记录时间。我尝试过给它上发条，但是上发条的地方就是开启扰频器功能的地方。

我把它塞回口袋，心里有了决定。我艰难地走下去，来到田中的房间，敲了敲门。

他已经醒了，也穿好了衣服。他的头发向后梳去，眼睛仍然充血，胡子没刮。

我举起那块怀表，“你知道这是什么吗？”

“知道。”他说。

我打开扰频器，通信断了。

“安德里娅给你的？”他问，“我一直在找它。”

“是她给的，然后你的人射杀了她。”

“不是我干的。”

我示意他回到房间里面。这些房间曾经是娱乐中心工作人员的办公室。

“让我一个人去吧。”我说，“只派我一个人降落。”

“诺伯格要的是一整支队伍。”

“也许她会找到一支队伍的。听着，那些和我一起降落的人……要是我搞砸了什么事，我不希望会连累他们。”

“像你连累穆妮奥斯那样？”

我的心被刺痛了，还是不愿意相信穆妮奥斯和我第一个班上的其他人都死了。

“没错。”

“你觉得你能控制降落吗？”

“能吗？不能。”我叹了口气，“也不一定。要是能的话，也只有我一个人能办到，对吧？”

“据我们所知是这样。”

“我们也有可能最终都要死在这里。”

他微不可见地点了点头。

“那就别管了。”我说，“诺伯格最后也难逃一死。你就派我一个人去吧。”

“我得派你和一支队伍一起去。对不起。你不知道去了之后会发生什么。要是你真的去到了任务地点呢？你也不是每次都会降落到别的地方去，还是得有人支援你才行。你可能会去到……唉，任何地方——到未来，或者到过去。该死，我希望还有未来！”

“那我就告诉她我跑丢了，或者别的什么。”

“你觉得能经得起诺伯格的审问吗？”

我想起了爸爸，“我相信她会很高兴见到我的。”

“诺伯格亲手挑选了一支队伍去执行任务。我会告诉他们你是最后一分钟请求加入的。我能做的只有这么多了。等我照办了，我们也扯平了。”

“我们之前还有什么没扯平的事吗？”

他摇了摇头，并没有细说。

几个小时之后，在上午 9 点之前，他回到了我们近乎空荡荡的营房，然后招手把我叫过去。他带我来到步枪储物柜前面，签发了我的武器。我们走到娱乐中心后面的部署区域——一个杂草丛生的大足球场，四周散落着塑料包装纸、用过的装薯条的袋子、太阳能电池和破烂的衣服。

一队人已经等在那里了。当我接近他们的时候，田中说："你还不认识艾克森和她的队伍吧。他们来自另一个师。"

听到这名字，我像挨了一记重锤。衣衫褴褛的四个人转过身来看着我走近，似曾相识的感觉一下子又涌了上来。

"不，"我轻声说，"我认识他们。"

身上脏兮兮的金发艾克森，脸色苍白，下巴柔软。高个子黑皮肤的齐克尔，正嚼着泡泡糖，用犀利的眼神匆匆扫视我一眼。夏普笨拙地单脚站着，想从她的烂靴子下面抠出什么东西。当然了，还有托兰索斯，他站在那里，狼吞虎咽地吃着一块油腻腻的三明治，我知道几分钟过后他会吐在非洲南部的沙滩上。

一声呼啸响彻我的耳际。我放慢了脚步，在十米外停了下来。

"我办不到，"我说，"田中，我以前经历过这一次了。"

"什么意思？"

"我知道会发生什么。"

"什么？"

"我已经和这个小队做过这一次的降落任务了。诺伯格。该死，我们要找的原来是这个诺伯格！这次降落任务的结果很不好，田中。"

"有多不好？你死了吗？"

"我……也不知道。唉。如果这就是我最后一次降落呢？若是我已经到达了终点呢？我不去会怎么样？"

"那一切都不会改变。"

"要是一切本来就不会改变呢？"

“那你也要去确认这个事实。”他把手搭在我的肩膀上，注视着我的眼睛。

“田中。我想知道……”

“你知道的已经太多了。要是你见到我，就告诉我别当个大混蛋。”

“你觉得你会听吗？”

“不会。”

“要是你不记得我说过这话，那我肯定没有说。”

“我不知道这一切是怎么运作的。也许你会跳到一个不一样的未来，更好的未来也说不定？也许在那里我就不是一个大混蛋了。”

他大步迈向前。我紧随其后，虽然胃很痛，双手也在颤抖。

“艾克森。”田中说。

“长官。”她说。

“这位是迪兹下士。是诺伯格让她在最后一分钟加入进来的。有时候她会遇上不太好的降落，所以如果她看起来很困惑，你们就帮帮她，好吗？”

艾克森抬起眉毛，“你就是倒霉蛋迪兹？”

“对不起。”我说，因为我知道这场行动的结果。

“没什么大不了的。只要你听我的话，就不会有事了。”

我没什么可说的，于是在她身后就位了。

“后勤部？我是田中下士。我有一个小队需要部署，等待坐标。”

我开始颤抖了。

田中离开了我身边，好像我是一颗即将爆炸的大炸弹。也许我真的是。也许我们都是。

我的视线模糊了，整个人像一根铁丝一样绷紧了。

我记得的最后一件事是田中透过我向我身后望去，神情无比恐惧又充满敬畏。

然而我身后什么都没有，只有满地垃圾。

真的什么都没有。

他的胸膛突然炸开，内脏四溅，身体都被炸飞了。整个世界隆隆作响，原来是一道冲击波击中了他。

一切都分解开了。

26

当你已经洞悉了未来，又要如何度过现在？

你能改变经历过的未来，还是只能确保自己会活在注定的未来中？

这就是个该死的谜题！

当你变成光的时候，应该看不到任何东西才对。我知道这一点。每次我都这么说，但我一直都能看到东西，所以这个说法并不成立。

这一次，我听到了安德里娅的声音，“掌控构建。”

现实是编造出来的。现实是我们达成的共识。我是不是认同了这一点呢？

这一次是黑暗，伴随着吱吱咯咯的声音，还有嗡嗡声，持续不断的嗡嗡声。

我想告诉你开始分解的时候，会有一种嗡嗡嗡的声音，但他们都说那是不可能的。变成光之后，怎么还能听见声音呢？他们总是对我们说，我们看不见也感觉不到任何东西，但那只是个谎言。任何经历过降落的人，若是还告诉你他们什么都看不到也听不到，那我觉得他们都是因为不想被关禁闭而撒了谎。在降落过程中，我们都会看到一些东西。这并不代表着我们不对，或者疯了；也不代表着我们是不合格的士兵。

我不想做个不合格的士兵。

我也不想成为光能战士中的一员。

然而事已至此。

我已经知道未来了，那是该往前进？还是该向后退？

很快会见分晓了。

不，不是这样的——应该是我来确保未来！我需要掌控它！我还有什么没经历过的？火星。我想去火星上！

好冷，仿佛像吸进了干冰。

我喘息着，抓起肩膀上的氧气面罩。我的身体起伏不定，忍不住吐了起来，虽然只吐出了一点儿胆汁。我没能及时戴上氧气面罩，只能陷进飞扬的红色尘土中，不停地呕吐，却再也吐不出什么，已然忘记了弄脏的氧气面罩。我的身体忽然变得轻盈起来，整个人充满了活力！好像我返老还童了，感到无限年轻。是引力！这跟引力有关。

这里是？

火星。

在火星上我只有一半……等一下，不对，我只有在地球上重量的38% 了。我在地球上大约有七十七公斤，这意味着我现在加上装备只有二十九公斤重，如果这片红土真的是……我掀开护目罩——真是个愚蠢的行为。风沙立刻扑到我脸上。就算我眼睛里戴着镜片，沙尘也堆积在了眼角，让我的双眼泪水直流。我又一下子把护目罩合上。

我上次只有二十九公斤的时候，还是我们取得居留权之前。该死，我明明挨了那么久的饿，但居然还是长大了，变成了一个体重七十几公斤的成年人。

“这也太棒了。”奥玛拉斯在班级频道上说。

这是在结局之前，对吗？

还是说我们在“病人”之后又回到了火星？

炮弹沉重的轰鸣声从我们前面呼啸而来。我一下跌倒在奥玛拉斯身后的尘土里。

“什么鬼！”我说。

“报到！”琼斯说。

琼斯！我的眼里盈满了泪水——愚蠢的反应，但也是真实的反应。琼斯还在，还是班长。看来我是回到了过去，而不是去了未来。

“迪兹到。”我的嗓音带了些哭腔。

“普拉卡什到。”

我抬起头来，看看头戴式设备上的地图，想找到她的位置，但通信还没有上线。我想给她一个拥抱，紧紧地抱住她。如果不是我嘴里还有呕吐过的味道，我也想亲吻她。

“奥玛拉斯，在。”

“还活着。”马里诺叫道。

指挥官在我们排频道上说话了。上尉……哦不……瓦少尉吗？该死！我需要通信地图上线。“重火力！别起身！等待通信上线！”

火星红尘在我们身边翻腾。与基地的通信还处于离线状态，我们的头戴式显示器仿佛一潭死水。我觉得自己孑然一身，好像错过了半个世界，是啊，没错，我可能确实错过了。

他们说早些年大公司们出资，在这里建造了大气工厂和外星环境地球化项目，所以火星大部分是可供居住的。那是早在火星人背叛我们并切断通信之前的事了。当你的胳膊肘搅动在飞舞的沙尘里，不得不用氧气面罩吸氧的时候，知道它是可供居住的，还算是有点儿安慰。马里诺以前降落到火星过，若让他开口，他就只会谈到沙尘的事情，话里根本没有有用的情报。

炮火轰鸣，大地为之震动。我举起步枪，但铺天盖地的沙尘让我找不着目标。

“是我们在开火吗？”我在班级频道上问。

“啥也看不见。”普拉卡什说。

“不要轻举妄动。”琼斯说，“别误伤友军了。等待时机。”

“又像坐着的鸭子一样挨打。”马里诺咕哝道，“每次都该死的一样！”

我的头戴式设备显示了一个热信号——在我们北边的山脊上，看起来有另一支军队，但我确定不了它是不是友军。所有的军团都使用着略有不同的科技产品，即使是一起对火星联合作战的时候，他们也不忘保护自己的知识产权。如果能把一支部队标记为伊芙康或者辛哈纳，在实地作战时确实对我们有帮助，但我们两方的安全系统也都会因此门户大开。说句实在话，这种系统是相当容易入侵的，甚至可以隐瞒自己部队的身份，伪装成另一支部队。火星人只需要发送一个特定的数据标签，就可以轻而易举地让自己假冒成企业军团。

我们脚下的地面隆隆作响。

有什么东西打中我的头。我号叫起来，还以为是弹片。那东西滚落到我身边的尘土里——一只白色的大鸟，差不多和我的手一样长，浑身瘫软。又有另一只鸟跌落在我前面的地上。

“可怜的小东西们。”奥玛拉斯用柔软低沉的声音说。

我抬头望去——一阵凉风吹散了沙尘。一大群白鸟正穿越炮火飞过奶油糖色的天空。它们成双成对，或是成群结队地掉下来，羽毛在我们头顶上炸开，懒洋洋地随风飘散。这里的重力很低。它们似乎都不怎么拍打翅膀，跌落的时候，就像树叶一样飘向地面。

炮火停息了。排频道上传来人声。

“成功进攻了他们的位置。”指挥官说，“等沙尘散去，就去确保你们区域的安全。”

我们刚好从一个大山脊的后面下来。琼斯带领我们小队上到了左边，去搜寻有没有敌人。我们的靴子踩上坚硬的岩石层面的碎石，发出嘎吱嘎吱的响声。岩石上长着一层薄薄的黄绿色地衣。我时不时会看见一些仙人掌似的坚韧粗糙的肉质植物，上面开着巨大的白花。

“我还以为火星上大部分都是死地。”我说。

“完全不是。”普拉卡什说，“这就是为什么他们回到地球后能让坎努克重现生机。他们是在这里学到的本事。”

“可惜我们是在打仗，”奥玛拉斯说，“还是跟这个可以创造出如此美景的民族打仗。”

“地球上不也挺好的。”我说，一顺嘴就说出来了，好像我刚刚待的那个未来里，地球上还有什么东西剩下一样。

“省省你们的氧气吧。”琼斯说。即使戴着氧气面罩，他也还是气喘吁吁。

等我们确保了这个位置的安全，指挥官就召集了我们排的人，说：“对于那些没认真听的人，我再说一次！我们失去了与坦佩高地的前线哨所的联系。他们的任务是摧毁乌托邦盆地的轰炸防御设施。我们的任务则是确定那个地方发生了什么，而且——如果必要的话——重新把那个位置夺回来。盆地上那些防御设施必须被摧毁。

“琼斯，埃斯特斯——我需要你们两个的班级殿后。加西亚，许，田中，你们的班级和我一起。斯威哈特，你带人从山脊上去，给我们战术支援，和莱希特纳以及她的狙击枪相互配合。在你们的显示器上把任务分工标记好。明白了吗？”

“明白了，长官！”

琼斯招手让我们班前进，我在他后面差点儿摔了一跤。我们等排里大部分人都走到前面去了，才跟在最后。这也给了我一些时间来调整状态。

“迪兹，你还好吗？”琼斯说。他把手放在我肩上。我猛地弹开了。

“还好。”

火星。我决定了要到火星来。那我降落到火星上究竟是一个巧合，还是说这次降落到这里也有我自己的功劳……是我的意愿让我来到了这里?

我拍了拍裤袋，感受到安德里娅那块怀表的圆圆的形状。是真的，一切都是真实发生的。一阵眩晕笼罩了我。

“真是想不到啊。”我喃喃地说。

普拉卡什开口了，“我肯定战争首席执行官本人，会让您巨细无遗地了解情况的。”

“我只是……对不起，”我说，“这次降落不太顺利。有时候我都不知道我们是在跟谁战斗。”

“坏人啰！”普拉卡什说，然后又嗤笑一声。

“我们需要知道的，他们都告诉我们了。”琼斯说，“是你自己问的问题太多了，迪兹。照着……”

“照着简介来！不好意思。提问题肯定是我曾经作为‘食尸鬼’的本性，毕竟公民们才更擅长服从命令嘛！”我又脱口而出了，像以前一样。

“士兵们也应该服从命令。”他厉声说，“你是怎么回事？你的头盔都磨损成那样了，枪看起来也糟糕透顶。你怎么还穿着以前的防护罩，没穿火星级别的？不对，这不是……你离开兵营的时候不是这样的。”

“说来话长，琼斯。”我说，“我们还是……先完成任务吧。”我还在等待着通信和头戴式显示器上线，上面闪烁的图标能让我安心。即使通信恢复了，它也只能告诉我指挥官宣讲的内容，但我还是有机会找出谁还活着和谁已经不在了。我差点儿对琼斯说：“回到基地就把整件事的来龙去脉讲给你听。”然而，我上次这么说了之后没有告诉他，我不确定有没有重来的机会。到目前为止，确实没有，不过如果我真能掌控降落呢?

我也不知道。

昨晚我还在吃一罐甜菜，从福塔莱萨一间废弃的餐厅捡回来的。我敢打赌它都会染红我拉的屎。结果我现在又跑来火星一日游了。他们说我来过多少次火星了？除了我不记得的那次糟糕的火星探测任务，还有就……只有另外那一次了，就是瓦少尉说我算个英雄的那一次。这一次肯定是我当英雄的那一次，对吧？我的大脑需要给这一切梳理出一个逻辑来。我的大脑想弄明白时空跳跃的模式。

掌控构建。

琼斯向我们排后方走去。

“抬起头来，迪兹！注意我的 6 点钟方向！”

“有我在，你放心。”我举起步枪。他说得对，我的枪真的很脏。在战争最后的时光里，我们都懈怠了。我塞在头盔里的头发又湿又发痒。我都有好几周没剪头发了。

眩晕又一次袭来，这次更是来势汹汹。我停住了脚步，眯起眼睛。坚持住，你经过了训练，知道该怎么做。让你的身体来领路，它知道该怎么办。

我们跋涉穿过流动的火星沙地。重力较低也算是一种幸运了——我之前在大西洋沿岸的沙滩上走过很多路，总是很辛苦。不过在这地方，我们的脚步能轻松一些了。这里的空气稀薄，但并不致命。石头上覆满了红色、黄色和灰色的地衣。小白花和小真菌散落在地上。我粗心大意地从上面踩了过去，想知道是靠着多少人流血流汗，才让这片曾经满怀敌意的废土长出了这些东西。

大地隆隆作响。我在制服里面汗流浃背，突然回想起坎努克的炮火，燃烧的平原与呛人的烟雾。深呼吸。坚持住。

奥玛拉斯打开一个和我对话的双向通道。“亲爱的，你还好吗？”

她问。

“不太好。”

“一只脚迈到另一只脚前面去就行了。”

“正在努力尝试呢。知道了。”我的嘴里溢满了口水，胃也翻腾起来。

我掀开护目罩，扯下氧气面罩，把晚饭全部吐在了未经污染的火星土壤上。我跪倒在地，咳嗽着，哽咽着。火星的味道闻起来像盐、臭鸡蛋和我自己的呕吐物。“火星，我也很高兴见到你。”我对干燥的红土说。

奥玛拉斯走过来帮我拍背。

“我没事了。”我咳嗽着说。

“你在吐血。”奥玛拉斯语气严峻地说。

“那只是甜菜汁而已。”

琼斯走过来，盯着呕吐物。“你是从哪儿弄来的甜菜？”

该死的甜菜！“这不重要。我只是有点儿恶心想吐。这次降落让我不太舒服。”

琼斯掀开护目罩，瞪大眼睛看着我，眉头紧锁。

我突然想到我的状态看起来可能很差。

“迪兹……”

“还是照着简介来吧。”我哑着嗓子说。

我看到他吞咽口水的时候，喉结上下移动了。他点了点头，把护目罩放下来，重新戴上氧气面罩。“我们继续前进。”

我又吐了几口唾沫，然后戴上了氧气面罩，固定好我的护目罩。

我们走过一个低矮的沙丘，被攻城炮毁坏的废墟首先映入眼帘。它们球茎般的形状被粉碎、推倒了，像悲伤的巨人。持续不断的风裹挟着沙土，堆积在它们的底部。

“小心地雷和饵雷。”指挥官在排频道上说。

我们班要先等待前面的班级侦察出一条路来。我们把注意力放在后方，扫视身后低矮的山丘，看看有没有叛乱分子。等最后一个班级也确认没问题了，我们就跟上他们，在高耸的炮群之间迂回前进。我想知道这些和在坎努克攻击我们的是不是同一种大炮……没错，就是会炮击我们自己人的那种。我们穿过迷宫，尽量少说话。领头的班级可能会首当其冲。我知道那个班里有田中、桑多瓦尔，还有兰登。不死人呢？我还没查看过她的去向，陶现在也不在这里。至少我身边的就是我自己的班级。除非发生一些我理解不了的事情，否则我们应该全员存活，顺利完成这次任务。除非事情不是这样的……这时间跳跃的破事真的烦死人了！

我和奥玛拉斯是最后两个经过炮群遗骸的人。在我们脚下，一个火星人聚居点横亘在盆地上，有两公里宽。环形人行道的两旁长满了柳树。连接定居点与盆地另一侧的是悬挂式有轨列车或者是火车，它的遗骸正飘出缕缕青烟。房屋的网格状穹顶的模块式建筑嵌板，几乎都印在了火星地面上。出乎我意料的是，穹顶的缝隙之间还缠绕着淡黄色的植物，而盆地底部，破碎的穹顶与叠起来四五层高的公寓楼残骸上，蓝色与淡紫色欣然怒放。

在定居点的另一侧，裸露着大片岩石层的地方，坐落着失去联系的那个基地。从这里我就能看到那地方的通信设施损坏了。烧焦且剥落的有机墙皮给它的外部一种锈蚀般的感觉，像从被淹的地下室底部浮起来的泡发物。基地往外是一片接一片的柳树林，像塞浦路斯的树一样笔直生长，叶子如同针芒般细长。我目光所及之处，森林延伸不绝。我想知道这些树究竟是食物还是建筑材料。它们一定延伸到了很遥远的地方，所以后勤部才会觉得与其穿过树林，不如走一公里穿过定居点。我想如果最后真的发现基地被叛乱分子占领了，城镇也能给我们提供更好的掩护。

我们往下走，来到定居点，然后沿着一条道路往前走——一个当地的无人机显示这条路没有明显的旧式地雷和人类热信号。目前还没有人击落无人机，这算是个好兆头，我不想再重蹈坎努克的覆辙了。

定居点的街道一片沉寂。零星的垃圾随风掠过多孔的路面。我从没有见过这么窄的道路——比地球上的人行步道和自行车道宽不了多少。一些废弃的车辆躺在街道上，是一些小型太阳能电池驱动的黄包车。

我们前面发生了一阵骚动。有个班级开了一枪，脉冲爆炸粉碎了一个破裂穹顶的整个侧边。上面的房屋结构在火星的风中摇摇欲坠。

“停火！”田中在排频道上说。

“怎么回事？”指挥官问。

“是我，”桑多瓦尔说，“对不起。有个什么动物……”

“就是一只……猫而已，或者别的什么小动物。”田中说，“可能是火星猫？”

“火星上有猫吗？”兰登问。

“或者别的什么。”桑多瓦尔说，“对不起。”

“我看到了。”普拉卡什沿着一条小街走了几步。

“别脱离班级。”琼斯举起步枪。

“它有六条腿，”普拉卡什尖笑起来，“那小东西可真有意思。”

我往前看了看，指挥官和前面的班级又开始前进了。庞大的基地耸立在定居点上面。我们越接近，它的实际存在看起来就越不祥。我瞥见基地墙上扫过某个东西的闪光。是一个狙击镜？还是头盔的闪光？

普拉卡什朝我们跑过来。

我本来觉得这次降落任务不会有什么大问题，也许是因为其他人都告诉过我这次的进展有多么顺利。

自大在什么时候都是一个错误。

自大会害死别人。

守在一个排的最后，我们有充分的理由认为，前面的人已经用棍子戳过了最危险的地方，并没有危险的嘶嘶声。

我在忍受严重的时间变换后遗症……这可能也算一种“倒时差”吧。我在这里真没有什么可做的。

就在这时，我听见了枪响。

它的威力让普拉卡什摔了个屁股蹲儿，头撞在地上。

我的心猛地一沉。琼斯在最近的穹顶后面找了掩护。奥玛拉斯在我旁边蹲了下来。马里诺尖叫着朝空中开枪，而狙击手的第二枪在他旁边的穹顶上炸开，他跌跌撞撞地向前跑去。那个穹顶经受住了这一发子弹。狙击手所用的明显不是脉冲步枪，要不然普拉卡什和那个穹顶肯定被炸成碎片了。

“普拉卡什？”我说。我真的很想把她抱在怀里，即使知道这一枪对她来说并不致命。别这样，迪兹，我对自己说。

“疼死我了。”她说。

“打穿你的制服了吗？”指挥官问。

“没有。没有打穿盔甲。”

“卧倒，”指挥官说，“你一动，一发出声音，他们就会再次开枪。”

普拉卡什卧倒不动了。

我扫视了一下周围的建筑。基地里面没有能看见普拉卡什的地方。子弹肯定是从定居点的某个地方射出来的。网格状穹顶上的每一面都仿佛一只眼睛，对着我闪烁。我一定要抓住这些放冷枪的混蛋！

“我们能来一次热信号扫描吗？”我问，“有无人机吗？”

“已经在路上了。”指挥官说，“琼斯，消灭狙击手。田中，你们小队没有后顾之忧了。我们要继续前进。”

该死！她真要把我们单独留在定居点？我知道一个狙击手可能会造

成多大的伤害，但任务目标是至高无上的，也许有些指挥官真的爱兵。然而，不管我们指挥官的命令是什么，让我们班跟我们排分开，在她眼里都是一个值得冒的风险。

“注意前方的情况。”琼斯说。

“我们正在清除危险。”许说。

去死吧，许！你都没清除我们这边的危险。任何想跟上普拉卡什的人都会被枪击。

去他的！我已经受够这场战争了。

我跑了起来。

就在琼斯大喊“迪兹”的瞬间，一颗子弹从我身边呼啸而过。

我看到那个闪光了，是中级的狙击步枪在开火——那玩意儿精确又老派。在上面那条街，子弹是从一栋三层楼房的破损穹顶里射出来的。

我摔了一跤，滚到地上。

两枪击中我旁边的泥土，火星泥土一阵翻腾。

我在一辆废弃黄包车的阴影下找到了掩护。

狙击手打中了我的头盔。我不敢摘下来检查受损情况，但我吸到了硫黄味的空气。

我犹豫了。如果我开枪，却什么都没有打中，就会泄露我知道了狙击手的位置，给了他们逃跑的机会。

琼斯一定是感觉到我的犹豫。“等无人机来。”他说。

我的头戴式设备显示无人机在路上了，离我们左边大概有三十米远——十秒钟的路程。无人机低飞下来。我瞥见它的闪光。

无人机操作员肯定是觉得无人机不在狙击手的射程。

三次迅猛的狙击粉碎了这个想法。无人机掉了下来。

“该死！”马里诺说，“我看到了。”他端起脉冲步枪，朝那栋圆顶建筑的破碎墙壁连开了六枪。

“奥玛拉斯，”我说，“你跟我来吗？”

“等等。”琼斯说。

“你和普拉卡什绕到后面。”我说，“马里诺和我从侧门进去。马里诺？你在听吗？”

“只要能让我杀人，干啥都行。”马里诺咕哝道，“我受够当人家的目标了。”

“要是……”普拉卡什说。

“马里诺！”我说。“在普拉卡什撤离时给她提供火力掩护。”

“这才对嘛！”

我们纷纷朝圆顶开枪。我的射击偏高了，便纠正了一下——我忘记引力的事了。大块大块的有机密封材料被打得粉碎，以地球上四分之三的速度如雨飘落，像羽毛一样。

琼斯猛扑到普拉卡什身边，用更多火力进行掩护，让她可以朝着旁边一栋楼的相对安全的地方飞奔过去。

马里诺朝后面的入口走去，我慌忙跟上他。我真希望能找到后门……

我们发现的是另一个侧门。马里诺在步枪的帮助下踹开了门。我伸出手想碰碰他的肩膀，告诉他我准备好攻进去了，结果他根本没打算等我。

他还没死真是个奇迹。为什么白痴们总是最后一个死?

我们走上一个蜿蜒的斜坡，我猜它可能是火星风格的楼梯——爬这个坡确实比爬真正的楼梯容易。房间门都开着，里面的陈设比一般尺寸小。这里之前有可能是个学校。由于引力的问题，火星人应该很高，而且大多很瘦。我们确保了学校的大房间的安全，然后就上楼去了。这是一个类似于娱乐区的地方，有大弹跳球、大块积木、手工站。这些东西都和地球上的一样，真有意思。一层细细的红色沙土覆盖了一切——破裂的圆顶让它们漏了进来。

然而没有见到尸体。不管这里发生了什么，他们都有足够的时间逃出去。因此，到底是哪个傻瓜留下来了？可能是危险人物，像马里诺一样没脑子。

等我们走到第三个斜坡上的时候，马里诺滑了一跤，手里的枪托猛地砸中我的头盔。我的头被打得向后一仰。我的护目罩终于完全碎了，头也撞到墙上。我骂了一句，掀开护目罩剩下的部分，扯掉氧气面罩。“你能不能看着点儿，马里诺！”

他的护目罩已经打开了，转过身来看着我，氧气面罩挂在脖子上。“呼吸一下火星甜美的空气嘛，迪兹！”

我推了他的肩膀一下，“按照目标来。我可不想今天死。”

“死亡是唯一的出路，迪兹。”他咧嘴笑了，露出一颗缺了的门牙，棕色的眼睛边缘有一缕金色的闪光。我真想把他的嘴打烂!

马里诺转回身，走向前面半开着的门。从好的方面来看，他是那种能带领一支清理小队首当其冲，事后还说很好玩的人。我很欣赏这一点。

马里诺把门踢开，武器挥向右边。

我们进入一个完全空旷的空间，是最上层的穹顶的中心。地上散落着垃圾，铺的是塑料地板？还是混凝土地板？我穿着靴子，感觉不出来。远处的角落里堆满了一大堆垃圾，半掩住另外一个入口。如果他们是想拿垃圾当用来防御的路障，那这路障也太脆弱了。我检查左边，马里诺检查右边。我最后才看到破碎的墙边，那个面对着街道的巨大物体。那把枪装在一个三脚架上——至少有我这么高。

马里诺走过去，他的枪仍然是端着的。

在狙击枪最靠近我的钝金属的那一面，我认出了诺鲁斯的标志。我最后扫视了一下房间，然后放下了枪。

“这是个自动机枪？”我说完就闭上了嘴。马里诺又不知道答案。

马里诺用枪托去砸了一下那把枪，结果把整个装置都砸倒在地。哗啦声吓了我一跳。

“该死！”我说，“你别乱碰啊！它会走火的。”

“那我就开枪打它。”

我听到了什么声音——也许是一声叹息，也许是一声惊叫——像是从第二扇门旁边的垃圾堆里传来的。我举起步枪，扫描着热信号。

离门最近的角落，从地面升起一缕起伏不定的橙色暖意。这个碗大的热信号让我费解——它太小了，可能是另一只猫？一份塞进垃圾堆里的热腾腾的晚餐？

“出来。”我说。

马里诺把头转向了我，“你看见什么了？”

“热信号。”

“这里没人。”

对面的门传来敲门声。然后有人在班频道上说话了，“迪兹？”是琼斯。

“嗯，”我说，“差不多……快清理完了。我发现了一个奇怪的热信号。你们得自己把门推开了。我这边有点儿问题。”

他们那边有三个人，很快就撞开了那个入口的门。琼斯、奥玛拉斯和普拉卡什端着步枪走进来。

“那是个自动机枪。”我说，“不过只是我们俩这么认为。”我对着发现热信号的地方做了个手势。“有人会说火星语吗？”我懂葡萄牙语，但那只是因为我在圣保罗说着它长大——它不是特内 - 西尔维亚的官方语言。我想象不出他们会在火星上说葡萄牙语。但是，该死，更奇怪的事情发生了。

“你出来吧，”奥玛拉斯说，“我们不会伤害你。”

听起来像是俄语。热信号摇摆不定。垃圾堆在颤抖。

马里诺举起步枪。

我把手按在他的枪管上，把它压了下去。“给他们一点儿时间。”我试着用结结巴巴的英语说了几个短语。奥玛拉斯嫌弃地看了我一眼。

“还想得到别的语言吗？”普拉卡什问，“头戴式设备可以翻译一些，不过不是特别通顺。”

“我觉得我的汉语普通话水平跟头戴式显示器的差不多。”奥玛拉斯说，然后走到前面。

我真希望在语言学习上花了更多工夫。还剩什么语言呢？“有谁会说法语吗？”我问。

“我说得很差。”琼斯说。

奥玛拉斯嘟囔了一声，“你觉得我那句说得很好吗？”

“呃……”琼斯说，“（法语）我不会伤害你？呃……请出来好吗？”

“什么啊，”普拉卡什说，“你上法语课的时候喝醉了吗？”

“把垃圾堆点了算了。”马里诺把枪向后一拽。我又一次把他的枪按下来。

“马里诺，为什么你到哪儿都要喊打喊杀呢？”我问。

“要不然你觉得我们来这儿是干吗的，迪兹？”

我抓住他的枪托。他鼓起胸膛，和我面对面，我也挺直身子。他比我高很多。我直视着他冰冷的眼神，已经准备好尽我所能给他一拳了，像打弗兰基一样。我忍受不了这种恶霸！

垃圾堆里传来一阵窸窸窣窣的声音。

我们都转过身来。

垃圾堆里突然冒出来一个小脑袋。他瘦骨嶙峋，有着大眼睛，眼睛下面的黄褐色皮肤上有两个深深的黑眼圈。他多大了？七岁？八岁？

那孩子从垃圾堆里面爬出来，用明亮的目光注视着我们。

琼斯想跟他说话，但那孩子说了些别的什么。是汉语吗？他举起脏兮兮的小手。他穿着一件过于宽大的灰色罩衫，一条破破烂烂的裤子只用一根绳子系在干瘦的腰上，而他的肚子是鼓出来的，好像是因为营养不良或者长了太多寄生虫。

奥玛拉斯接手了和他之间的交流，想用更别扭的差劲普通话蒙混过去。

“是他操作这把枪的吗？”琼斯说，“你问问他。”

奥玛拉斯掀开护目罩，看着琼斯。“然后怎么办？”

“然后我们就让他消失。”马里诺说。

“我们收到的命令是清除狙击手。”琼斯说，“如果操作这把枪的就是他的话……”

奥玛拉斯说：“我参军不是为了杀小孩的。”

“马苏基桑。”小男孩说。

我们都围住了他。

“（法语）你是马苏基桑公司的人吗？”琼斯问。

“（法语）我就是。”小孩说完，然后指着我们，“伊芙康？”

“不是，”我说，“特内 - 西尔维亚。”

“他是想说他是公司的人？”马里诺说，“胡扯呢吧！他要是马苏基桑的，那火星人又去哪儿了？我们来这儿是打火星人的！”

“他肯定是马苏基桑的。”奥玛拉斯说，“这不是一座自由火星城市，而是一处老旧的公司定居点。我敢打赌他说的是一种方言，剩下的语言都是他零散学会的。”

我又回想起和田中在坎努克的对话——他猜想我们并不是在和自由火星人打仗，而是以此作为幌子和别的公司作战。我仔细看了看那孩子。他全身穿着磨损、肮脏的衣服，那件破烂衣袍的领子上，确实有马苏基桑的标志。一个身穿马苏基桑衣物的孩子，却使用着诺鲁斯的武器。这是一个局吗？是一个圈套吗？难道我们只是踏在可怜的蠢殖民者的尸骨上互相厮杀？

“我们还是别问这么多了。”我说，清楚地意识到头戴式显示器正在录音。

“我们的任务是消灭狙击手。”琼斯说。

我们又都看了那孩子一眼。

“我来动手。”马里诺说。

“他是我们的俘虏了，”我说，“我们可以带他走。”

“我们不能那样做。”琼斯说。

“那就把他绑在这里，我们再继续前进，”我说，“我们还会回来的。”

“我要杀了他。”马里诺的声音更响亮了。

“你都说了一百遍了，我们都听到了。”奥玛拉斯说。

“不行，”琼斯说，“还是把这孩子绑起来吧，迪兹。暂时把他带上，和我们一起。没关系的。也许我们能从他那儿问出些什么。”

我不知道一个八岁小孩能给我们提供什么情报，但只要这能阻止我们犯下又一桩骇人听闻的暴行，我就没意见。不过我没有可以用来绑住这孩子的东西。公司大战的条例规定了我们要携带这些东西，但我之前都没有机会用上它们。能做一些不同事情的感觉真好，即使除了这孩子之外，我们所做的事对任何人来说都无关紧要。

当奥玛拉斯弯下腰来绑住小男孩的时候，一声爆炸震动了房间。这一枪的轰鸣声震耳欲聋。小男孩尖叫起来，奥玛拉斯护住他。一大块金属撞到我的头盔上。

我看着马里诺干的好事——那把巨枪和破烂的三脚架都倒在了废墟里。

“你现在高兴了？”我说。

“是啊。”他说。现在，那把巨枪的一半躺在穹顶透明、破碎的窗格外面，像一颗仍然附着在牙床上的松动的牙齿一样。

“这下消灭了。”马里诺气势汹汹地走下了楼梯。

“我们出去吧。”琼斯说，好像现在离开是他的主意一样。

我想对琼斯大喊大叫，因为他没有正面对抗马里诺。毕竟琼斯才是我们班长，但是，唉，我也不怪他。当马里诺的怒气最终爆发的时候，他周围的一切都会被怒火殃及。

我们紧随其后。我和奥玛拉斯殿后，那小孩走在她前面，跟在普拉卡什和马里诺后面，琼斯跑到前面去领头了。有这孩子在，我们的速度当然慢了下来。我们也都比平时更安静了。没人想大声把这孩子将来的命运说出口，可能除了马里诺之外吧，但据我观察，他正大摇大摆地走在前面，我想他已经开始寻找下一件让他愤怒的事了。

“琼斯！你在吗？完毕。”指挥官在排频道上说。

“是的。我们离你们的位置只有几百米。”

“我们遭遇了一片地雷。许和田中都受伤了。我们需要你们班级赶紧过来。跑步前进！”

“收到，长官。我们……呃，我们有个俘虏。”

“你们有个什么？”

“俘虏，长官。”

“不，你们没有，琼斯！你们应该消除所有威胁。”

“威胁已经消除了，长官。”

一阵漫长的沉默。我的心揪紧了。

“赶快滚过来，琼斯！动起来！”

奥玛拉斯把孩子举起来扛在肩上，他尖叫个不停。她用普通话对他说了些什么，让他安静下来了。也许她提到了马里诺和他的枪。

我们沿着被摧毁的街道飞奔过去。我殿后，望向背后——我一直看着后面，看着我们来时的路。

我的头戴式设备显示着我们排的位置，他们在前面交错的街道上。我还没看见他们就先听到声音了——他们在号叫。

田中躺在地上——我几乎没认出他。他的头盔被炸飞了，左脚变成了一团连着筋骨的血肉。桑多瓦尔跪在他身边，手里揪着止血带，以免他流血过多身亡。许在街道更远处，他的两条腿都被炸没了。他们班上的两个人在照顾他，发出惊恐的大嗓音——真是一副惨状。

指挥官大步走向我们——护目罩是掀开的，氧气面罩是垂下来的。我还从没见过她这么生气。“琼斯，你在耍我玩吗？我们没时间处理这些！”

奥玛拉斯把孩子放下。小孩想往她身后躲，但她把他推到面前。

“是我的主意。”我说，“只是个小孩而已。我们甚至都不知道是不是他操作的那把枪。他可能连战争是什么都不知道。我觉得……”

指挥官掏出副武器，朝那孩子的头开了一枪。

事情发生得太快了，我的脑子都没反应过来。

那一刻，我想起了弟弟。我最后一次见到他是什么时候呢？是我们的母亲去世六周后，我们的父亲消失在公司手中的几个月后，那时托马斯宣布他要回圣保罗去。

“为什么？”我问，“我们都有居留权了。现在情况好多了。”

“有吗？”他说。当时我们正在收拾房子里的东西。作为两个无人陪伴的未成年人，我们被要求搬到留守儿童宿舍去。那时候，我和小维的关系已经很稳定了，正打算一起去申请一个职位，但我不想丢下托马斯。

“在这里我们能找到好工作。”我说。

“你能。我又怎么办呢？”

“我会照顾你的。”

“如果你死了呢？”

“我不会死的！”我握住他的手，“我们之间血浓于水。这是他们夺不走的。”

“他们怎么夺不走了？他们明明把其他的一切都夺走了。”他望向窗外一颗盛放的樱桃树，“爸爸说他们会给我们一种全新的生活，但我们根本什么新东西都没有得到。一切都是有规矩的，新规矩，而且因为它只适用于特定的那些人，我们想学还不够格。我们依然是无名小卒，现在只是有了个更好听的叫法。”

“别那么说。我们不是无名小卒了。”

那时的托马斯什么也没说。我应该预料到会发生些什么，但脑子里只有小维，只有我们的二人世界，只有我从学校毕业之后能干些什么。我想到的只有我自己，一直都只有我自己。

“只有在圣保罗，我们才能做回真正的自己。”他说。

“那种生活过得连狗都不如。”

“至少我们是自由的。”

第二天，我放学回来的时候，托马斯已经走了。他留了张字条，说他回圣保罗去了——回到在棚户区劳工营里结交的朋友身边去了。他回去过以前的日子去了——吃受伤的鸟，饿着肚子上床睡觉，还要担心坏疽、骨折和很难愈合的伤口。

至少我还是自由的，他写道。那是惨死的自由，我想。然而，即使我们拥有了居留权，也没有办法拯救妈妈和爸爸。为什么我当时会觉得有了居留权就能拯救我们呢？

他走的时候，我告诉自己，他就是疯了。怎么会有人愿意用安全的生活，去交换劳工营里不得不忍受的朝不保夕的生活呢？他的离开是我的错吗？我是不是应该说清楚我和小维会一直照顾他，他就可以留下来和我们在一起？又或者他只是当时就看清了真相，而我在经历了战争后才看清。

现在，看着这个将死的男孩，我明白了。当你被一个军团所掌握的时候，你就是属于他们的了。他们说你有自由，有选择。然而，当你只有要么工作要么死的选择时，那根本称不上是选择。圣保罗也同样没有选择。没有人应当惨死——这个世界已经富裕到足以确保每个人都能丰衣足食，没人理应死于流感、坏疽或者癌症。几大公司都足够富有，可以给每一个人提供衣食，可是他们不选择这样做。他们需要像圣保罗郊外的劳工营一样的存在，来证明比起他们提供的生活，别的生活只会更糟糕。如果你给人们提供蛋白泥蛋糕，而除此之外的唯一的选择就是吃屎，那他们会把你当成救世主顶礼膜拜。他们会为你牺牲性命，献出灵魂。

就像我们正在做的事一样，给企业军团当爪牙。

他们确保我们不会有更好的选择。

“去你的！”我用低沉又冰冷的声音对指挥官说，“去你的战争！他是马苏基桑的人，不是火星人！这一切究竟是怎么回事？”

“他们都是火星人，迪兹。”指挥官说。

“去你的！”我更大声了，感觉到从内心深处传来的震动。

她给了我一巴掌，不是做做样子，而是直接一巴掌扇在我的脸上。我摇摇晃晃，一屁股摔在地上。

“你给我退下，好好服从命令，迪兹！”指挥官说，“照着该死的任务简介来！你要是再违背一次命令，这把枪里的下一颗子弹就会用来处决你。”

我已经很久都没有想哭过了。我的鼻腔里一阵酸痛，眼泪涌了上来。这种感觉如此可怕，如此陌生，好像发生在别人身上一样。

奥玛拉斯朝我伸出手来，我盯着那只手看。她也掀起了护目罩。我喜欢她这样，因为这样我能看见她的眼睛——冰冷，黝黑，像一汪清冽的池水。她的目光安慰了我。我知道她和我一样再也受不了这一切了。那孩子相信我们，不是吗？我们可能是他今天见到的仅有的几个大活人。结果事情却发展到了这一步。

我握住奥玛拉斯的手，她把我拉起来。

普拉卡什走到我身边，把手放在我胳膊上，打开一个双向频道。“你还好吧？”

“这一切都太病态了，我又怎么好得起来呢？”我关闭了频道。

男孩的尸体躺在我们面前。指挥官已经走到别处去了。她抬头望着飞来的几架医疗撤离无人机，它们俯冲飞下来为了接走许和田中。

我发现我对田中的伤势有种奇怪的冷漠。我知道他会活下来的，还会再活一阵子，不像普拉卡什。比起田中，她才是时日不多了。但是许呢？许还有多少时间？我最后一次在排里见到许是什么时候？他的人生到这里就结束了吗？我是该哀悼还是该庆幸？毕竟他终于有机会逃离这场该死的大马戏了！

“琼斯，”指挥官说，“我需要你的班级去前面开路。桑多瓦尔会带人从后面突破。”

“遵命，长官。”

无人机到了。两个绘有新月和红十字的医疗撤离单位。我看着桑多瓦尔和莱希特纳把田中和许扶了上去，然后我又往前走了，跟在琼斯后面，朝山上那个该死的基地走去。

该死！

两个没有损失人员的班级直接靠近了基地，我们班是其中一个。我们走到那个天杀的基地背后。我不想撒谎，我整个人都在抖——我们是完全暴露的。我和琼斯一起走在前面，把普拉卡什和奥玛拉斯留在后面，马里诺则在中间胡闹，想找机会搞点儿破坏。

我和琼斯接近了大门。他示意我上前去。是啊，当然了，我必须攻破这个门。我不喜欢朝大门开枪，毕竟门的另一边可能有人。

“我有密码。”我伸手去开门的时候琼斯说。

门向里打开了。我和琼斯交换了一个眼神。

他示意我向前走。

我把那扇巨大的大门又推开了一些。它是一扇金属大门，即使在火星的低重力下也十分沉重。里面的黑暗吞没了比我们先溜进去的苍白阳光。这地方是靠太阳能发电运作的——我在远处看到小型太阳能电池塔了。即使损坏，太阳能电池里面也应该还剩一些能量。如果灯熄了，那要么是因为一次灾难般的系统故障，要么就是有人故意把灯都关了。

我一个翻滚来到门廊里，端起步枪。我的步枪上面有一盏灯，照亮了狭窄的走廊。我清楚地看见第二道大门，就在这个入口的对面。我走向那扇内门，门是锁着的。

琼斯输入了几个密码，但系统不断拒绝他的进入。我听到他在一个双向频道上跟指挥官交谈，毫无疑问，他从地球上一间闷热的情报办公室里，得到了更多第三或者第四手的密码选项。

马里诺在喘气声的掩护下咕哝了些什么。他肯定是手痒，想直接拿枪把门给轰开。

第六个密码输对了。琼斯推开门走进去。

我们踏进走廊，这里的灯是亮的。我想在班频道上说……你知道的，很明显，这里没有之前被攻进来的迹象，但事情不应该是这样的。这个地方的确被切断了联系，却不是基地外面的人干的。

我们继续穿过走廊，朝着小基地的那颗搏动的心脏走去。

死者出现在这里——皱巴巴的尸体堆在场地中央。这是平民的尸体。他们都穿着颜色鲜亮的火星衣服，脸上都沾满了红色沙尘。这里发生了什么？很难讲。我端着枪扫过十几个人的尸体，他们都躺在基地行动室的中心。冒泡的血，红色的沙土，墙上有烧焦的污迹，到处充斥着伏特加、硫黄和死亡的味道。

指挥官在排频道上问："基地的状况如何？在我们的控制之下，还是被火星人夺取了？"

琼斯说："基地状况待定。有伤亡。等待您的命令。"

这就是为什么我还是别当班长比较好。换我就做不到这么沉着，我会跟瓦少尉说我们全都玩完了，告诉她事情表里不一，而我没办法照着简介来，就要变成马里诺了。

从我们脚底的地板下面，传来一阵窸窸窣窣的声音。我用步枪瞄准了它移动的轨迹。

"哇！"普拉卡什说。

"有人吗？"琼斯说，"我们是……"

房间另一边也传来一阵丁零当啷的抖动声。有一个翻倒的立柜从地板上移开了，地下伸出来一双脏手。我发现那是有人用脉冲步枪在地板上烧穿了一个洞，然后躲到了里面。一个头发蓬乱，身穿肮脏的特内军官制服的人爬了出来。

我举枪对准他。"表明你的身份！"

那人用可怜巴巴的眼神望向我，像一只想在院子里撒尿的狗。

"这都是怎么回事？"普拉卡什说。

"长官！"琼斯说着，朝他敬了个礼。

我紧跟在琼斯后面看见了那人袖口上的军衔。我也抬起了手，然后……呆住了。他的衬衫上写着名字——科瓦尔斯基。我费劲地盯着那张长胡子的脸，胡子遮住了下巴。他有一双狂野的棕色眼睛，汗水从布满灰尘的熟悉脸庞上淌下来。

不可能啊！

"弗兰基？"我说，"呃……长官？"

弗兰克林 · 科瓦尔斯基盯着我看。我的老天……他是怎么跑到这里来的?

我放下步枪。

“迪兹,”弗兰基说,“你看到了吗?”

“看到什么?”

“这场战争的终结。你还没看到,是不是?不,你还没看到。因为这场战争根本没有终点,迪兹!它只是一个绕来绕去,周而复始的大圈。我们都被困在里面了!全都被困住了!一条出路都没有!”

“弗兰基,呃,长官,这里发生了什么?”

“我想救他们。”他用手指拨弄着油腻腻的头发,朝我走过来。我本能地举起步枪。

琼斯走过来挡在我们中间。“长官?还有人活着吗?还有人需要医疗撤离吗?”

弗兰基好像这时候才第一次意识到周围堆满的尸体。他的嘴唇颤抖了。“我是想救他们的。”

“从谁的手里救他们?”我说,“这些都是平民。为什么把平民带到这里来?你的士兵去哪儿了?”

“我们轰炸了这座城市。”弗兰基说。

“这是战争,弗兰基。”

“别那么叫我。”

“好吧……长官。”

“我知道你看到了!”他说,“有些人是不该分解开变成光的,就是他们害得一切都不稳定了。你就是其中一个。我也……不重要了。但你还没去到那里,对不对?还没去过战争终结的时候,还没看到那景象。”

“没有。”

“我就知道!”

“但也不代表它就不存在了。”我小心翼翼地说。他的脸红得厉害,我害怕他会爆血管。

“不，它就是不在了。一旦搞坏它，就无法再修复了。他们就是搞坏了什么东西，迪兹！他们大概搞坏了我们的脑子，还有我们的身体！他们搞坏了整个世界！现在我知道你还没见过，我们没办法杀出一条生路了！”

“弗兰基，是你杀了这些人吗？”

“我？不是我。是你啊，迪兹！这一切都是拜你所赐！”

马里诺开口了，“这人真疯了！”

“弗兰基，我都没来过这里。”

“不，不！”他说，然后就朝我扑过来。琼斯抓住了他，而我吓了一跳，向后退了一步。“是你干的，迪兹！你是罪魁祸首！”

“你滚远点儿吧，弗兰基！”我说。

“不，”他说，“不是我，不是我！”

“够了！”琼斯说，“科瓦尔斯基下士？这里到底发生了什么？我们不……”

“是我们杀了他们！”弗兰基咆哮道，从琼斯手中挣脱了出来，“这是一个马苏基桑定居点！他们都不是火星人。外面的是马苏基桑的大炮。我们的轰炸机是来支援我们的，而我告诉他们事情搞错了，他们必须掉头回去。但他们一直不停地飞过来，一拨接着一拨……我尽了我的职责。我完成了任务，确保了基地的安全。我和我的人……他们都不在了。”

他像被人抽了筋一样，那些支撑他站起来的生命力一下子消失了。他跌倒在地上。

“有时候是会出错的，”琼斯说，“不是你的错。”

弗兰基朝那些死人摆了摆手，“难道这些死者在你眼中也只是一个错误吗？”

“你还是没回答……”我说。

“我为了拯救他们，避免被炸死，才带他们来到这里。”弗兰基说，“除了我连队里那些士兵之外，这里全都是平民。他们没一个是自由火星人。这里只是一个马苏基桑的平民定居点。但特内的高层肯定是知道我在做些什么了，所以他们投放了一些东西……一些疾病，害得我们都发疯了。我们不就是一群实验的小白鼠吗？公司的走狗。我们开始互相残杀。”

“中尉。”琼斯说，我看他已经打开了一个和指挥官对话的双向频道。在排频道上我听不到他在说什么，只能站在旁边，听到他大声说，“我们这里有点儿情况。”

不知道瓦少尉都说了些什么……不过我能猜到。

“弗兰基。”我说，虽然我只想踢爆他的狗头，但还是得搞清楚到底发生了什么。我得弄明白我下一次降落会去到将来……还是过去。我不只是一个过客。我想起了安德里娅把那块怀表扔给我的情景，想起了田中爆炸的时候脸上恐惧又敬畏的神情，想起了普拉卡什……还有小维，该死……小维是唯一一个能挺过这一切的人，我知道，因为当初我放她走就是为了她的安全，但现在再看看，结果怎么变成这样了呢？

“你直说吧，弗兰基，”我说，“你这一辈子好歹也该直率一次。是不是你害死了他们，就像你搞砸了所有事一样？”

“迪兹，你的军衔怎么还是这么低呢？”他说，“为什么你还没有得到擢升？”

“我喜欢当个小杂兵。”

“迪兹，这都是你的错！我救不了他们。因为我们从一开始就被困在这里面了，你明白吗？”

“不，我不明白。”

“我们只是在杀戮公司的平民！死了这么多人，到底是为了什么？”

这次我没有上钩，任由他的话吊在那儿没人理。

他盯着我看，“你知道会发生什么，对吗？”

“是的，长官。”琼斯在双向频道上跟瓦少尉通完话，然后抬起了头。“科瓦尔斯基下士，我们连队的其他人快来了。我建议你坐下来等等他们。我们会给你安排一个医疗小队。”

“不，”弗兰基说，“不，不，不！”他转身跑出房间，冲向一条我们还没来得及清理的走廊。

我跟了上去，琼斯和其他人都紧跟在我身后。走廊上横陈着更多的尸体。到处都能看到特内 - 西尔维亚士兵穿着盔甲的尸体。弗兰基说的是实话吗？他和他的连队是想救这些人，而特内却因此杀了他们？还是说他只是疯了，崩溃了，失能了？也许这些事全都是他自己干出来的。若真是他干的，我也丝毫不奇怪。

走廊通向一大片露天的公共区域。弗兰基站在中间，拼命地想跨过更多的尸体。尸体中有很多都是炸开的，半淹没在火星细碎的土壤里。这里的地面上布满了弹坑。

“他们轰炸了我们！”弗兰基举起他的两只手说，“特内轰炸了我们！他们送来了一种疾病，让我们都发疯了，然后互相残杀。他们把我们害死了，迪兹。不是我干的！不是我！”

我听到我们身后有动静，是指挥官和排里其他人在靠近我们。在这个阅兵场的另一侧，连队里的其他人进来了。我们包围了这片尸山血海。

“你们都被耍了！”弗兰基大喊道，“这就是一场盛大的杀人血宴！都是该死的大笑话！”

指挥官走到琼斯身后对他说：“他疯了。我们还有任务在身，琼斯。”

“我知道。”琼斯说。

琼斯走过阅兵场，向弗兰基伸出一只手。“长官，我们得走了。”

那一刻，我对弗兰基十分同情。我意识到站在那里的人很可能是我。只不过到目前为止，我始终都能守口如瓶，但我如果真的和他易地而处，变成这里唯一一个活口，那事情又会怎么样呢？

“我需要你和我一起走。”琼斯说。

弗兰基推了他一把。

琼斯掏出副武器，而弗兰基激烈反抗，从他手里抢走了手枪。他朝琼斯的胸口开了一枪——琼斯倒下了。然后弗兰基冲我而来，挥舞着手枪。

我一枪打中了他的头——流畅本能的一击。他们就是这样训练我的。

没有想法。

不问问题。

行动。

杀人。

弗兰基倒下了。

27

我站在弗兰基的尸体旁边，像个呆愣的木偶一样盯着他看。

“迪兹？”琼斯说。

有那么一分钟，我既不知道琼斯是谁，也不知道迪兹是谁。

“你没事就好，”琼斯说，“没关系的。”

奥玛拉斯拍了拍我的背，我咳嗽起来。“好了。”她用平静舒缓的声音说，就是这声音唤回了我。我恢复了神志。

我放下步枪，望向场地的另一侧。一个一闪而过的身影吸引了我的注意——那个人影朝这个房间里偷看了一眼，只是一瞬间的事。我怀疑是不是眼花了，但我立马就认出了那个人影。

“穆妮奥斯？”是她，我心里非常清楚。那个士兵抬起头，对上我的目光，然后拔腿就跑。

“别走！”我追上去，越过一堆堆的尸体，穿过庭院。我看了一眼她飞奔而下的走廊。

“迪兹！”琼斯在班频道上叫我，“你到底要去哪儿？”弗兰基的那一枪没有要他的命——我们的制服能很轻松地承受住标准的火力。

“是穆妮奥斯！”

我跑到走廊尽头的时候，那个士兵跳进垃圾滑道里。我跟上去，也从黏糊糊的滑道里滑了下去，从另一头的出口冲出来。我抬起头，正好看到那个士兵跳进一辆印有火星旗帜的车里。

她又一次对上我的目光，眼睛圆睁，好像做错了什么事一样。从她眼里，我读出熟悉的神情。她知道我是谁。她肯定是穆妮奥斯！

“快走，快走！”她朝司机大喊。坐在前面的身材魁梧的女人，指节上全都文着交叉的图案，还有一头剪成莫霍克发型的黄毛——她是小爆竹。还有谁？但这怎么可能呢？他们是在那次火星探测任务的时候被抓走的吗？他们现在为火星人效力了吗？

那辆车发动起来，火星沙尘四溅。我躺在堆肥堆上面，头昏脑涨，只是看着她们扬起的红色颗粒的旋涡。

“穆妮奥斯！”我一遍又一遍地嘶吼着，直到嗓子都喊哑了。

“迪兹？”琼斯在班频道叫我。

紧接着，“迪兹？”他跑到我身边来，跪在堆肥堆上面，双手捧起我的脸。“迪兹，我得知道你还在这里。”

我的眼睛里溢满了泪水，“我还在。”我说，“该死，我没事！”

“我也是。”他把我拉到怀抱里，我也紧紧抱住他，但目光依旧追随着那边——穆妮奥斯和小爆竹的车发动开远之后，尘土飞扬的小路上留下一缕残烟。

她们还活着！

她们在火星上！

她们是怎么跑到火星上来的？

“你看到了吗？”我说。

“看到什么？”

“那是……”我住口了，意识到这话听起来太疯狂了。

“等等，看一下这个，迪兹。”

我周围的垃圾堆里有几十件被扔掉的诺鲁斯制服。我迈过这堆东西，从另一边走下来。附近有一个回收站打印机——所有废物都应该被捣成浆，然后再通过现场的打印机重复利用，制造出新的衣服和材料。我在圣保罗郊外的废物堆里见过这种科技产品。为了赶在废物被铲进回收机里之前，把想要的东西找出来，总是少不了一番你争我夺。因此，我们在河滩的废物堆上花的时间比在垃圾场的多得多。

“他们为什么要扔掉诺鲁斯的制服？”

“看起来像是诺鲁斯的人渗透进了这个基地。”琼斯说，“我敢打赌他是想替他们打掩护。”

“什么，你是说他们脱掉了所有诺鲁斯的制服，穿上了特内的制服？而他也没意见？我不明白。”

“那你觉得哪种更说得通？他是个暗中勾结诺鲁斯的叛徒，还是特内杀光了这家伙所属的整个排？”

我不打算大声说出我的观点。如果特内自己把这堆制服丢在这里，再让无人机过来拍照，然后编造一个弗兰基是叛徒的故事，那我也不会觉得奇怪。我发现我可能永远都不会知道这里发生什么事了。战争就是为了消灭真相——公司的总裁和每一个优秀的独裁者一样清楚。

“好发现，迪兹。”琼斯说。

然而我并不觉得这是个好发现，反而感觉把事情搞得更复杂了。

我们把瓦少尉带出来的时候，她访问了这个基地的通信和录像，想证实到底发生了什么。我等在通信室门外，但她把门关上了。不管她看到了什么，都没有和我们中的任何一个人分享。她只是拍了拍我的背，对我说：“这一次你干得不错，迪兹。只要听从命令就好了。”

“你不打算告诉我们发生了什么吗？”我说，想知道她有没有在录像上看到穆妮奥斯或者小爆竹，可能没有——弗兰基切断了周围安全系统的电源。

“照着简介来，迪兹。这是每一个成功的小兵都知道的秘诀。”

这都什么事儿啊！

基地的清理工作花费了一段时间。琼斯的制服让他幸免于枪击的最严重的后果——还好那是一把标准的副武器，而不是脉冲步枪。但是医务人员给他检查的时候，发现他身上还是有不算轻的瘀伤。

我想在火星上待久一点儿，希望任务还能再持续一段时间。也许是因为我不想看到接下来发生的事，毕竟我已经知道会发生什么了。也许是因为我还想再见到穆妮奥斯。

“特内的官方解释是什么？”我和奥玛拉斯两个人抬完走廊里的尸体，进入撤离飞船之后我问她。我又有了一种似曾相识的感觉，想起和奥玛拉斯在“病人”流行期间到处搬尸体的情景。

“是火星虫子干的。”她说，“是它们杀死了这些平民，害得这里的士兵们都发疯了。”

“你相信吗？”我问。

她拍了拍我的额头，“简报就是这么说的。它说什么，我们就得信什么。”

“你连一点儿好奇都没有吗？你不想知道到底发生了什么吗？”

“就算知道了真相又能改变什么呢？我们要做的是服从命令。”

奥玛拉斯递给我半根她的蛋白质能量棒，我接过来。我们静静地站了一会儿，望着废弃的火星定居点，都不愿意再回到基地了。那里简直是臭气熏天的死亡陷阱。

“你想买点儿迷幻药吗？”她说，“只用了一丁点儿的。”

我笑了，不知道为什么自己会笑。也许我只是需要笑一笑。“这个用来当我们排的名字更好。”我说，“幻灭者。”

“你觉得我们能看到战争结束的那一天吗？”

我抬头看着她，想起甜菜和一卡车接着一卡车的死人。“会的。我们能看到。”

大约三十个小时过后，死者都妥善处理好了。指挥官带领着我们再一次穿过定居点，回到了降落地点。我们排好了队。火星风很大，到处都是沙尘。我尝到了硫黄的味道。

普拉卡什敲了敲我的肩膀，“干得漂亮。”

这就是我高光的英雄时刻——

开枪打爆了弗兰基的脸。想救一个公民，不过他还是挨了一枪。暂时还没让普拉卡什死掉。照着简介来。

空气开始颤抖。

我凝视着奶油硬糖色的天空。

接下来又会去哪里呢?

我闭上眼睛。

我需要回到过去。

是时候再一次回到过去了。

审讯四

受审者: #187799

日期: 341 年 6 月 27 日

时间: 上午 3 时

房间号: 100 号

审讯人: 审讯开始于……见注释。受审者是 187799 号。我们开始吧。你看起来好多了。

受审者: 您可真会巧言令色，中士，但你对伏特加的品位很差。真的只剩下这种货色了吗?

审讯人: 你得到的已经比我们的官员都要好了。

受审者: 你是说你的好脸色，还是说伏特加?

审讯人: 两者兼有。

受审者: 我看你逐渐步入正轨了。你自我感觉挺良好的，不是吗? 是不是弄到了一些答案，让上级也高兴起来了? 我一直在尽力让你能挺直腰板做人，中士。我们都一起经历这么多了，要是真的换了别人，恐怕我和他也没办法再从头开始重新相处，毕竟我们的关系都发展到这么好的阶段了。

审讯人: 上一次我们见面的时候，我听取了不少你的意见。这样做是为了向你展现我的诚意。

受审者: 是为了我，还是为了你自己? 我可没有对你满嘴胡言。

审讯人: 我绝对不可能是把你派到圣彼得堡去的人。你就别向我泼脏水了。我的上级还想再把你吊起来审讯呢!

受审者: 我没有说是你把我派去的，你只是让这个想法进到了我的脑子里。你不记得我们第二次是在哪儿见的面了吧? 那时候，就像现在这样，你不知道我是谁。这并不少见，尤其是在有权力差距的情况下，地位高的人就是记不住地位低的人。我只是一个小杂兵，一只蟑螂而已。就算在那之前，你也只把我当作一个“食尸鬼”，一个叛乱分子的孩子。你和我的指挥官分享过情报，而我只是跟在旁边。但我记得你，记得你说过关于圣彼得堡的事。

审讯人：你的情报来源看起来还挺广泛的。你是说你的情报都是我给的吗？

受审者：你给了高层。我只是瞥了一眼。

审讯人：我只是一个情报官员。就像你眼见的这样，我没有什么高级的审讯技巧，不过是你坚持避而不谈吸引了我。

受审者：你问过有关冒名顶替的事，但这个想法有点儿太老旧了，不是吗？如今有机科技这么发达，很难做到这种事。企业的部署技术造成了的时间扭曲，你对此又了解多少呢？

审讯人：不如由你来告诉我吧？

受审者：我想要回之前穿的鞋子。

审讯人：你回答，我就会考虑。

（静音：45 秒钟。）

受审者：我时间还多着呢，可以随便跟你耗，中士，但是你呢？

（静音：110 秒钟。）

审讯人：去拿鞋。

（静音：140 秒钟。）

审讯人：这样好些了吗？

受审者：是啊，我之后还需要它们。

审讯人：难道是因为你准备慢跑？

受审者：你看看你，一下子就来劲了。我知道你有幽默感，对过去也有着浓厚的兴趣。你知不知道，火星战俘营会让你接触到不受限制的媒体？我很肯定我提到过这一点了。我首先拿出来听的就是《世界之战》。你知道那是什么吗？

（静音：7 秒钟。）

受审者：我不知道这个表情意味着肯定还是否定。经过了几个月的无限制访问媒体的生活，我明白为什么军团会对媒体大加限制了。因为它向你展现了人们不同的生活方式，提供了多种选择，还会让你开始动脑筋思考……比如，这真的就是组织起来一个社会的唯一方式吗？过去的社会真的就是一个充满了贫困与疾病的污水池吗？那时的人们生活幸福吗？他们有什么忧愁和烦恼？长久以来我们的生活动力其实没怎么变过，要是知道了这点的话，就算是你也会感到惊讶的。

审讯人：如果你不是火星渗透者的话，你怎么会知道该如何行动？你是个叛逃者吗？我承认我们是见过一些这种傻瓜，但他们都活不了多久。如果情况是这样的话，你为什么要叛逃去火星？

受审者：为什么会有人叛逃呢？当然，有些人是为了金钱利益或者人身自由，毕竟有钱能使鬼推磨。然而其他一些人叛逃，仅仅是因为他们发现了自己生活并坚信的世界，原来只是一场镜花水月。当你面对一个和你所笃信的一切相矛盾的真相时，你会怎么做呢？在克努开放的早期，信息像野火燎原一样迅速地涌现出来，那时候克努还是个不受限制的野生网络，按理说应该更容易找到真相。然而结果就是我们中的大多数人都不想要真相，我们想要的是能够支撑生存信念的故事。在这个被信息的洪流淹没的世界上，我们受到的教育教会我们只挑选出特定的信息，这些信息维护了自己爱戴的公司的美德与正义。

审讯人：但很明显你不再这样做了。是什么改变了你？

受审者：有时候，为了拯救世界，你必须先任由它瓦解。即便你做到了那种程度，让世界瓦解了，还是会有一些目睹它崩溃的人，仍然不会相信它的消亡。怪兽不会悄无声息地死去，大公司也不会，不像他们之前的那些腐败的民主政府和窃国大盗们，当然更不像君主、封建领主、神皇与寡头政府们。这些古老领袖中的大多数都在掉脑袋之后才会让位。只有这样才能终结他们的时代。

审讯人：所以你鼓吹暴力？一个激进恐怖分子。

受审者：别跟我说每一次革命都是和平的。革命依靠的是无名群众的不懈努力，他们每个人的人生意义单拎出来都是微乎其微的。即使在他们有生之年，对于他们参与其中的运动来说，也都不过是无名之辈。没有不流血的革命，只有必要的革命。当一种体制已经烂到骨子里，你就不能再从内部改变它。当这种体制本身已经僵化到永远无法改变的时候……就是动刀子的时候。我曾经像其他人一样相信，我们可以在现有的体制内做一些工作，可以进行温和的改变。但是当公司夺走了人们在体制规则内进行变革的能力，人们就会变得绝望。正是绝望的人们推翻了自己的政府。公司告诉我们，每个人都可以在“他们”的辛勤劳动中获益。但现实却是公司踩在劳工和士兵的脊背上发家致富，还只支付了仅够对方生存的工资。大公司自己是不劳动的，现在也一样。股东和高管们坐在他们的玻璃高塔里，喝着掺着我们鲜血的美酒。他们并没有把这些财富分给鞠躬尽瘁地创造它的我们，反而像巨龙一样把它囤积起来据为己有。任何属于人类的权力都可以被人类改变。这是一个亘古不变的真理。人类不可能建立起无法摧毁的权力结构——我们就是权力结构本身。曾经有一段时间，人们相信自己就是自己的政府。因为是他们创建了政府，所以他们明白自己有高于政府的权力。他们不会坐等着政府给他们权利和自由，而是会责成政府。人民不应该害怕大公司，大公司应该害怕人民。

审讯人：所以你是个公社分子。

受审者：不如说我已经足够成熟，不会再被安兰德[1]迷惑。

审讯人：真理只是一种看法。

受审者：每个大暴君都这么说。你把对真理的解释误以为是真理本身了。客观真理依旧存在。太阳从东边升起是事实。重力的存在也是事实，就是它把我们拴在了这个旋转的球上，这个由某些宇宙物质构成的球。这些都是真理，剩下的则是编造出来的。

审讯人：你就是为了追求真理才叛逃的吗？

受审者：我活得越久，就越明白自己对这个世界所知甚少。从小到大，一直都有一个故事告诉我这个世界是怎样的。只不过……这个世界并不是那样的。当战俘的时候，我求知若渴地阅读了各种各样的故事。我学会了如何把点滴的证据拼凑起来，弄懂了悖论和循环，还搞清楚了数学方程和每个社会可接受的军队数量。他们很喜欢给我看一些特定类型的电视剧。他们认为那些是最不涉及权力和政治的，但那些电视剧教会了我其他的东西。我最喜欢的侦探角色是萨姆·斯佩德[2]和神探可伦坡[3]……还有

[1] 安兰德，俄裔美国哲学家、小说家，崇尚理性的利己主义和自由放任的资本主义。

[2] 萨姆·斯佩德，美国侦探小说《马耳他之鹰》的主人公，是一名私人侦探。该小说曾改编为电影。

[3] 可伦坡，美国电视电影《神探可伦坡》的主人公，是洛杉矶重案组的刑警。

《冷血都市》中的叛逆侦探，还有拍个没完的《神威勇探》[1]和萨加·诺伦[2]。啊，萨加！以及加勒姆·马丁内兹。我还喜欢伊芙康的早期电视剧里的萨沙·奥列芬，还有奥尔特加，出自《神探穆尔托》——特内以前制作的一部电视剧，当时我们还叫作特内恩特·阿祖尔公司，取自那位军火商的名字。在公司合并之前，这个世界是复杂的。有那么多不同的国家，不同的规则，很难方方面面都了解到。不过当时的许多人确实相信正义，相信客观事实，相信法治。然而这些都是幻想，就像我们的媒体一样——充满希望，充满愿景，描述着我们为之奋斗的那个世界，而不是我们所生活的这个世界。

审讯人：所以你叛逃是为了看一大堆不良媒体？你说的就这个意思？

受审者：中士，你相信什么呢？你相信特内萨纳公司吗？

审讯人：特内萨纳公司对有价值的人都是公平的。

受审者：但你不是一直都站在特内萨纳这边的，你之前也不是一直都站在伊芙康那边。你在合并之前就为特内效过力。我在现场，中士。那时你总是跟伊芙康的人在一起，作为一个秘密特工潜入他们的公民学校，直到有能力促成它与特内－西尔维亚公司的合并为止。还是说有那么一段时间你背叛了特内，跟别的公司连成了一线？我经常都在想，你是不是从一开始就卷入了这一切。你是不是和我一样知道结局。

审讯人：我们可以自由交换公民身份。

[1]《神威勇探》是巴迪·艾布森与李·麦瑞威瑟出演的一系列美国电视剧。

[2] 萨加·诺伦是丹麦与瑞典联合制作的电视连续剧《桥》中的女主角，是一位丹麦女警察，由瑞典女演员索菲亚·海林饰演。

受审者：你被交换了？

审讯人：我的合同到期了，本来就该重新谈判。

受审者：这就是我从未听到过的委婉说法吧。

审讯人：并不是。我是个资深公民。

受审者：所以是你自己做的选择了——放弃已知，走进未知。中士，你为什么要这么做呢？是因为已知的事情渐渐变得恐怖了吗？

审讯人：是为了钱，为了机会。不都是这样的吗？火星给你的不也是这些吗？钱和机会？

受审者：不。火星给了我休息，中士。它让我从一场漫长的战争中解脱出来，好好休息一下，结束绝望的无尽循环。叛逃也给了我一个了解真相的机会。

审讯人：真相？

受审者：有关战争的真相。有关我自己的真相。我待在牢房里面，有很多时间可以用来思考事情。

审讯人：那你找出什么真相了？

受审者：与火星的战争是个谎言。那块大石头上面只有几千个自由火星人，他们一直都保持低调，直到你们开始互相残杀。剩下的也都只不过是公司各自的平民，他们无辜地卷入了几家公司在火星上发起的战争之中，然后事情就变成了现在这样。

审讯人：你来这里就是为了散布虚假消息的？

受审者：那是你的工作。我只是在回答你的问题，不是吗？

审讯人：为什么去圣彼得堡？

受审者：你对这个愚蠢的问题未免也太执着了。我已经告诉过你了。我去那里是因为你在那里，我需要你把我带到这里来。

审讯人：那你说这里是哪里？你根本不知道我们把你关在哪

里。这是我们刻意挑选的地点。

受审者：恰恰相反。我知道你们把我关在哪里，因为我以前就来过这里。

审讯人：你只会说谜语，讲废话。

受审者：完全不是。时间置换，还记得吗？

审讯人：那只是一个理论，还没证实过。

受审者：我真的很失望。你明明是情报机构的人。你应该明白发生了什么才对。

审讯人：那你告诉我吧。

受审者：我们在罗本岛的一个地下室里，而且我很快就要冲破这个牢笼了。

审讯人：你真是个发了疯的小兵。

受审者：我这辈子还没有这么清醒过。

审讯人：审讯结束。

（四号录音结束。）

28

我们中有一些人聚集成形了。有一些还没有。

普拉卡什躺在我面前，像一条鱼一样扑腾着。血从她嘴里冒出来，连带着白沫。

我摘下头盔，爬到她身边。其他人还在聚集成形，不是每个人都看见她了。但是我主动在找她，因为我知道，我一直都知道，这一刻总会来的。

她的手从胸口里伸出来，血肉模糊的手臂撑破胸膛。我知道聚集成形的时候可能会发生错误。训练里也发生过这样的事。我见过这种事发生在其他人身上。然而，知道这种事会发生在我们班的同伴身上，最后还目睹它发生，又是完全不同的一种感觉。

我把普拉卡什抱在怀里。她的眼神已经涣散了，那是一种回到死亡怀抱中的人才会露出的渺远的神情。

“别死。”我说，好像这样能有所改变似的。我摘下她的头盔，把手放在她的脸上。我想最后一次触碰她，在生死循环完成闭合之前。

但是一个医务人员把我从她身边拖走了。另一个医务人员抓住我的肩膀，开始给我做例行测试。

“把你的手指给我看看！”她说。

我举起双手。

“姓名和军衔。”她说。我不知道我现在的军衔是什么，一时噎得说不出话来。

“对不起。我脑子有点儿糊涂了。”

她用一束光照了照我的眼睛。我飞快地眨着眼，想弄清楚来到了时序上的哪里。

如果普拉卡什……那我们就是刚从香蕉地回来。我在那里开枪打伤了一个火星女孩。时间还是战争早期。我的心疯狂地跳动着，好像快从胸口跳出来了。

我想呕吐，弯下腰，结果什么都没吐出来。我不能呼吸了，身体下垂，突然感到一阵虚弱无力，出了一身冷汗。

“怎么回事？”我问，“怎么……”

医生叫来了担架。我开始不断喘气，抓住防护罩的领子，把它给扯开了。

又有两个医务人员赶过来，给我输氧，抬到担架上。我抖得很厉害，心跳加速。我用手捂住心脏，希望它别再跳得那么快了。我还是想弄清楚到底发生了什么。那感觉就像我脱离了身体，低头看着另一个人身上发生了一些不合常理的事情。

我看到琼斯在盯着我，就是那个在战争终结之时会叛逃的琼斯。不过我并不怪他，虽然现在他脸上的表情……战争才刚刚开始，他还在坚持着一些东西，对军团的正义感和责任感还没有被打破。奥玛拉斯也目送着我离开。我们降落回来之后都要去隔离，而马里诺大概已经走到半路了。毫无疑问，他脑子里绝对想着要来罐啤酒。黑暗吞噬了我的眼角，于是我闭上双眼，害怕会昏过去。

在医学检疫室里，他们给我插上输液管，做了一些检查。他们给了我一些药，让我在现实边缘逐渐冷静了下来。大约半小时后，我觉得自己好像要飘走了。

医生走了进来——她是个高个子的女人，长着一个鸟喙般的尖鼻子，还有一对浓密的橙色眉毛，与那一头全白的头发格格不入。我以前没见过她，反正记不起来了。

“列兵迪兹。你感觉好些了吗？”

“好些了。”我说，声音听起来很遥远。

“看来你是恐慌症发作了。这种症状在降落之后是很常见的。”

“普拉卡什，”我说，“她死了吗？”

“恐怕我不能对此透露信息。”

“那谁可以？她到底是死了还是活着？”

“她正在接受治疗。我只能告诉你这么多了。很抱歉。至于你，我们会留你再观察两个小时，然后放你去隔离。我会让你们连队的医务管理人员提供一种强力的安眠药，让你可以顺利度过接下来这几个晚上。你严重脱水，体重骤减。我希望你的指挥官会批评一下你的头发。”

我摸了摸头皮。在战争结束的那段时间里，我的头发已经长出来很多了，也没有人追着让我剪。我在“病人”散播之后究竟待了多久？恐怕有很长一段时间——至少几个月，可能有一年？

“情报部门的人也来了，对不对？”我说。

“那个部门的事可不归我管。”她说，“但看你这个情况，他们可能是来了。”

她离开了，而我走神了，思绪像是一辆哐当哐当的火车，被药物给拦路堵截了。

我上一次好好睡一觉是什么时候了？

我尽所能地抵抗着睡意。我有些害怕会在另一个时间点上醒来，那样的话一切又都会变成另一副样子。我害怕这次降落会让他们发现我真的是“疯子迪兹”，像我爸爸那样，那我就会变成下一个在他们手里人间蒸发的人。

29

情报部门的任务情况汇报室里面有蓝色的墙壁，令人安心。在见过了战争结束时期有多么混乱之后，我只想好好吃顿饭，睡个觉。然而事与愿违，我被叫过来谈话了。奥尔特加中尉来了，这让我觉得舒心一些，毕竟是熟人。

她坐在我对面，这次是独自一人，虽然我知道还有其他人在门口把守着，可能也有人正通过摄像机看着我们。我觉得围观的人只多不少。

他们甚至都还没让我洗澡。我的头发太长了而且很油腻，肚子在咕噜咕噜响个不停，我觉得奥尔特加都能听见了。

她猛地打开桌上的一个显示屏，把那两张快照转过来，让我可以并排地看到它们。

第一张快照向我展示的是我们排队的画面，肯定是在上一次降落任务之前拍的——香蕉地任务之前。我有一张肉乎乎的晒黑的脸庞，头发也剃光了。第二张快照是我躺在病床上。我不记得是谁拍的这张照片，但到处都是摄像头。在这张照片里，我瘦了很多，头发乱成一团，而且还有那种遥远、茫然的表情，我在其他经历太多惨况的士兵脸上也见到过。

“你能解释一下这是怎么回事吗？”她轻敲了一下我排队的照片，“这是我们在你降落任务之前拍的。有些人回来的时候……就是会变得不一样，而发生这种事情时，我们一般都会留下存档。”她敲了敲第二张快照，“这是你现在的样子。”

我凝视着这两张脸。它们简直可以说是属于两个不同的人。

“列兵迪兹？告诉我们你上一次降落的时候发生了什么。”

我用手指揉了揉照片里的那张全新的瘦脸，“我们有时候回来就是会发生错误，像普拉卡什那样。”

“部署技术解释不了你这种差异。”

“普拉卡什的情况如何？”

“我们都知道变成光的部署有风险。”奥尔特加说，“她必须接受致命期隔离——进入停滞期，防止进一步的损害。”

“你也要把我送去接受致命期隔离吗？把我雪藏了，直到你想清楚要怎么处置我？”不过普拉卡什还没死，虽然只是暂时的。这对我来说算是莫大的安慰了。

“我们需要这样做吗？”奥尔特加向我靠过来。

“我不知道是怎么回事。”有什么东西堵在我的喉咙里，可能是所有我想起来的谎言吧。我甚至不敢直视她的眼睛。

“这就是你坚持的说法吗？”

“你还是去问问后勤人员到底发生了什么吧。这样说不定你就能给我一些答案了，而不是老叫我给你答案。我才是为这个天杀的公司流血流汗的人！这是你欠我的。”

“公司什么都不欠你。”

“那我也什么都不欠他们。”

“你的合同可不是这么说的。”

我抱起双臂，“我只想洗个澡，吃顿热乎乎的饭。我已经有一段时间没有这个机会了。你觉得我们还算是人吗？还是对于你来说，我们只是‘食尸鬼’而已？我的父母为了让我能得到居留权，献出了他们自己的生命。这一点儿狗屁意义都没有，对不对？我们都只是为了达到目的的手段罢了。”

“你的任务简介是什么，列兵？”

“围捕一些叛乱分子。我不小心开枪打伤了一个火星人。普拉卡什抱怨过手臂不舒服。我只能告诉你这么多了。”

“所以你确实记得。”奥尔特加得意扬扬地说。

“我知道简介是怎么回事。”

“你现在的处境相当危险。如果你不能给我们答案的话……”

“你还需要士兵。我可以当好一个士兵。我只是回来的时候身体状态不太对劲……那也不是我的错。普拉卡什会变成那样，也不是她的错。别在这儿跟我胡搅蛮缠了，奥尔特加！”

“我是奥尔特加中尉。”

“我才不管。”

之后，我因为胆敢跟情报部门的长官顶嘴，被关了一天禁闭——我没有后悔。无论如何，我的确需要一些独处的时间。我如愿以偿地洗到了澡。血液和污垢聚集在脚下，随着水的漩涡流进了下水道。我发现自己把手指按在了锁骨下面的地方，田中认为那里应该有一个疤痕才对。那么我到底是谁呢？我应该是谁呢？

等我从禁闭室里出来，隔离期已经结束了。我在兵营里的理发处剪了头发，看着理发师剃掉了卷曲的黑发，露出下面瘦窄的头颅。我望着那张脸，简直是个陌生人。

我拿到了一套新衣服，还有和心理医生的预约。陈医生看起来没什么变化。

当她走进来看到我的时候，愣了一会儿才恍然大悟。她访问我档案时，左眼亮了起来，一定是在确认我到底是谁。

“这次降落不太顺利。”我说，翘起了嘴角的一侧。

“我明白了。”

“我们以前见过。”在她开口问之前，我就说了。

然后我们的目光交汇在一起，一瞬间心领神会。这也许还是第一次。在她眼里这是我们第几次见面了？第三次？第四次？一切都混在一起了。

“你失去了一位战友。”她说，“不如就谈谈你对此的感觉吧。”

“我失去的又岂止这么一点儿。”

“告诉我你是怎么坚持下来的。”

我想告诉她我根本没有在坚持，而是在崩溃，在分崩离析。如果我把所有事都告诉她呢？不如就让他们把我关起来，在禁闭中度过余下的战争？也许我真的需要致命期隔离。如果没有办法逃离这个循环，我只能从中移除自己，那该怎么办？我把手放到怀表上面。

“列兵迪兹？”陈医生轻声说。

我睁开眼睛，她略微向前倾身，视网膜显示器还在不停闪烁。

“我觉得身体不太舒服。”

“你的档案说，你在这次降落之后被送到了医疗检疫室。你想跟我说说这件事吗？”

“我太累了，只是需要休息一下。”

“他们有没有跟你讨论过身体细胞衰退的问题？”

“没有。”

“你细胞衰退的速度比正常状态更快。”

“哦，你说这个。那有过，我以前听他们说过。”

“自从我们上一次讨论过后，这个过程又加速了。”

“你这话是什么意思？”

“我的意思是，就算你感觉不舒服，也不必为此感到羞耻。恐慌症发作是面对极端压力时的正常反应。”

“他们想让我休病假？”

“你想休病假吗？”

“你才是这方面的专家。”

“我回顾了你的身心健康状况，并向你的指挥官提出了建议。我建议你在兵营里留上六个星期，以防万一。我们可以一周见一次面，聊聊你的感受。你能再给我讲讲失去战友后的感受吗？”

“不能。”

她又问了我几个问题，但我已经没心思应付她了。整整二十分钟，都是她问一句我答一句，然后她终于让我走了。我降落回来之后，还是第一次回到兵营的铺位。靠近铺位，我的脚步慢下来，不敢去数床架上面的痕迹。

琼斯已经待在他的铺位上了，拿出了一本亚马多的书，但只是把它平放在胸前，并没有打开来读。奥玛拉斯在后两排她的铺位上睡着了。床铺上没有别人，毕竟距离熄灯还有一小时，我想大多数人都在玩游戏或者摆弄沉浸式设备。

“你看起来不太好。”琼斯说。

“是啊。”

“回来之后一切都好吧？”

“你就给我点儿低落的时间吧。”

他点了下头，“普拉卡什的事我很抱歉。”

“我们大家都很难过。”

他没有看我，双手在颤抖，而我坐在他的床尾，仔细看着他的脸，拍了拍他的膝盖。这种情况下多做点儿什么都会让人感到唐突，但他坐起来拥抱了我——一次短促的拥抱，好像他是我的兄弟一样。他确实是。他们都是我的兄弟姐妹们，是和我最亲近的一家人，也是我同样会失去的一家人。

琼斯放开我，擦了擦他的眼睛，“都怪这场该死的战争。”他说。

“没错。就是它害得我们全都糊涂了。”

“穆妮奥斯也糊涂了。在她第一次降落之后，她一直在思考那些……还没有发生的事。”

“她经常这样吗？”

“我也说不清，你应该更清楚她是怎么回事。我们都只是希望能按照任务简介来而已。”

“她有没有……说过她能改变一些事？”

“我不明白。”

“就是她看到那些事的时候……我感觉我们全都坐在一辆高速列车上，而这辆车失控了。它正向悬崖冲过去，但我们都只是乘客而已，没有办法阻止它。”

“如果我在一辆不能控制的高速列车上，那……我就跳车。”

“你会的。”

“我会的。”

我想说的只有这么多了。我脱了衣服，早早地上床睡觉了。熄灯时间来了又去。

失去普拉卡什让我情不自禁地想起小维。我用双手按住脸，希望能抹去记忆。我是在海滩上遇到小维的。我还记得那天，因为即使在我的记忆之中，那也是个梦幻般的场景——蔚蓝明亮的天空和温暖的乳白色海水。它像沉浸式设备里的某个场景一样，让你只想一遍又一遍地扎进去。

她笑着从海水中钻出来，我不知道她在笑什么。我看到她的头戴式显示器里面闪烁着一张图片，她肯定正在和某个人聊天。

我当时在和班上认识的其他几个居民一起学冲浪。那时我十七岁，后来才知道小维比我大五岁。法律上的合法年龄是十六岁，所以这不是什么法律的禁忌，然而我们之间却有社会的禁忌。她是个公民——我一眼就看出来了——清透的皮肤，大方自信的姿态。

她发现了我的目光，于是移开了眼神，假装没有注意到，也许是真的没有注意到。

我们在海上玩的时候，我的双眼不断地望向她。等我们回到岸上，开始踢沙滩足球的时候，我又绞尽脑汁地想找个借口去跟她搭话，结果最后什么都没想出来。在这种情况下，你要怎么才能直接走过去跟一个公民说话，好像没有什么大不了的一样？

我看到她要在本地大学演讲的消息，纯粹是靠运气。这所大学是政府办的，但居民和公民都可以参加演讲活动。当时我妈妈在活动屏幕上看到，就指给我看了。那是她病情反复的一天，她躺在床上，指了指那个节目。“你看看，”她说，“这是个有关公司谈判的漫谈活动。你应该去参加，小白菜，要了解你的敌人。”

“他们不是敌人，妈妈。”我翻了个白眼，然而那个节目上出现了小维的脸。

因此我去了。

我是现场最年轻的人，和我一样的居民只有几个。我坐在前排，整场下来都感觉自己像个白痴。天下真没有免费的午餐，我们必须接受扫描才能参加活动，这让公司以后能追踪我们的兴趣，然后卖给我们更多东西。

小维走上台的时候，一下子迷住了我。

“你们中有多少人认为自己是客观地看待世界的？”

很多人举手，而我也举起手。

“我要给你们讲一个承受着巨大压力的男人的故事，”她说，“打开屏幕，你们会看到对于公司大战的讨论。你们会看到糟糕的商业交易和失去权利的居民，还有被交易给其他公司的不情愿的公民。你们会看到为了争抢食物的暴动，资源的稀缺，还有贫困。有人目睹了这一切，而且情况越糟糕，他就觉得这一切越有关联。他看出了事物是如何相互联系，于是开始撰写详尽的理论，并且把这些放到克努上面去传播。他可以通过一个宏大又精细的结构把所有事件联系在一起，但只有一个问题……”

她为了演讲效果故意停顿了一下，我从她眼中看出一丝欢欣鼓舞的神情。“这并不是真的。处于压力之下，人类的大脑会更容易从日常的嘈杂中看出模式来。给人们看一张随机生成的黑白点阵的图片，他们在承受压力的情况下，比没有压力时更有可能从中看出一幅图像。压力越大，我们就越相信自己可以控制结果。想要理解自己和商业对手看待世界的方式，理解这种趋势是至关重要的。”

小维继续讲了大概半小时，然后到了提问环节。我带了一大堆问题来，包括一些很蠢的问题，比如问她想不想现在就跟我一起出去喝杯咖啡，但我觉得这样显得有点儿变态了。

我举起手。她点了我，我问：“如果那些理论都是对的呢？”

大家都笑了。

我摇了摇头，“我的意思是，我同意这种事很显然会发生。但是如果我们足够聪明，真的能感知这个世界上所有复杂的相互作用，那能不能把这一切联系起来呢？也许还能预知未来？是不是人类的头脑还不够聪明，所以才不能把所有的碎片拼凑起来？”

我坐下了。

小维说：“如果这是真的话，我们可以推算出一种算法来找出这种模式。但是直到目前为止，还没有哪种算法可以准确地预测未来。这部分要用量子理论解释，我知道这不是今天的话题，但是相关的。在量子层面上，未来总是在变化，永远都是不确定的，因此我们没有办法预测未来。量子粒子的行为是不可预测的。这种不可预测性从最基本的层面上支配着我们。我们渴望确定性，但事实上，确定性和绝对性都只是一种虚构。还有别的问题吗？”

活动之后我逗留在那里，想尽办法跟她搭话，又不能让她觉得我是想约她出去。最后，小维邀请我们这些留在会场里的人，一起到街对面的酒吧去喝一杯，这让我松了口气。我们一行六人一起去了。

等到那个夜晚结束的时候，就只剩下我们两个人了。

我仍然不确定我们是怎么在一起的。我只觉得她非常迷人。当她问我打算怎么度过人生时，我说“我想当个英雄”，她笑了。

但我当时是认真的。

现在也还是认真的。

我在兵营里醒来，时间已经过了午夜。我努力想听出来是什么吵醒了我——咕哝声、叹气声，还有弄皱床单的声音。我的心脏又开始在胸膛里跳得怦怦响。我深呼吸几次。没什么好慌的，我对自己说，但身体并不肯听。弗兰基的无头躯干。普拉卡什在我怀里扑腾。该死，兰登，他的血和内脏喷了我一身。他还有个胖宝宝，和一个脸圆圆的年轻妻子。他们现在在哪里？在“病人”流行的日子里，他们又会怎么样？

可能都死了。我们都死了，但又为了什么呢？为了几大公司能够整合权力，最终形成唯一一个统治一切的大公司。

我闭上眼睛，把注意力集中在呼吸上。吸进，呼出。专注于你能控制的事情，迪兹。

控制。

我妈妈就渴望控制——控制她的身体，控制我们，控制我们的处境。她还渴望能控制天气。我还记得她在两个月都没下雨的时候，冲着天空挥动拳头，用法语咒骂。我从她那里学来的唯一一点儿法语都是骂人的话。在伊芙康和萨尔科 - 莫利纳两大公司的战争结束后，她的家人作为难民逃来了圣保罗。萨尔科 - 莫利纳公司被马苏基桑公司吞并了，它的公民和居民都沦为了“食尸鬼”，被迫重新申请身份。当我问她是来自哪个城市的时候，她说那里叫作“阿比让[1]”，并在爸爸的旧世界地图上指出了那个地方。那是非洲大陆上的一座城市，挂在这个大象头颅般的大陆耳朵的后面，像耳环一样悬挂着。

“在我祖父母的时代，这里大多都被海水淹没了。”她说，“在伊芙康来之前，我们本来在遥远的内陆，在天空的高塔后面。东非大多数地方确实都是沙漠，但随着世界变暖，就连撒哈拉沙漠也开出了花。我的曾祖母还记得，当时他们本以为世界不会那么快变暖。即使身处在那个世界，也能发现美好——沙漠开出了花，而苔原变成了麦田。我们从没有挨饿过。我们有了太阳能农场，和空中花园……”

“你是公民吗？”我问。

“是居民。但是战争……唉，有些事是你不能控制的，但我们可以决定自己对战争的反应。伊芙康要对我们进行严惩，我很清楚这一点，而我们是不会坐在那里等死的。”

---

[1] 阿比让，西非国家科特迪瓦的最大都市，官方语言是法语。

“你是怎么知道什么时候该走的？为什么还有那么多人留在那里了？”

“那不是一个具体到你能清楚知道的时间，好比温水煮青蛙，温度是慢慢起来的。的确有决定性的一刻，你甚至不会注意到它已经过去了，但一旦错过就没有再回头的机会了。你一定要赶在那一刻之前行动起来。”

“但你永远不会知道那是什么时候。你永远不可能知道是不是为时已晚了，直到……为时已晚。”

“没错。”

后来我才知道她在阿比让已经没有活着的家人了。她还认识的只有我的祖父母和她的几个姐妹——他们当时和她一起逃到了圣保罗。不过他们究竟是死了还是失散了，是否分散到了别的地方，她就不得而知了。

“我们曾经也是有名有姓的人，”她说，“我们会再次变成有名有姓的人。”

“但我们一直都是有名有姓的人啊，妈妈。”我说。我那时还很小。

“你要自己争取，才会有姓名，小白菜。”

我不喜欢这种想法，当一件事强加到我头上的时候，我能控制的只有自己的反应。我想阻止公司大战，不想让别人再像妈妈和她的家人一样流离失所，但除了领袖、总裁、先知和某些坐在坦克里面的大人物之外，还有谁能做到这一点呢？这些我都不擅长。即使是在这场战争中，我也未当过班长，我最终获得的最高军衔好像只是下士，还是在战争眼看要结束的时候。我会得到晋升可能是因为其他人都死绝了，我只是比他们活得更久一点儿而已。我不擅长跟人打交道，技术也不熟练，魅力更是没有的事儿。我只拥有强加给自己的奇怪的时间跳跃。我又能拿它怎么办呢？

我抬头望着上面的铺位上刻着的标记。我太累了，之前都还没数过，现在才数。

九十三道。

和我去坎克鲁什科夫公司地盘执行任务的时候，留下的标记数量一样，那次本来应该是去香蕉地的，却阴差阳错地去了罗本岛执行清理任务。我又添了三条标记，记录下我隔离的日子，还有今天。

我知道跳跃到“病人”大流行的时候，这里总共留下了九百多道痕迹。这件事简直让我沮丧到快发疯了。从现在到那时，中间还要经历很多东西。

我闭上眼睛，想起小维。

如果我听了小维的话，跟她走，就不会来到这个鬼地方了，也就不会招惹上这些破事了。一切就都结束了，像一艘该死的沉船。

在我头顶上，琼斯继续和排里其他人一起轻声打着呼噜。

我知道了这一切将会怎样结束，忽然明白了这也是一艘沉船，只不过不是每个人都意识到了这一点。

30

“我们要简短地宣布一件事。”指挥官说。

她和我们一起站在阅兵场上，旁边是一些高级军官。其中一个是斯塔克利少校，他挥手示意另一个军官，那人走过来向他敬礼。我站在十排往后，看不清这位新长官的脸。

斯塔克利少校说：“瓦伦苏拉中尉已经晋升为上尉，她将会担任你们的新连长。这位是安德里娅 · 帕特尔中尉。她会带领你们排继续前进。”

我站直身子，想看一眼安德里娅，但她穿着制服、戴着帽子，看上去跟我们其他人没什么两样，我实在看不出来她有什么明显的特征。我的手又放到了怀表上。我该去找她，还是等她来找我？她肯定看过了我们的档案，知道我在这里，但我看不见她的表情。

“我听说你们是一群优秀的小兵。”安德里娅说，“你们中有些人我认识，剩下的我也会逐渐熟悉。我希望你们能好好表现、强健体魄、绝对服从。作为回报，我会尽最大的努力确保你们不会白死。明白了吗？”

“明白了，长官！”我们说。

解散之后，我去找安德里娅了。她点了点头。我敬了个礼。

“长官。”我说。

“稍息，迪兹。”

“长官，能允许我和您私下谈谈吗？”

她眯起眼睛看着我，不过还是点点头。“来我的办公室。”

我以为她会带我去指挥官的旧办公室，就是我之后会在“病人”流行期间见到的那个房间，但瓦中尉肯定还没来得及从那里搬出来。因此，我们上楼去了军官专属的娱乐室。我走上台阶的时候有点儿犹豫，但她催促我跟上。

“他们都在开会呢。”她说。

她在安全面板上按了一下手掌，让我们进去。覆盖在墙壁上的LED 屏幕亮起来，在我们眼前展现出一片深邃潮湿的雨林——只能在巴塔哥尼亚[1]或者西澳大利亚看到的那种。地板上铺着垫子。后面的墙

[1] 巴塔哥尼亚地区位于南美洲安第斯山脉以东，科罗拉多河以南，包含了阿根廷的南部地区和一小部分智利。

边放着一个架子，上面都是哑铃之类的负重器械。再后面有两张沉浸式设备座椅，还有一个柜子。安德里娅一进门就奔柜子去了，我猜里面放的是酒。

“把门关上。”她边说边打开那个柜子。我还从来没有见过这么多瓶酒都放在同一个地方，这意味着什么？“你怎么这么快就混成中尉了？”我问。

“待在一个伤亡率很高的排里就行了，”安德里娅说，“还有，他们让你接受简短的军官训练时，不要出太多岔子。”

“好吧，看来我没戏了。”

她从柜子里拿出一瓶苏格兰威士忌，帮我倒满一个白兰地酒杯。

“我还没吃过饭呢，安德里娅，我不知道是不是该空腹喝酒。”

“你别犹豫了。”她窃笑道。她给自己倒了一杯淡琥珀色的苏格兰威士忌，只倒了两指高。

“坐吧。”她指着那两张沉浸式座椅。我把一个扶手掀起来，侧坐在椅子上。我想坐直一点儿。如果我躺下来的话，只怕会睡着。我几乎没有犹豫，直接喝了一大口酒。这时我闻到一丝泥炭的气味，紧接着它就在喉咙里灼烧起来。我瑟缩了一下。

“喜欢吗？”安德里娅笑了，“是鲁本让我喜欢上这种酒的。它令人心满意足。”

我又喝了一大口，闭上眼睛，让这口酒在舌头上转来转去。这滋味让我想起了燃烧的坎努克——马里诺那个烧烤架的气味，还有我和田中在空地乱搞时的土灰和咸味，以及我们加热过后的扑满了煤灰的军粮。那个任务里我们的指挥官肯定是安德里娅，所以我才没听出瓦上尉的声音。我怎么能怀念一个人间地狱般的时间和地点呢？我吞下这口苏格兰威士忌，睁开眼睛，发现安德里娅正在仔细观察我。

“你知道为什么我会来找你吗？”我说。

“我知道娱乐室里面通信不太好用，你会感激我这个决定的。有段时间没见了，迪兹，对你我都是。”

我打开怀表，把它放在我们之间的地板上。我的显示器上代表通信的蓝色光环消失了。情报部门被挡在了外面。

安德里娅盯着那块表，好像它是一只害虫。

“你到底是从哪儿弄来这东西的？”安德里娅说。

“从你手上。”

安德里娅从裤袋里掏出一块几乎一模一样的怀表，放在我那块表旁边。只不过我那块表要破旧一些，有点儿磨损，上面还沾着安德里娅的血。

“这是我祖母的表。”她说，“你怎么会有？”

“你那块表能不能像我这块一样阻断通信？你有没有试过？”

安德里娅拿回她原来的那块怀表，慢慢塞进口袋里。“是你改装的？你怎么会有……”

“我需要你的帮助。不是现在，而是以后。你听说过‘光能战士’吗？”

“那是什么？”

“是那些降落出问题的士兵。部署行动造成了……时序混乱，发生在士兵分解成光的阶段。”

“我看过你的档案。是鲁本听说我晋升的时候，让我看的。他有一种直觉。”

我的胸口绷紧了。战争还处在早期，我能相信她吗？

“我不想被禁足。我必须学会如何控制这种降落。你帮过我，虽然是未来的事。我就是这样拿到这只怀表的。将来有一天——你会知道的——在他们称之为‘最终解决方案’的任务过后，我们全都生病了。那时就是我最需要你帮助的时候。”

她的手指轻敲着玻璃杯。

“你和鲁本谈过没有？”

“没有。”我差点儿添了一句“他都死了，我怎么跟他谈”，不过我没有说出口。我能从她的脸上看出来，语气里听出来。她说起、想起他的样子都好像他还活着一样。他也确实还活着，虽然只是暂时的。我想得头痛了。

“你想让我做些什么？”

“我需要你帮我完成我们在未来才开始的特训。”

我以为她会马上叫医生来。

“跟我说说？”

我跟她说了关于那几次降落任务，尤其是燃烧的坎努克。我还说了“病人”的大流行，以及酷刑模组。

“我得想办法打败酷刑模组。你能帮我吗？你知道该怎么办。”

“当然了，在强制训练期间我就打败它了。”

“那你怎么没进情报部门？”

安德里娅做了个鬼脸，“我不想折磨别人。”

“酷刑模组不也折磨人吗？”

“当然了，不过那不是真人。你打败的只不过是一个设计得像人的算法而已。它是有规则的。任何程序都这样，都有规则。”

“就像……物理学。”

我在记忆中搜寻在基础物理课上学到的东西。“基本规则。质量守恒？对不对？”

“质量既不能被创造也不能被摧毁，它只会重新排列。这就是为什么我们一般情况下不会有人失踪，他们只是在显形的时候会出现错误。还有相对论……物体的速度越快，质量越大。”

“那如果本来就是重物呢？”

“我知道你的意思。重物会扭曲时空。如果你们以光速移动……”

“我们就会变得更重。”

“当然了，但要是有大质量的恒星那么重呢？也不知道那么大的重力会不会砸坏……”

“月球？”

安德里娅向后靠在椅子上，“是啊。”她又给自己倒了杯两指高的威士忌，“你说吧，我听。”

“我只是随口乱说而已。我都不知道自己在说什么。”

“没错，但不管你不知道的那些东西是什么，都让我很感兴趣。鲁本也喜欢说这些科学的话题。”

“所以你愿意听我说只是因为鲁本？那你要记得提醒我谢谢他了。”还要赶在他死之前。

“假设我相信你是按照乱序来度过这场战争的。”安德里娅说，“我们也只会说那是后勤人员弄错了，像他们也把鲁本的降落弄错了一样。错误经常发生。这毕竟还是种新技术。”

“那也说明我不是唯一一个遇到这种事的人。这样你就知道我不是疯子了。”

“你是唯一一个敢详细说出来的人。鲁本就守口如瓶。”

我指着怀表，“我敢讲出来只不过是因为通信断了。如果他们把我说的话录下来，我就要被禁足了。没人想被禁足。琼斯说那些降落出问题的人不止会被禁足，还会人间蒸发。我本来是不打算把这件事告诉任何人的。”

“但你却告诉我了？我们已经有……很长一段时间没见过面了。”

“对于你来说也许是这样，但距离我上一次见到你其实并没有过多久。等我在未来再次见到你的时候，你说我之前跟你谈过。我不知道怎么说服了你帮我。我完全不清楚说了些什么。我只能希望就是现在说的这番话。”

“最好把通信重新打开吧，要不然会有人问东问西了。就算我可以把信号接收不好的问题怪在这个房间上，时间也不能太长。”

我不情愿地拿回怀表，“你会举报我吗？”我问。

“我还记得他们把你父亲叫什么。”

“我也记得。”

“就算他们那么对你，你还是报名来参加这场战争了。”

“我相信这是为了正义而战。”

“我从来都没有告诉过你，我小姨是怎么死的，对吗？”

“你不是跟你两个小姨住在一起吗？你是说其中一个？”

“没错。我父母去世之后，一直都是她们两个在照顾我们。我的一个小姨参加了公司大战，也是为特内打仗。她是个好士兵，也是个好女人。她是我来当兵的唯一原因。我本来已经是个公民了，想做什么都行。直到今年早些时候我才知道她在服役期间出过事。之前我只是听说她死了。他们给了我们很多好处，而且用一面公司的旗帜包裹着她的骨灰回家，既干净又整洁。后来我和一个正在休假的军士长喝过一次酒，她还记得我小姨的事。她告诉我，是她在我小姨被军事法庭审判的时候求了情。这才让我小姨没有声名狼藉地被开除出军队。就是因为这位军士长，我们才得到了一个有关她的圆满故事，还保留了我们的福利和公民身份。”

“她是为什么死的？”

“她看到了不该看的东西。军士长说的就这么多。不过我还是想知道企业军团都干了些什么破事，尤其是最近几年。我想知道为了打败其他大公司一统天下，他们究竟能做到哪一步。他们这样已经有很长一段时间了。”

我吐出一口气，都没有注意到自己一直在屏气。我举起怀表。“准备好了吗？”

她点点头。

我按了一下开关，左眼角的光芒又闪烁起来。我把表放回口袋。

“我可以帮你练习通关酷刑模组。”安德里娅说，“但你这状态太差了，还是过几天再说吧。你自己也要多练习冥想。然后我们再去那个沉浸式洞穴里面，谈谈关于意志力的事。我听说你被禁足了六个星期。这样我们就有不少时间了，除非这个排被派去执行一项特别久的任务。”

“谢谢您，长官。”我站起来。

“迪兹？”

“怎么了？”

“下次要等到我说解散你才能走。”

“好的，长官。”我敬了个礼说。我向后退出房间。走进走廊的时候，我才发现手在发抖。我上一次试图改变人生，而不仅仅是对它做出反应，都是什么时候的事了？

我甚至都没有为小维做出改变。

我简直是个不能再傻的大傻瓜！

31

几天后，熄灯前的空闲时间，我第一次和安德里娅一起进入沉浸式设备里面。我对此并没有什么期待。唯一能让我坚持下去的理由，就是未来的她认定这样做是有用的。

不管我们要做的是什么，现在的这个安德里娅和我一起并排躺在沉浸式躺椅上，看起来一点儿都不像未来那个自信满满的她，不过我早该料到这一点的。问题在于，当你要做一些你知道是有一点儿疯狂的事情时，真的会很希望能有个人在身边，帮你确认这并不是那么疯狂，做起来没问题。然而她目前还不太够格。

当我进入沉浸式体验的时候，我想试着抹去对未来的记忆，想让自己相信安德里娅是为了我加入的，不过她其实是为了鲁本。鲁本，等我们下一次谈话的时候，他已经不在人世了。然而那时的我甚至都没有问过安德里娅，连一句“他是怎么死的”都没提过。死去的人都在我脑中模糊了身影，像我所经历的这些事一样模糊不清。服从命令。遵守任务简介。降落。照吩咐做。我没时间去想别的了。

小维曾经告诉过我一个实验，叫作米尔格伦实验，一个大学教授让普通人来对学生实施电击，直到相信学生被电死了为止。教授在做这个实验的时候告诉那些受试者，自己会对发生的所有事负责，但如果他们不肯实施致命性电击的话，这个实验就毁在他们手上了。

这是一种简单的生活方式，也是企业军团推崇的生活方式。

直到我睁开眼睛，和安德里娅一起走进沉浸式体验的时候，我才想起这个实验。

普通人愿意为权威做任何事，只要能让他们免于责难。但他们也同样会为所爱的人做任何事，即使这意味着要违背命令。怎么没人做实验研究一下这种情况呢?

沉浸式场景在我们周围绽放开来——一间中世纪砖砌的审讯室。按时序来看，这是安德里娅第一次见到这间审讯室，她一见就笑了。

“非常中世纪了。”她说。

我被吊在房间中央，用铁链绑在天花板上。

在黑暗的边缘，我感觉到了守卫、拷问者和审讯者的庞然身影，他们正等待着冲进来结束这一切。

安德里娅从我面前的大木桌上拿起一根鞭子。它是目前为止摆在台子上的最无害的武器。

“迪兹，你有什么想对我说的吗？”她挥舞着鞭子说。

“不要用默认设置的问题了。”

她耸了耸肩，把鞭子扔回去。“好吧。那告诉我你正在经历什么。”

“我全身都疼。”这不是我设置的，又是安德里娅设置的。一想到她都设置了些什么，我就毛骨悚然。审讯者可以做他们想做的任何事，除非我说出安全词，触发程序让它关闭。我忽然想到，这一次我可能知道这个词是什么，如果她又用了同一个词的话。

“为什么疼？”

“我不明白你在问什么。”

“你知道你身处一个模拟环境中。你知道它是假的，可以掌控它。那为什么还觉得全身都痛？”

“因为我的大脑在喊痛。它说……”

“你大脑的作用是什么？”

“是解释……外部刺激。”

“那么这一切都是什么？”

“是外部刺激……但你听我说，既然一切都只是大脑在处理外部刺激而已，那这里和真实世界又有什么区别呢？”

“说得不错。”拷问者们涌进来，都穿着一身黑衣服，有着不同的脸形，肤色和发质，但都穿着整洁的制服。混合了各种脸形、肤色、发质和干脆利落的制服。我不希望他们看起来像火星人，无论公司告诉我们的火星人都长什么样子——又高又瘦，肤色几乎苍白，肌肤光洁，斜眼，而且翘鼻。我知道我的敌人不是他们的肤色或质感，而是制造出他们的这个系统。

安德里娅从桌上抄起一把锯齿参差的黑色小刀。她又快又狠地割断了这些拷问者的喉咙。他们像苍蝇一样纷纷跌落，比现实生活中的任何人类都要快很多，也安静很多，除了得了血栓或者动脉瘤的人类。我的一个叔叔死于动脉瘤。他本来正沿着一条拥挤的人行道往前跑，结果一头栽倒就死了，像被切断了绳子的木偶一样。看到一个人前一秒还活得好好的，下一秒就死了，真的是一件震撼人心的事。

拷问者的尸体流干了血，消失在模组里面。

“该你了。”安德里娅说。

“你又不像我一样被困在这里。”

“正好相反。我加入这个模拟环境中，和你有着同样的约束条件。”

我闭上眼睛，集中注意力，像上一次和她一起经历的那样，只不过那是未来的事。

我听到第二拨拷问者走近的声音。

他们靴子踏地的声音越靠越近，我感觉安德里娅动了起来。我睁开眼睛，发现她正和我面对面，手上冰冷的刀锋亲吻着我的脖子。

“你该怎么办？”安德里娅说。

在她身后，拷问者走进来，穿着黑制服。

我的目光对上安德里娅的凝视。

我做到了。

我右手腕上的铁链扭曲着熔化了。我猛地从安德里娅手里夺过刀，朝着最近的袭击者扑过去，把刀捅进他的脖子里。接着是下一个，再下一个。

他们前仆后继地朝我扑过来，挥舞着嗡嗡作响的电棍。他们的攻击打得我身上好痛，但疼痛只是一种信息，是我神经元的一次放电。它只存在于我的脑海之内。它只受困于我的脑海之中。

等最后一个女人也倒下了，我发现我的呼吸依旧平稳，甚至连一滴汗都没流。当然没有了，这都不是真的，我想。这是一个人必须要理解的道理。只有意识到了，才会成为可能。

“很好。”安德里娅说，指了指我还被铁链绑住的左手腕，“不过这是个致命的缺陷。”

我猛拉一下那条铁链。它纹丝不动。

“该死！”我说。

有赢就有输。

32

我被禁足的第三周，我们排去马苏基桑公司的东非领地执行任务了。我不得不和一些勤杂人员，以及另外几个连队里的士兵一起待在营房里，他们都和我一样在休病假——有的身体受伤，有的精神受损。

那不是一段特别值得纪念的时光，我只是在铺位上记下了日期。我还去见了心理医生，聊了些没屁用的废话。我谈到了我有多么无聊，还有对战争的厌倦。她没完没了地想让我谈论上次任务里开枪打伤的火星女孩，但现在那个人在我脑海中是最不恐怖的一件事——她作为我的恐怖来源已经是很早之前的事了。这段时间里，我每次惊醒都是梦到在火星上吐血到靴子上；或者梦到不断奔跑在穆妮奥斯后面，跑过火星锈红色的尘埃路面，而她永远都在我前面，大笑着，回头望着我。

我没有把这些噩梦告诉心理医生。

等到这六个星期正式结束的时候，我们排还没有从上一次派遣任务中回来。我们这些留在营房里的人没有得到任何新消息。和往常一样，信息是极难获得的。我接到了新任务，在营房周围站岗。我还开始上课了，为了能得到专业兵的擢升——这些大多是心理医生的主意。她不喜欢我在沉浸式酷刑里花费那么多时间。我也觉得这种行为看起来确实不太对劲，明明在休心理健康假，却又自愿去接受虚拟折磨。不过我听说过有厌恶疗法能治疗创伤后应激障碍——别的一些士兵谈到过这件事——就在一次和心理医生的讨论中提了这个疗法。说不定在一个可控的环境中，面对那些经历过的事，对我来说是有好处的，能让我的身体把焦虑燃烧干净。

我们排回来的时候，我已经获得了专业兵擢升，证明我实际上并不是只有两个脑细胞可以揉在一起。我想给当初的教官发条消息，把这件事告诉他，不过不知道他是不是已经死了。他要是真死了，那可就大快人心了，不是吗?

等我们排结束隔离，我数了数铺位上的刻痕，一共多了五十六道标记。因为我到现在还是访问不了日历，所以这仍然是记录日子的唯一方法。执勤名单和连队范围内的活动都是通过倒计时来传达的，而且绝对不会超过七天提前传达，好像提前太多公布了假日或者阅兵活动的日期，会导致有人蓄谋破坏一样。

琼斯是我见到的第一个从隔离区回来的人。他走路一瘸一拐的，没看我，而是直接钻到铺位上面。

"还活着呢。"我说。

"你知不知道，就连血也能燃烧？"

"不知道。"我说，没再往下说了。

那次降落任务让我们失去了赫雷拉。后来我才知道，他显形之后被埋在一个大土坑里面，结果在他们联系后勤人员送他出去之前就断了气。这下我们排不止失去一个战友了，而是两个，还有普拉卡什。

第二天，高层轮换了一个新来的女孩到我们排，当我看到她的名字出现在头戴式设备上时，一点儿也没觉得惊讶。我很清楚她会被派到哪个班来。

她是拉茨伯格。

这是我们正常时序上的第一次见面，我才发现她看起来竟然这么年轻。我不知道我现在多大了，但她看起来比我年轻得多，可能才十六岁。

“他们现在连小孩也招募了？”我发牢骚道。

她挺直了背说：“我十七岁了！参加过高级课程的人都可以报名，只要年满……”

“真是块小鲜肉。”马里诺坐在他铺位后面的大箱子上，正清理着枪，“他们就这样变得越来越年轻了。”

“你参加了几周的强制训练？”我说。

“整整三周呢！”她挑衅地说。

“圣母在上。”奥玛拉斯嘀咕着，在胸前画了个十字。

“他们肯定是挤着时间把你们赶过来了。”我说，“我参加强制训练的那会儿都有六周。”

“那好吧，”拉茨伯格骄傲地说，“毕竟现在战争变得不一样了，非常严肃了。”

马里诺说：“我看你也就撑得过一次降落。”

“别犯浑了，马里诺。”我说。

“我不会死的，”拉茨伯格说，“我刚刚才到前线上来嘛！肯定不会一到那儿就死了！”

马里诺哼了一声，“你知道有多少新人第一次降落就死了吗？蠢蛋小兵！”

“别理他了，不死人。”我说，“我带你四处转转吧。”

“不死人，”琼斯说，“我喜欢这个绰号。”

“这绰号基本上保证她一上来就会送命。”马里诺说。

“说不定能骗过死神呢。”我示意不死人跟着我，然后发现原来是我给她取了这个该死的白痴绰号！

当然了，这条时间线有一种令人毛骨悚然的恶趣味。

33

像这样的日子我还要过多久？

最后我才发现，还要很久。

我知道铺位上的划痕本能一遍遍地提醒我日期，但我还是不相信自己的估计。我料到自己不会一直待在营房里把每一天都记录下来，我在“病人”之后的那段时间里就意识到了。

结果就是我没猜错。

后勤部开始遭遇各种问题——这是他们的说法，而我们可是有着不同的体会。坦尼恩连的一整个排在回来的时候都出了问题。他们降落回部署场地时变成了一大堆歪扭的肢体，胳膊和腿连接在错误的躯干上，头扭到了脖子后面，脊椎弯曲成了不可思议的弧度，脚扭曲得像爪子——这还只是那些能辨认出来的肢体部分。

我没有亲眼看到他们回来的时候，但有人上传了一段偷跑的录像视频，我下载了一份拷贝看了，然后军团就把视频全部清除了，包括分享视频的那个士兵。震撼我的都不是那幅画面，而是那个声音。他们呻吟、呜咽着，像猪圈里一群注定要被宰杀的猪在哀鸣一样。

他们不是我们那天失去的唯一一个排——我们还听说了有关别的排的谣言，虽然这些信息很难弄到手。

在那之后我们所有人都禁止降落了。

当猛犬连队再一次召集的时候，我很担心他们会把我们送到哪里去。瓦上尉现在是我们的连长，她在大营房的餐厅里事前给我们简介了任务。外面雨下得很大，电闪雷鸣。

“后勤部目前正面临着一些问题。”瓦上尉说，“你们一定都听说了。”

听到这话，有几个人笑了起来。

“我们整个连队都会被派到圣保罗去执行一些保姆任务。”她说。

我的心猛地一沉。我们几个人互相交换了一下眼色。

“当然了，你们肯定不相信圣保罗还剩下什么东西，需要我们过去当保姆，”瓦上尉说，“但我们的总裁在那边有一个大活动，要好好展示一下公司的军事实力，我们也会参与其中。你们的职责可不只是看起来漂亮就行了，还要保护负责建造新自由纪念碑的承包商。你们可能还没听说过，但有一些自由主义者和无政府主义者，打算让圣保罗继续维持光秃秃的样子，把它当成火星的纪念碑。他们想蓄意破坏新纪念碑。好在我们很擅长对付搞破坏的人，对吧？”

我们异口同声地说：“是的，长官！”

乘运输飞机去往圣保罗的路上，或者说是去往圣保罗残骸的路上，我一直都在忧心忡忡地沉思着她说的话。我们被塞进一辆运兵飞机的后部，没有窗户——至少这样我不必从空中俯瞰曾经爱过的一切，看它现在被火星人毁成什么样子了。

我们走下飞机的时候，我尽量低着头，但那种情况下我根本不可能不看。弹坑附近仍然有一些建筑物——这座城市的很大一部分都还保留着。不管火星人使用的是什么武器，都精准得不可思议，好像一个巨大的冰激凌勺子伸进了城市东部，挖走了一大块——这个区域大多是劳工营。

圣保罗曾经是一座非凡的电站城市。这是我们从小听说过的。它距离大西洋只有七十公里，却远远高于海平面。缺水、动乱和早期公司大战致使这座城市的大部分都被遗弃了，沦为废墟。然后一场剧变让这座城市变成了我所熟知的面貌——公司的利益集团在战后建立起了闪亮的新高塔，巨大的太阳聚能塔，而且重新开垦了无尽蔓延的城市废墟，像我和我家人这样的“食尸鬼”都禁止进入公民和居民居住的城区，只能在废墟里讨生活。

虽然天气暖和，但我还是感到一阵寒意。中心城区里公司的堡垒周围，原本有一圈劳工营，不知道多久之前，它们都被夷为平地了。烟雾早已消散，剩下的只有烧焦的骨架结构。

“发生了什么？”我望着这座闪耀城市周围的那一圈废墟。

琼斯看到我在看，就说：“对啊，‘闪袭战’之前他们就打算把劳工营的所有人都赶出去。这件事确实耐人寻味。‘闪袭战’把劳工营的所有人都铲除了，连这块地都挖走了，但却留下了一部分的城市。”

我盯着他看。值得表扬的是，他看起来还有那么点儿内疚，好像刚刚想起来这里是我的家乡。“好在这座城市……大体还是保留下来了。至少富人区没事？”

“还有五十万人生活在这里。‘闪袭战’可能只吞噬了一百五十万人，但还有很多人生活在城市中心。不过特内还是把剩下的劳工营都烧光铲平了。那些人大多都是‘食尸鬼’。”

“所以你毫无触动吗？就算特内说的都是谎话？”

“谎话？关于火星他们就没有说谎。我的意思是，你看看那个弹坑。他们确实在‘闪袭战’中破坏了大部分的城市。”

“但是……他们在媒体上不是这么说的。媒体口中的圣保罗连一点儿渣滓都不剩了。”

“我猜那是……呃，战争时期的特殊宣传方式吧。我猜……他们觉得要是大家知道了火星人基本上只杀死了这里的‘食尸鬼’的话，就没有那么多人会报名参军了。”

“去他的这个鬼地方！”我说，“去他的特内！”

“对不起，”琼斯说，“我不是想……对不起。”

怎么会有人问这里的“食尸鬼”们都如何了呢？怎么会有人在意呢？他们有什么理由质疑公司的官方说法呢？圣保罗的真正命运，不可能出现在任何由公司把持的媒体宣传中。我小时候也一直被商损管局的探员们看管着，听到的那些故事也未必都是真的。我到底是有多蠢，才会相信公司告诉我的所有事都是真的？我居然还照单全收了。也许是因为我一厢情愿地想相信——我想相信是火星人摧毁了这整座城市，从这里到海边都被他们夷为了平地。这样的话，我要参军就更容易了，要服从命令就更容易了。我只要相信谎言，一切就都……容易多了，尤其是当那些谎言支撑起自己的世界观的时候。如果有人告诉我，是特内-西尔维亚为了腾出地方，杀害并烧光了一百多万圣保罗的“食尸鬼”，好让这座闪亮亮的公司城市重新伟大，我会相信吗？

我不会。我只会说这是伊芙康，或者自由无政府主义者，或者社会党叛乱分子的拙劣的宣传手段。

即使是现在，我也还是怀疑琼斯说的是假话，是他那个在情报部门上班的妈妈编出来的故事。当你发现生命中一个至关重要的决定，基本上是一个谎言的时候，你会产生一种铺天盖地的违和感，好像离开了自己的身体一样。

“迪兹！我们出发了。”是安德里娅的声音，她在双向频道上叫我。至少她没有在整个排的面前说我拖慢了大家。

我气喘吁吁地跟在她和连队其他人身后。我们去那里是为了表现誓死捍卫总裁利益的决心，而就是这位总裁毫不犹豫地杀害了很多像我这样的人，还不用担心会受到惩罚。

34

圣保罗的抗议活动声势浩大。

我从来没见过这种事。

新自由纪念碑从弹坑横跨到城市东部。弹坑里面已经聚集了一些水，变成了一个完美的球形湖泊。愤怒的抗议者们包围了这个湖泊。他们纷纷支起色彩鲜艳的帐篷，把破旧的火车、沙漠越野车和太阳能全地形车停在旁边。这些抗议者都还很年轻。该死，我也还很年轻，但他们在我眼里就是一群小孩，全都有着明亮的眼睛和欢乐洋溢的神情，他们可能还以为自己脸上的表情很愤慨呢！这些年轻人一看就无所畏惮。

士兵们守卫着自由纪念碑的两头，让承包商可以过去。

我模模糊糊地记得这座闪闪发光的庞然大物最后建成的样子，但它现在只是一座又大又乱的桥，中间穿插着各种才建成一半的柱子和尖塔，缆绳纵横交错。湖泊驳船上架起了不太稳定的巨大吊车，吊车臂晃晃悠悠，破坏了这幅本就混乱的景象。

抗议者们也架起巨大吊车，上面悬挂着一面旗帜。我不得不用头戴式设备把视野拉近，才看清了上面写的字：特内谋杀了圣保罗。

那天晚上，安德里娅走进我们排的临时帐篷营房里和我们会面。"我们接到了一个任务，明天总裁要发表演讲，我们要确保纪念碑周围区域的安全。"

"什么意思？"不死人问，每次都是她不够聪明。

"该死的，你觉得这是什么意思？"马里诺大笑起来。

奥玛拉斯盯着自己的手看。

“意思就是，我们要清理干净弹坑周围的区域，”安德里亚说，“任何手段，只要有必要，我们都要使用。”

我把步枪放在腿上，刚刚才把它擦干净，重新组装好。“长官，这是不是意味着可以使用致命武器？对我们自己的人开枪？”

“他们不是我们自己的人。”安德里娅说，但她心里肯定不是这么想的，“大多数都是收了钱来抗议的。我们是在工作，他们也一样。是作鸟兽散还是直面武力，都有人告诉他们。他们都知道会发生什么。”

“他们连武器都没有。”奥玛拉斯说。

“有些人可能有。”安德里娅说，“因此我们必须清除他们的威胁。我们可能都用不上武器，他们自己就散了。”她发现我们没人在看她，就提高声音，“这是战争首席执行官直接下达的命令，是总裁本人直接给出的命令。最重要的是，这是我给你们的命令！”

不管今晚外面会发生什么事，安德里娅都希望我把责任推给她。她会把责任推给瓦上尉。瓦上尉会怪在这个营的中校身上，中校会怪在这个团的上校身上，上校会怪在这个旅的少将身上，就这样一级一级往上，直到今晚发生的一切都怪在某位安然入睡的总裁头上，而她永远都不会弄脏自己的双手，永远都不会看到一个朋友的致命伤里涌出的鲜血，永远都不用目睹一些相信世界会更好的傻孩子，失去生命的样子。

我们出去行动了。

我们连队在刚过凌晨 3 点的时候，突袭了抗议者的营地。这绝对不是一次公平决斗，本来就不该是。在我们进入营地之前，我已经打开了步枪的保险，但很多人都没有。

抗议者用拳头、石头和木棍与我们搏斗。等他们都惊醒了，就用上了粗制滥造的汽油弹，但这些东西也不足以烧穿我们的制服，毕竟这些制服是为了经受住猛火而制造的，像我们在坎努克遇到过的那种。他们在车里或者睡袋里藏了几把标准枪械，即使是那个子弹，也没给我们造成什么麻烦。

我们前进，继续前进……我发现只要把这次行动看成一次集体行动，就更容易狠下心了。“我们”是一起的，而不是“我”一个。

那个在真正的战场上怕得要命的不死人，发现这场实力悬殊的屠杀要容易忍受得多。她是我们连队第二个用脉冲步枪的人。她向尖叫着扔石头的人群开枪，一枪炸飞了一个抗议者和另外两个抗议者的部分肢体。因为她的护目罩是放下来的，所以我没看见她开枪时的表情，但我能想象出来。她有股畏惧的冲动和汹涌的力量。

她又一次举起了步枪。

我跟着安德里娅从她身边走过，安德里娅正在尽最大的努力用防暴喷雾和电警棍阻止抗议者，但抗议者也有着相应的对策。他们不完全是大傻瓜。他们配备了自制的绝缘背心和胡椒喷雾的多功能清洗装备，还涂花了脸来躲避我们头戴式显示器的人脸识别软件。

无人机冲过天空，有他们的也有我们的。我很佩服他们弄出了这么多乱七八糟的小玩意儿来对付我们。这让我想起了火星，还有那个被瓦少尉射杀的小男孩。总裁到底是有多害怕，才会鼓励我们杀死这些孩子？他们手上只有自制爆炸物、牛奶和胡椒喷雾剂。我们消灭的是症状，而不是症结本身。

我不知道这之后还能怎么跟心理医生谈。为了让我此后还能保持清醒，她还能用什么办法安抚我？她是否会告诉我这只是战争而已，只是命令而已，只是为了遵守协议，维护特内 - 西尔维亚的利益而已？

我抬起步枪的枪托，用它去戳前面的一个女孩，用西班牙语叫她赶紧走。她用葡萄牙语回应了我。一听到这种语言，我就跌跌撞撞地往后退了几步，差点儿失足摔倒。

“你在干什么？”她说，“我们都是自己人！你杀的都是自己的族人！快放下枪加入我们！”

我握紧手里的步枪。

我自己的族人。

我静静站在尖叫的人群中间。脉冲爆炸呼啸而过，人体的碎片纷纷堆在脚边。战斗无人机的嗡嗡声和咔嗒声，混杂着我周围人的尖叫声和抗议声。抗议者开始用葡萄牙语高呼：

“兄弟姐妹们，加入我们吧！权力属于人民！”

我跪倒在地。地上的血和厚重的灰尘混在一起变成了泥。我掀开护目罩，摘下氧气面罩，呼吸了一口肮脏呛人的空气。我把手伸进土里，闻到一缕熟悉的气味——死亡，柴油，还有公司大战遗留下来的煤焦味，这座向外蔓延的城市大多都在那时候毁于一旦。

我抬头看着面前这个正在打量我的年轻女孩，她的眼睛里充满希望，充满胜利。然后她就在我眼前炸开了，躯干崩解开来，一股细碎的红雾喷向我。她残余的身体部分像一具被抛弃的猪的尸体一样倒下了。

在我身后，不死人走过来，手里还举着步枪。

她向我伸出一只手来，“我们走吧，迪兹。”

我握住了她的手。

35

清晨来了，天气温暖，细雨蒙蒙。我们排和连队里其他人一起排好队，站在完工一半的纪念碑东边，恰好在发表演讲的总裁背后。她站在一个巨大的银色演讲台上。演讲台反射的亮光正好照进我的眼睛里。

到了中午，抗议者营地留下的所有痕迹都被清除干净了，正好赶上总裁预定的露面时间。我们用脉冲步枪解决了大多数问题，比放火还要来得快一些。尸体装上卡车，运去了火葬场。剩下的活人都被当地的商损管探员带走了。我不知道他们被关起来之后还能活多久。

因为我们都站在升起的舞台后面，所以有人在后面挂了几块屏幕，这样我们就能和其他人一样看演讲了。我感觉一切都很荒诞，一边盯着自己连队战友的后背，一边排着队给总裁充当活背景，听她说起她的部队如何在“闪袭战”之后立刻承担起了重任，出色地完成了任务。

“我们的敌人都知道特内 - 西尔维亚比以往更加强大了。”总裁说。我发现她没有明确说敌人是火星。她不是在对火星说，而是在对其他公司说，也是在对自己的子民说，对我们说。“今天，我们把这座自由纪念碑献给牺牲在这里的人们。让它屹立千年，向我们继续前进的意志致敬！让特内 - 西尔维亚重新伟大起来！比肩我们的先人特内恩特 · 阿祖尔！”

我在屏幕上看到她旁边站着一个惹眼的白衣身影。那人苍白的头发紧紧地绾成了一个髻。她没有跟着被鼓动的人群一起鼓掌，也没有笑，只是站在总裁的右后方，继续为其出谋划策，像她一直做的那样。诺伯格已经开始步步高升，眼看要进入特内 - 西尔维亚的内部圣所了。毫无疑问，她正在想办法说服我们的总裁，让她和伊芙康总裁的儿子达成一项交易。

知道未来的最糟糕之处，在于我感觉自己没有办法阻止它。一切似乎都是不可避免的。弗兰基肯定是在降落的时候看到了什么，穆妮奥斯也是。安德里娅还告诉过我鲁本也提起过。那么我们都看到了什么呢？一个循环。一个永远处于战争中的世界。

“我为和我站在一起的这些优秀的士兵感到骄傲！”总裁露出热情的笑容，“他们代表了特内 - 西尔维亚最出类拔萃的一面。因此，我在此非常高兴地宣布，任何加入企业军团的人，都能在服役十年之后获得公民身份！”总裁等待着掌声。在她的公关团队的催促下，此起彼伏的掌声从人群聚集的外围响起来。

马里诺推了我一下，“喂，迪兹。”

我连看都不想看他一眼，“怎么了，马里诺？”

他掀开作战夹克，露出一枚自制汽油弹，是昨天晚上抗议者朝我们扔的。

“该死！马里诺，赶紧趁商损管把你的屁股狙爆之前收起来！”

他咯咯笑起来。那笑声把我恶心得浑身起鸡皮疙瘩。“我要管它叫‘哈尔’。”马里诺说，“它就是我的哈尔小宝贝。”

“你就……把那破玩意儿从我面前拿开吧，马里诺。”

他又咯咯笑起来。

“让我们向那些为特内效忠的人们致敬吧！”总裁说。她用了我们很多人都用过的公司昵称，人们听到这里，又一轮掌声响彻空中。

十年，我知道我们活不了那么久。也许她根本就吃准了这一点。

等该死的游行结束，我们又被派去做更多的清理工作，最后才回到临时帐篷的营房里。

我睡不着。凌晨 2 点过后，我从床上爬起来，走到外面坐下。圣保罗残骸的灯光一片黯淡，这也是节能方案的一部分。我望向天空，寻找那些小时候从来没有机会见到的星座。

几分钟之后，琼斯也出来了，他递给我一卷烟。我没问他是从哪儿弄来的。和很多其他部队一起行动的最大好处，就是你想交换什么东西都行。我接过烟。

我们两个人很久都没有说话。

一颗流星划过天空，它的速度太快，我还以为那只是我的幻想。然而，随即又出现了另一颗，再一颗。这应该是某个天文事件——一场美丽又无害的陨石雨，或者也可能是月球被击中后留下的碎片，新一拨的碎片，终于飞进了大气层。

琼斯和我一起歪着头，凝视着这场免费的流星雨演出。

“那是些幽灵信息，对不对？”他问。

我从肺里吐出一口烟，“你是说训练时期我收到的那些信息？”

“是啊，就是你删除的那些消息，你前女友发的。那都是些幽灵信息吗？”

“是的。”

他点了点头。我把烟卷递给他。“很抱歉勾起你的伤心事。”他说。

“不是你的错。小维去圣保罗是想帮助别人。她满脑子都是宏大的蓝图。‘闪袭战’之后我也收到了来自弟弟和表亲的信息，但只有她的信息不停地发来，持续了很长一段时间。”

这就好像他们对圣保罗做的事还不够坏一样。不管他们用了什么技术来摧毁这个地方，最终都导致了本地服务器乱作一团。克努都是由当地的中心节点来控制的，而圣保罗的中心节点完全失常了。至少有一年的时间，它都一直在断断续续地给你发来以前的视频、语音和文字信息，而这些往往都是来自死者的。不过自从强制训练之后，我就再也没有收到过任何来自小维的信息。说不定这终于结束了。也许死者终于可以安息，而生者也可以开始新的生活了。

“她是公民吗？”琼斯问。

“是啊。她比我大，是公司谈判方面的高学历人才。她想在圣保罗待上一年，代表‘食尸鬼’们发声。”

“在我听来是件好事啊。”

“做那种无用功只会让人自我感觉良好。小维一辈子都是个公民。那个情况就像，一些有钱人冲进来，给你一瓶水和一块糖。的确，这样你就能撑到第二天了。他们当然也就这样放手离开了，并且觉得自己是个大善人。然而他们这样做，又把那些受惠的人置于何地呢？那些人就只会坐在那儿等待着下一块天杀的糖果。真正的改变是需要时间的。这不是一件你能每隔几年来做的事。我不会支持那种异想天开的事，我在家还有很多要做的。”

“比如什么？”

“比如完成学业，加入军团。”

“但你是在圣保罗被闪袭之后才参军的，对吧？”

“那件事彻底改变了我，是的，我只想做点儿好事。”

“就像她那样？”

“不一样。”

“哪里不一样了？”琼斯又抽了一口烟。世界的边缘开始变得模糊。

“我很肯定我很长一段时间都没做过好事了。”

“但我们参军就是为了做好事。”

“都到这个时候了，我不觉得我们最初的意愿还有什么重要的。”我说。他把烟卷递给我。

“琼斯，等到这根烟抽完了，你就赶紧给我滚！我现在想让你知道，我对你赶紧滚蛋这件事只有支持没有反对。”

他笑了，“你真是这口烟抽上头了，迪兹。”

36

待在圣保罗的几天变成了几周，又变成了几个月。这里还有很多清理工作要做，我们连队运气不好，派去看守纪念碑，防止再有抗议者和破坏分子搞突然袭击。一个挎着篮子的小孩跑过来兜售东西，我在那里买了一个小小的笔记本，试着用它来记录日期。我想我们当时已经在圣保罗待了三十天左右了，就把这个数字记了下来，然后每天熄灯前都会画一条斜线，记下那一天。

我就是这样算清我们在这里待了整整八个月——不管这段时间算是公司给予的，还是他们夺走的——一直看守着这座又大又丑的自由纪念碑。等我们终于轮换出去的时候，这玩意儿才完工了一半。在我看来，这进度未免也太慢了，怎么说这个纪念碑也是特内的地标建筑，每一档新闻节目都想用它作背景。最后，公司竟然用了建筑师绘制的合成图像，来向大家宣布纪念碑已经完工了，但它离完工还差了十万八千里。

我还记得和其他人一起看到这则新闻的时候，我正在临时营房里和奥玛拉斯一起下围棋，我们两个都没说一句话，只是低着头专心棋局，马里诺却在一个劲儿地狂笑。

“你真是一个杰出的扯淡艺术家，特内！”马里诺说，“所以我才这么爱你。”

他们把我们运回列斯科岛的基地，虽然有各种各样的说法，但后勤部或多或少也应该把部署问题解决一些了。我已经学会不依靠新闻来获取这种信息，只从战友那里收集。即使我们一直都在被录音，我们也可以找出各种小办法来打败这个系统。你要避免使用一些特定的短语，就像琼斯在强制训练期间告诉过我们的那样。我们会打一些小手势，意思是“我这是讽刺说法”或者“不是那样，这是事实”，这样我们就可以附加话外音了。

那时候后勤基本已经恢复上线。

对我来说并不是什么好事。

我们回到基地的时候，安德里娅猛拍了一下我的背。“你准备好再一次对付酷刑模组了吗？”

“当然了。”

“顺便说一下。你擢升了。”

“嗯？是啊，我在这次降落之前就晋升成专业兵了。”

“你现在已经是下士了。你累积的降落任务够多了，在很多场合也都表现得很好。瓦上尉也批准你晋升了。”

“为什么？”

“我想你需要这个薪饷等级。”

“我不……”

她对我做了个手势，意思是“赶紧闭嘴，我不会直接说给你听的，因为混蛋军团在监视”。我闭上了嘴。

“当下士有很多好处的，”她说，“你可以在克努上访问更多类型的媒体和信息，很棒吧？”

“太棒了。”

她是想为我打开更多的门，也许她还是相信了我的那些话。

然而我们并没有机会再回到沉浸式训练里。

我们回来的第二天早上，瓦上尉就把整个连召集到一起。

“小兵们，这次我们接到了一个好任务，”瓦上尉说，“一次全面行动，包括我们在内的六个师都会部署过去。斯塔克利少校很快会过来给你们做一个任务情况报告。现在我能告诉你们的就是，这将是你们大多数人见过的最大规模的部署行动。这意味着情况很容易变得混乱。我需要你们尊重通信线路。我们到时候会安排一个医疗撤离频道。不要在排频道或者连频道上呼叫医疗救援，我们需要确保那些线路通畅。”

我瞥了一眼田中和他的班级，他们就站在我们班的左边。这就是那次坎努克降落了，对吗？也有可能是另一次行动，一次更大型的行动。

我不想再降落到那里去了，也不想再回到过去了。我想去到未来，去看看“病人”之后还有没有什么剩下。我只想向前，再向前。

我们准备就绪后，他们把我们送到部署区域。天空下着蒙蒙细雨。我发现自己在发抖。

安德里娅回头看了我一眼，打开一个双向频道。“你能告诉我这次降落出了什么事吗？”我猜她是想赌一把，就押后勤部和情报部门忙不过来，不会这么积极地监控我们的对话。

“我们失去了维拉，琼斯的手臂被炸断了。烈火切断了我们班和田中他们班与外界的联系。这就是……一场血腥屠杀。我跟你提过这次降落。”

“就是出现反叛的诺鲁斯飞船的那次？”

“我真的很希望是我搞错了。”

“那我该怎么改变这个结果？”

“该死的，我也不知道！”我说，“这就是问题所在。但如果你能让后勤部在我们都被烤焦之前，去那个公园里把我们接回来，那就再好不过了。”

我们的身体开始颤抖了。我的牙齿在打战。剧烈收缩让我向后弯去，像是想要把我折成两半。我整个身体都崩解开了，变得四分五裂……

不行！我一定要坚持住，保持专注。我要去往未来。

我分裂成数万亿小块，变成了光。我翱翔了起来。这一次，我感觉到我的意识了。当现实的结构在周围扭曲的时候，我一直保持着对意识的把握，即使只是微弱的一丝。

我们升腾起来，越过虚空，穿过黑暗，游走在万物之间的空隙。我们疾驰，飘浮，舞蹈，畅游。

北美洲。难道又是坎努克？不，我不想再经历一遍那个任务了，我不想再……

一道白光闪过。一阵剧烈的灼痛。之前部署的时候我有没有感觉过疼痛？

我盘旋而下，来到坎努克沃野千里的麦田上，然后朝着一座闪耀的城市飞去，战火还没有燃烧到那里。

一座崭新的，充满活力的城市行将毁灭。

37

一个未经染指的目标。

完全没有被无人机、炸弹或者化身为光并急速降落的士兵打扰。

我听说过脚下的这座城市，在沉浸式设备里见过它的重生。

它叫纳萨坎。

似曾相识的感觉。

我们是一团炽热的死亡火球。

我看到一片绿油油的田野，上面堆满了干草捆一样的尸体。那不是外星人的尸体，而是我们自己人的尸体。他们四散在我周围，一直延伸到我目光所及的最远处。这里出了很大的问题，我们做了很严重的错事，也为此付出了代价。我把这一瞬间拉长，想让它保持住。这一次我不止得到了几秒钟，而是得到了几分钟。我能感觉到自己就在那里，好像来到了两个不同时间点的纳萨坎。

我在降落区域聚集成形的时候，忽然感觉到一阵违和感，两个版本的纳萨坎相互重叠，我好像从中看出了一种不一样的结局——另一个未来。另一种可能性。

我眨了眨眼。

然后我降落了。

我们在纳萨坎开始显形——一个火星难民居住的最大的口岸城市，这是他们在坎努克北部雕刻出来的一颗璀璨明珠。他们把一望无际的黑色沙漠变成了一片黄金原野，这座城市就在其间拔地而起。在我的想象中，古老探险家梦寐以求的迷失 Z 城[1]就是如此。每年的这个时候，太阳都落得很晚。这里的水道即便在冬天，也不再结冰了。火星难民的确在这遥远的北方建立起了富足美满的生活。

这地方当真是美不胜收，像一个辉煌文明的巅峰时刻。不是特内那种公司文明，而是一种更加诚挚的东西，更加有异域风情，如此干净、轻盈、新颖。它这副崭新的模样衬得地球上的其他东西都那么陈旧——我们所有的文明都建立在了死去的文明上，建立在了被摧毁的景观上。看着他们这座纤尘不染的城市，就连我们自己最好的城市也相形见绌。在它面前，我们都只不过是一群流浪汉，生活在更伟大事物的尸骨上罢了。

我们落地了，四散在盘旋的塔楼里。我比其他人晚了差不多两分钟，然后就听到了尖叫声，是来自那些在建筑物或者墙壁里面显形的人，还有被铺路机卡住的人。整个师都来到了这里，通信几乎立刻上线了，我能看到我们连队的人分散在城市各处。然而我们为这样的速度，为了快速连接通信和查看简介付出了代价。对啊，该死，我已经可以查看任务简介了！我们的通信都已经上线了，甚至在我们还没显形之前，而我们也为此付出了高昂的代价——我们的尸体。

他们把我们怎么了？

一个士兵朝我挥舞着她的手臂，她的半截身子都被卡在地里面。我一路上看到的其他人都已经死了，他们的肉体躯壳在显形的时候，变成了一摊摊冒着热气的破碎血肉。

头顶上，一拨又一拨的己方无人机从我们身后飞来，想吸引这座闪

---

[1] 冒险家波西·福西特相信在亚马孙丛林有一个神秘古城，并称其为 Z 城。大卫·格兰以此为原型写了纪实小说《迷失 Z 城》。

耀城市的火力。它们掠过修剪整齐的田野，在我们头上嗡嗡作响。我还以为会听到敌人的防御枪械开火，或者听到他们的炮弹在反击这场进攻时的呼啸声。然而，除了无人机轻柔的嗡嗡声和我们的靴子踩在铺得整齐的石路上的咯吱声，空气中只有一片寂静。

我发现其中一栋建筑有动静，条件反射地端起脉冲步枪开了一枪。建筑外墙裂开了，流出棕色的汁液，像是活的东西一样。然而我没有看到任何火星难民，也没有其他的人，只有穿着靴子的我们。

我看了一眼任务简介，僵立在原地。我们来这里是为了终结这座城市，而且很可能不止这样——“你们都是千挑万选出来的，”简介里说，“为了针对滞留地球的火星人，把最终解决方案落实到位。以下是你们的指令……”

他们提出的方案是自我毁灭。

火星难民们到底对我们做过什么，难道不都是我们在自作孽吗？但这些都不重要了。重要的是必须摧毁他们在地球上建立起的一切，毁灭他们在这里存在过的证据。因为要是火星残留了一丁点儿好处的话，那还有什么能阻止我们的人民站在他们那一边呢？

我自己开始思考这一切了。

我们搜遍了整座城市，想找出叛乱分子，但这座城市空无一人。也许是他们抛弃了这座城市；或者他们知道我们会来，就藏在地堡里面。他们也有可能都离开了地球。我也不知道。

“情况如何？”不死人在班频道上问。

在这座城市里面显形让我觉得难受又害怕，都忘记要停下来检查一下班上的人。我们也没有做精神状态和手指数量的例行检查。

我浏览了一下班上各人的名字：不死人、琼斯、奥玛拉斯、马里诺。那我现在是在时间线上的哪个地方呢？我完全不清楚。

马里诺一直在尖叫，都快把头给叫掉了，然后他就跑到我们前面去，用步枪朝空中胡乱开枪，在一尘不染的建筑上炸出几个大洞。他猛地扯下头盔，“你们这些混蛋！”他喊道，“你们都跑哪儿去了？”

“马里诺，”安德里娅叫道，“把你的头盔戴上。”

马里诺开始哼唱那段出自巴西版《芝麻街》的小调。他走进一个微风轻拂的公园，在柔软的绿草上跳了一小段舞，扭起了屁股。“见到第一个火星人，你就赶紧投降！”他大笑道，“开玩笑吧！这里连一个火星人都没有！”

他把手伸进作战夹克里，掏出一瓶看起来像酒的东西。我没花多久就认出了它。它是他从圣保罗偷带出来的那个汽油弹。

“哈尔，你觉得呢？”他对酒瓶大喊。

“马里诺！”安德里娅说，“快回到队伍里来！继续执行任务！这是命令！”

“我也爱你，哈尔，”马里诺说，“我们是最好的朋友。我们要到别的地方去，去一个火星人去不了的地方！”

“马里诺！”我说，“别再胡闹了！”

他转向我，离我起码有四十米远，但我还是看到他脸上扭曲的表情了。“你看到会发生的事了。”他说。

我想起他那份无法访问的档案，他失踪的那个班级，还有他的疯狂和歇斯底里。在我们聚集成形之前，我看到的那一幕是谁的未来？他是不是也看到了那个未来？这就是他从一开始见过的结局吗？

马里诺从口袋里掏出一个打火机。他从破布顶上把包着瓶子的塑料薄膜扯下来，这破布浸满了汽油，是用来做引线的。然后他翻开打火机，但破布卡住了。于是他用枪把瓶子砸开，把汽油泼到胳膊上，还溅到了脸和制服上。

“该死的！”我朝他跑过去。

他举起枪对着我，朝我开了一枪。这一枪正好飞过我头顶，火瞬间燃了起来。

我感觉到爆炸的冲击波，一个趔趄差点儿摔倒。

然后马里诺把枪对准自己，轰掉了自己的头。

他着火的尸体倒在枕头般柔软的绿草地上。

在他周围，我们连队的成员都显得异常安静。

“迪兹？”琼斯打开一个双向频道，“你还好吗？”

“为什么问我？你觉得我看了这一幕也会发疯吗？”

沉默。

疯子迪兹。

斯塔克利少校进入师频道。“我们基本都就位了。猛犬连队，我们需要你们赶紧跟上。”

我们不会白跑这么远的，既然来了，就必须达到目的。我们必须成为武器，不管付出什么代价。我们本身就是代价。纳萨坎也是代价。

我又看了一遍简介，感到一阵眩晕。这就是他们的计划？这能解决什么问题？我们中会有多少人死于这场愚蠢的演习？我想起那个双重幻觉，幻觉中我们的尸体堆积如山。

我打开一个和安德里娅通话的双向频道。“我们必须阻止这一切。”我说。

“我需要你屏住呼吸，迪兹。”安德里娅轻声说。

我看到田中在前面，就抓住他的肩膀，“田中！”我摇晃着他说。他的护目罩是放下来的，我看不见他的脸。“我们不能这样做！我们都不应该这样做！”

他耸耸肩，把我推开，“你现在又理我了吗？”

“什么？”

“完成任务。”他说。

“你怎么变成这样了？”

他掀起护目罩，露出苍白的眼睛。“我没变，你怎么变成这样了？”他说，“好像我们每次部署行动你都变了一个人似的。你想阻止这一切吗？别开枪就行了。”

“我不会开枪的。”我说，“但我们一定要……”

“你知道什么？你以前没经历过这次行动，对吧？你什么都不知道。这就是问题所在。你跳来跳去根本连一点儿意义都没有！这就是死路一条，像这场战争一样！”

他把护目罩放下来，走了。

琼斯在排频道上说：“迪兹，我们这边需要你。赶快过来。”

我的心沉了下去。田中是对的，但安德里娅呢？她是怎么回事？这次行动之前发生了什么？

我们在城市广场的中心集合了，像简介要求的那样。我们都举起自己的脉冲步枪，并且把它们调整成新设置，这个设置是专门为这次任务而设计的。我们把武器指向彼此，中间隔着宽阔的广场。完全按照简介来，我们确保步枪电量充足，等待信号。

我又仔细看了一下简介，发现以前还没有人试过像这样利用光，至少没有还活着的人试过。军团只试过用模拟器和机器人互相开火。现在他们居然想让我们在变成光的那一刻互相开枪射击，射向我们愿意为之挡枪的人。

我宁愿先朝自己的脸开一枪。

我开启了一个和安德里娅对话的双向频道。“我们不能这样做。”

“我知道。我们别无选择。”

“去你的吧，安德里娅！这一切完全疯了！”

她切断了通话。

我骂了一句。

我开始震动了。

我们要等待信号，耐心点儿。

简介说要等等。

然后我们应该向彼此开枪。

真是疯了！

他们都说我是该死的疯子迪兹，但我却是在场唯一一个还有理智的人。

我扯下头盔，把它踢进我们围成的大圈里，举起双手。冷风让我的眼睛湿润了。“快停下来！别这么做！”

我确保枪的保险打开着，跑向大圈的圆心。

我是光能战士的一员，而且我再也不相信他们让我们做的事了。

震动越来越厉害，然后就是抽筋。我的身体动弹不得，喘着气。有人开枪了，但是太早了。一声尖叫，有一个人倒下了。又有人开了一枪，还是太早了。

该死，别乱动啊！

“听我说！”我说，“肯定还有别的办法。别让他们……”

收缩停止了。

世界啪的一声消散了。

我没有看向对面士兵镜面般的头盔。我看了看地图上的亮光，上面的小标签告诉我对面是桑多瓦尔，而他会对我开枪。

一切都崩碎瓦解了。

我们的连队互相开枪了。

我意识到我们制造的爆炸引发了熊熊烈火，摧毁了我们的组成部分。

我随着冲天的火柱不断盘旋上升，上升，上升。这座城市像童真的梦幻花园一样倒塌了。树木被掀倒，随后连根拔起。

灼热的爆炸不断扩大，无休无止。

我从上面看着这一切，不知道为什么意识还算清醒，在光明与黑暗的交界处徘徊。

爆炸的反应是如此强烈，以至于半个北半球都在顷刻间灰飞烟灭。

火星人在坎努克复苏的万物，又在我们手中化为了尘土。

我们即武器。

我们即光明。

在此之前，我本来还想告诉你，我知道自己要做些什么了。可我没想到原来自己还没亲眼见过，公司为了巩固权力愿意做出的巨大破坏。

我想变得勇敢，想成为一个英雄，像圣骑士一样执行命令。即使知道结果，我还是做了那些坏事，可我真的很想当一个好人。

然而直到那一刻——在我摧毁了这个世界所有仅剩的美好之后，我才真正意识到我根本不是一个英雄……我只是这个邪恶帝国的其中一个爪牙而已。

38

我们中没有剩下多少人还能目睹结果，也许这样更好一些。我保持着分解开来的状态，在万物之间的虚空里待了很长一段时间。我不想回去，不想聚集成形。

掌控构建。

我做到了。

我的一部分，意识尚存的那一部分，在通信系统中巡游，踮起脚尖放眼望向世界，想弄清楚都发生了些什么。我们都只是一些数据而已。

半个大陆被摧毁的消息传遍了网络。他们没说我们是怎么做到的。他们没说是我们互相开枪才完成了这一目标，也没说我们在爆炸中死了多少人——这些人连基本元素都被炸裂了。荒凉、冒烟的废土照片旁边，赫然挂着我们欢呼的照片，照片里我们在祖先的尸骨上建立了脏乱差的小城市。我们终于报复了那些外星人、骗子和移民。我们把地球烧成了一片焦土，每个人却都为此欢呼雀跃。

我把这些照片看在眼里，明白了我必须做的事情。我仍然想成为一个英雄，而我还有机会。虽然这意味着我要放弃所相信的一切，背叛每一个我在乎的人，最终成为应该憎恨的一切。

我已经见过结局了。我知道要做什么了。我们一直以来都在朝那里前进。

一个循环。

我知道接下来会发生什么。

他们在网络上向我们撒谎了。火星人并不是在我们的允许下，才能留在这里的笨手笨脚的难民。他们来地球是为了帮助我们，为了分享在改造火星时学会的东西。他们把毁在我们手上的过热、剧毒的沙漠，变成了一个美丽的世界。因为他们可以自由自在地创造一个更美好的世界，他们不是任何人的奴隶，所以我们恨他们。

叛徒，网上是这样叫他们的。骗子。火星人。

他们让土地重新长出了植物，但他们的所作所为应该仅止于此。他们不应该拥有自由，因为没有人是自由的。他们也不应该保护自己，因为没有人能够保护自己——一切都应该归公司所有，而公司绝不允许出现这种情况。公司会来照顾你，只要你把所有东西都交给它们。

现在我变成了光，开始思考也许圣保罗的“食尸鬼”们根本没有死；也许他们只是去了别的地方；也许是火星人发现了我们的真实处境，所以才会想要把我们从自己手中拯救出来。

圣保罗“闪袭战”让大公司们见识到了变成光的可能性。

火星人给我们带来了“光”。

两百万人，眨眼间消失。

然而我们的回应就是，烧光半块大陆的所有生命。火星城市毁于一旦，而我们自己的子民也断送了性命。

也许“光”就是我们注定的败局，又或者我们一直都在走向失败。

39

我跌回地面，像一架摔坏的无人机，支离破碎，筋疲力尽，散成无数块。

我们得回去，我害怕会失去自我，也害怕自己已经分散得太远，再也找不回来了。

我开始逐渐显形，体会到肉身形成时意识进入身体的感觉。这就是鬼魂的感觉吗？我举起手指，惊奇地看着它们。我还没完全显形的时候，就伸手去摘头盔了，本不该如此，但我顺手就做了。我从若隐若现的头上摘下头盔，把它扔到地上。它沉进土里，在那里最终显形了，有一半都埋在土里面。

我摔在地上，双手着地。还好，十个手指都在。我长长地吸进一口气，填满刚刚成形的肺。

我抬起头，看到周围是一大片青草地。天是黑的，只有月亮和她的卫星在丝丝游云的遮挡下闪烁不清。我翻身躺下来。阅兵场上只有我一个人。

有人打着手电筒从山丘上的一座小哨塔那边过来了——一阵摩托车

或者全地形车的声音。骑车的是两个技术人员，其中一个从车上跳下来，径直走向我。

“姓名和军衔？”她问。

“迪兹下士。”

“我的老天。我们还以为你已经不在了。你们排六天前就回来了，那还是我们失去电力之前的事。你都被列为战斗中失踪人员了。”

“好吧，那我现在又回来了。”

她把一束光照进我的眼睛里。我一直都想知道他们这样到底是想检查什么。你能通过一个人的眼睛看出他是不是外星人吗？还是说能从一个人的眼神里看出他是不是疯了？

不管她是想看什么，她似乎都满意了。她转身对同事说：“叫医生来。这个人要直接送去隔离。”

我又一次单独隔离了，而我们排在四天前就已经结束了隔离期。我用手摸了摸头顶，头发还是很短。不过在隔离期间，也很难再找到什么别的线索。我还以为会像往常一样先得到情报部门报到，结果一出隔离期就立刻被送去了心理医生那里。

心理医生走进房间，用蓝色连衣裙擦了擦手——她裙子的颜色和墙壁的颜色是一样的。她看起来有些烦恼。

“情报部门没人过来？”我问。

“你说什么？”

“我们见过。”她还没开口问，我就先说了，“他们说我失踪了一个星期。都发生了什么？没人告诉我任何消息。”

“我很肯定会有人给你通报的。很抱歉。发生了一些事情，情报部门无法抽身。”

“他们说停电了，但灯还是亮着？”

“用的是发电机。我们依靠紧急供电已经有四天了。有人袭击了电网。”

“哪里的电网？”

她在我对面坐下，把裙子塞到腿下面。“我相信到处都是这样。”

“那就是……很多地方了。”

“他们认为这是一次电磁脉冲攻击。很多地方也都证实了这个说法。我们这里还有一些防护措施，大多数军事基地都有，不幸的是平民区并没有。不过目前我们最关心的还是你在经历磨难之后的精神状态。你还记得你去过哪里吗？”

“我还指望着你告诉我呢。”

“你们班刚从北美大陆北部一个非常紧张的任务中回来。你还记得那个任务吗？”

“可能吧。”

“你们班长琼斯受伤了，他失去了一只手臂。你对此有什么感觉？”

“你觉得呢？”

“我只是想弄清楚你在……”

“时序上的哪个位置？”我直说了，她吓了一跳，“是啊，我也一样。”

她倾身向前，低声说道：“因为这次攻击，用于记录的服务器一直处于离线状态。你在这里告诉我的事都是保密的。”

“我在这里告诉你的事，你都会告诉军团。”

“相信我。”

“不。你相信我。你最好讲清楚这一切都是怎么回事。”

“我们知道你们中有些人经历这场战争的方式……不太一样，但结果很大程度上是要看个人的。有些人只会穿越一次，有些人两次，而大多数人除了非常困惑之外，没有任何观察结果可以与我们分享。他们都很不知所措，只想听命行事。”

“你所谓‘穿越’的意思是……穿越到别的时间点去。”

“你都记得，对吧？”

“是啊。”

她的语气变得充满活力，近乎发狂。“太棒了！你是唯一一个经历了这么多之后，还能保留完整意识和全部记忆的人；或者至少你是这么说的。你必须明白，多年以来，我们一直都以为你们只是精神病发作。毕竟没有任何办法能证明时间穿越是真的，而且很多人都只能告诉我们一些经历过的事情。然而像你这种人，你们可以让我们洞察未来几天、几个月或者几年会发生的事情。在没有更多细节的情况下，我们不知道该怎么为未来准备。把你拉回来的时候，我们的定位员告诉我们，你的身体陷在一个时间点里。当然了，你的身体位置不重要。重要的是你的大脑如何回忆起这些经历。我们最合理的猜测是，分解你的这个过程一定程度改变了你的大脑结构。”

我朝她眨了眨眼。说真的，我还能期待什么别的解释呢？“我们对你们来说只是一些测试对象，是用来做实验的小白鼠，而你们最多就只能这样猜猜？”

“人类的大脑一直都是我们身体中最难解释的奥秘之一。我们想假装科学能解答一切。但它只是给了我们发现答案的工具而已，并不意味着我们拥有答案了。这就是为什么那么多人仍然笃信宗教——我们需要能解答未知事物的答案。”

“你们都不知道自己在做什么，就把我们给扔出去了。你们……”

“每个士兵都是牺牲品。你们都是公司的所有物，在此之前是国家的所有物，再之前是国王或者地主的所有物。这也是军团在训练期间第一个灌进你们脑子里的念头，不是吗？你的身体不属于你自己。抗生素出现之前有很多士兵都死于疾病和感染，而我们现在所谓的基本知识，例如在进行一些医疗检查前应该洗手，他们那时候都还不具备这种常识。士兵们本来就是牺牲品。我们在对付火星的时候需要有优势。‘光’的部署技术给了我们优势。在它带给我们的优势面前，损失和副作用都不值一提。我们对科学的探索只不过是在黑暗中四处乱撞而已。”

“就像现在这样，”我苦涩地说，“处在黑暗之中，原来你们一直都知道。”

她急切地点了点头，“我们见过几次了？”

“我不知道。对我来说，这是一场漫长的战争。”

“最终因为疾病而告终？”

“你是怎么知道的？”

“别的士兵……”

“比如说谁？”

“这个……我不能告诉你。”

“那你能不能说说弗兰基·科瓦尔斯基？我在火星上射杀他的时候，他精神崩溃到什么程度了？”

“科瓦尔斯基上校……确实有过几次不太走运的降落。”

“他看到了什么？”

“这才是最激动人心的地方，”她说，“你们见到的都是不同的事件。不同的未来。”

我喘不过气来，只能坐回椅子上。“但明明只有一个……”

“你们确实会这么想，不过并不是。”

我考虑了一下这种可能性，鲁本、弗兰基、穆妮奥斯还有我——可能还有马里诺——我们每个人见到的战争的结局都是不同的，然后再一遍又一遍地循环回来经历这场战争。

“你经常会思考死亡吗？”她问。

我不知道她为什么会问这个问题。“现在吗？当然了。”

“你对死亡有什么看法？”

“我刚开始报名参军的时候，一点儿都没有考虑过死亡。”我小心翼翼地说。我意识到能和一个相信我的人一起坐在这里，是件令人欣慰的事，即使在她眼里我只是个测试对象，但我并不是一件物品，而是一个活生生的人。

“大家都没想过，”我继续说，“就算你目睹了朋友们卡在墙里，或者看到他们的躯干被炸开，或者亲手捧起他们的肠子。你还需要一段时间才会意识到，这种事也可能会发生在你身上。你是自己故事里的主人公——主人公不会死，也不能死，否则故事就结束了。然而现在，我已经和死神坐在一起很长时间了。我已经与死神面对面见过，但我不太喜欢他。我想自己来选择这一切的结局。我不想让死亡从手中夺走选择的权利。在我垂老濒死之际，气喘吁吁、器官衰竭之时，我想要走出某座旧农舍的前门，望着属于我的四五十公顷的土地。我想在树林里的一棵老橡树下面找一个清凉处安顿下来，于阳光重临大地的时刻死去。我想在临终前发出最后的一声喉鸣，吐出最后一口气，留下一具完整的尸体，可以任由食肉动物来撕扯，蠕虫来蛀蚀。直到我变成点点碎片，我的身体才总算是回到了它们的来处。我终于可以给予这个世界一些东西，而不是一味地索取，索取，再索取。这就是我想要的死亡，对我来说最有意义的死亡。这才是好的死法，最棒的死法。我希望不止我自己，你们也都能得偿所愿，获得理想的死亡。我们的生命是有限的。我们的身体是不完美的。我们不应该把它浪费在实现别人的野心上……”

陈医生沉默了一会儿。我把手垫在屁股下面，等她说话。我已经不想再说了。我说得够多了。

“你在朝着这个结局努力吗？”她说，“你有没有想过战后的生活？”

“我想象的战后生活就是这样。”

“死亡？”

“是的。”

“你弟弟在‘闪袭战’中身亡了。”

这听起来不像个问题。

又一次，我们都沉默了。

“有很多人都会问你，身为一个士兵，你还怎么成为一名圣骑士？”我说，“即使你已经立誓复仇了，但你承诺的是要对抗更大的邪恶。这并不是说你有时候就不能作恶了。这也不是说你不能为帝国作战。这仅仅意味着到了最终的时刻，你必须要做正确的事。”

她倾身向前，“但我的问题是，迪兹下士，什么才是正确的事？”

40

我要是知道就好了。

不过我下决心要找出答案。

我离开心理医生的办公室。

她一直都在拿我们耍着玩儿。她明明什么都知道。军团都知道，或者至少知道一部分。我却还在这里担惊受怕，不敢对任何人说，唯恐被抓走，人间蒸发，而他们却故意这样对待我们，把我们像骰子一样掷来掷去，就是想看看我们中有谁能想出一个赢得战争的方法。

然而我们中没有任何人做到了，不是吗？

因为他们注定会输掉这场战争——战争中没有胜利者。

我结束隔离出来的时候，田中站起来向我跑过来。他拥抱了我，好像我死而复生了一样，不过我想他们确实都以为我死了。

我推开了他，想起他在那座火星城市说过的话。这混蛋不肯听我的，现在还想抱我。

“迪兹？”他说，“你还好吗？”

“不好。”

奥玛拉斯和琼斯，不死人和桑多瓦尔，还有其他几个人一起挤在我身边。我看见马里诺在他的铺位上，翻着一本不知道是谁偷运进来的漫画书。

“你跑到哪儿去了？”琼斯说，“你又做了一件……只有你能做到的那种怪事。”

“你的胳膊怎么样了？”我说。

他咧嘴笑了，卷起袖子，露出断臂处的伤痕。“很不错吧？这些医生简直会魔法。我真的很庆幸当时让你保住了我的胳膊。”

“我也是。”

“但你到底跑到哪儿去了？”田中问。

“我只是……被困在别的什么地方了，我猜，就是我们降落的时候都会去到的地方。”

田中眯起眼睛。我给他打了个“我在胡扯”的手势，这样他就知道我只是在给监视我们的人演戏了。不死人是唯一一个还没弄明白这一套的人。她还是个新手。

“除了降落该去的地方之外，我还哪儿都没去过。”不死人说，“他们都说你的降落会出问题，每次你回来都不是同一个人了，好像你重造了一样。”

“我倒希望呢。”我说，“但是不好意思，我还是原来的我。”

“迪兹！”安德里娅在她的办公室那边叫我。

我过去了。

她领我进去，关上了门，拿出自己的怀表。“我把这个弄好了。”她说，打开怀表内部，露出一个扰频器芯片。

“你把事情都搞清楚了？”

“在那次坎努克降落任务之前，我给瓦上尉发了一段录音，里面是你告诉我会发生什么事。该死，我们的确失去了维拉，琼斯的手臂也断了……我给他争取到了优先撤离。可能这就是他能保住手臂的唯一原因。”

“是你派撤离去救我们的？”

“是啊。差点儿没赶在那艘诺鲁斯飞船前面。我还以为我们赶得及救兰登……很抱歉。”安德里娅把表放在桌上，拿出两个酒杯，“瓦上尉就是在那时，向我透露了他们对你们这类人的看法——光能战士。”

“这群混蛋。”我说。

“没错。”

“我也和心理医生聊过了。她也知道这事儿。高层都知道。他们到底在玩什么？不过酷刑模组的训练确实起了作用。你对我说过这句话了吗？”

她摇摇头，“还不知道那会是什么时候的事情。”

“该死！”我坐下来。

她倒了两杯酒，也坐下了。

“我们要怎么弥补这些事情，迪兹？”

“我试过了，”我说，“在最终……唉，结果你叫我闭嘴。我不知道那是怎么回事。你……”我没来得及问你，你就死了，我想说但没说出来。

“还发生了什么事？”

“听着，心理医生认为我们这些跳出时序的人都看到了不同的战争、不同的未来。你觉得这有可能吗？”

“我不知道，”安德里娅说，“我只知道你能预见一些事，然后这些事真的发生了，但我不知道怎么改变。”

“我也不知道。对不起。”

“有必要道歉吗？这又不是你的错。这场战争也不是你的错，更不是我的错。”但说到最后的时候，她的语气变了，好像自己也不太相信似的，然后喝了口酒。

我想她这种语气可能不是没有道理的，因为那就是我们的错，不是吗？我们是自愿来打这场仗的。我们把自己的身体投入其中，即使我们会在这里，都是因为特内-西尔维亚说了谎。

如果发生战争却没有人肯打这场仗会怎么样？如果军团投票决定打仗，但没人参战又会怎么样？他们只能让一些人挨饿。他们只能把一些人关进监狱里。他们只能以不服从新总裁或者董事会的罪名处决一些人。

为什么我们会让这一切成为可能？为什么我们不回家照顾自己的小狗，叫军团滚回去吃屎？

“安德里娅，”我慢慢地开口了，伸手去拿另一杯酒，“我不喜欢我现在正在思考的事。”

“你准备分享给我吗？”

“不。你只要记得在我身上沾满兰登的血回来的时候，告诉我酷刑模组是关键就行了。”

安德里娅举起酒杯，“敬兰登。”她说。

“敬兰登。”

41

高层充满了各种想法，他们不总是这样吗？

又过了九个月才恢复供电。我们花了很多时间守卫发电厂和克努节点，简直都要无聊死了。

在那段漫长而沉闷的日子里，我想办法在我和田中都要巡逻的时候，一起相处了一段时间。通信系统依然很差，但我还是都用上了怀表。

“事情只会越来越坏，田中。”我说。

“战争就是这样。”

“不是的，听我说。他们都会生病，都会死。是这场战争把我们全都害死了！”

他瞥了我一眼。因为我们周围的电力大多还没有恢复，所以夜空中能看得见星星。我们绕着阅兵场散步。尽管他在坎努克执行最终解决方案的时候不肯听我的话，但我还是发现他的陪伴能让我感到欣慰。一阵蒙蒙细雨让世界变得潮湿，充满了泥土气味。

“我们该怎么阻止？”他说。

“我不知道。我一直在努力。”

“也许你还不够努力。”

“你滚吧！”我想看看他是什么表情，但他又望向前方了。

“为什么光能战士们不能结束这场该死的战争？如果什么都不能改变，那这一切又有什么意义呢？”

“我一直在试着改变。我告诉过你了。他们把它叫作‘病人’。每个人都会感染火星病毒，或者叫军团病毒。我们都以为战争已经结束了，但其实还没有。”

“我们怎么样才能确保战争真的结束了？”

“我不知道。别跟火星作战吧。”

听到这话他笑了笑，“那只能祝你好运了。”

“是你告诉我酷刑模组会有帮助的，就在‘病人’流行之后，我恢复过来的那段时间里，懂吗？”你也别再这么混蛋了，我本来想加上这句的，但我没有。现在的他看起来和听起来都不像是听得进这句话的人。

“我的家人怎么样了？”他问。

“什么？”

“你知不知道他们都怎么样了？”

“我还能有那种闲工夫？”这可能不是最动听的回答，但他这个问题本身就是个目光短浅的垃圾提问，“原来你一直想的都是你自己？”

“你就没有吗？你就没有叽叽歪歪地抱怨过失去家人的事吗？”

我很想揍扁他的脸，但相反的，我只是加快脚步，把他甩在后面。

我为什么感觉自己是在这个烂摊子里面孤军奋战？为什么没有其他还活着的人能与我共同分担？他们是不是都因为知道自己无法阻止即将发生的事情而发疯了？

我又给自己搞来了一个笔记本，试着好好记下每一天，然而时光总是在不经意间流走了。取而代之的是，我开始思考一套可以写在本子上的速记密码，用来记录设计下一次降落的想法。尽管现在继续在铺位上记录日期已经没什么用了，但我知道这对以后的我还有帮助，所以有机会的时候还是都画上了标记。这是一段难熬的日子，但我需要对涉及这一切的时间有一个大体的了解。

吃饭的时候，田中一直想和我坐在一起。我敢肯定他是想跟我和好，但我忍不了他一直以来都只是想利用我来搞清楚自己的家事。不过我也同样专注于自己，所以我没有怪他，我做不到。在他身上我看到了太多的自己，连带着我的缺点。我总是在回忆过去，总是想回到过去，却不愿意向前看，这又能好到哪儿去呢？我通关了酷刑模组，还教训了一下安德里娅。

那是在一次加长时间的训练中，我打破两个锁链，还用锁链把她绑起来。

“什么鬼！”她说。

“你所说的一切都遵循了同一个逻辑路线，”我说，“就是一定要把‘我不行，我不能’变成‘我行。我可以。我能做到’。这种力量是强大的，是意志的力量。这就是我们可以运用在降落中的力量。在我们变成光的时候，指引我们前进的一直都是我们的意志。”

“我觉得我们可以停下来了，迪兹。”

她说得对。

我们回到沉浸式座椅上，摘掉装备。她盯着我看。

“生活是一场磨难，”她说，“最好的办法是找到能和你一起经受磨难的人。”

我跟她碰了碰拳，“这一拳向经受磨难致敬。”

她快死了。我也快死了。田中也快死了。

然而，在那之前我们都还活着。

九个月是按照正常时间线生活的很长一段时间，尤其是在战争后期。

九个月也是足够长的一段时间，让你可以好好珍惜身边最亲近的人。

我们降落部署了好几次。一开始，安德里娅非常乐观，也很支持，对下一次降落满怀期待。但是当我们真的降落到北美南部的敖德萨，一些布满灰尘的街道上，清理一栋废弃医院时，并没有出现意外。这让她非常失望。我猜我还没告诉过她，我曾经也按照正常时间线降落过。虽然自从正式作战之后，我就再也没有按正常时间线降落过了。她很烦恼。我们还为此醉了一回酒，吵了一次架。

她和瓦上尉一起相处的时间开始变得越来越长。我不知道她们都聊了些什么。我从来就不确定战争到底进行到哪个地步了。我们得到的只有政府批准的新闻频道和老旧沉闷的媒体。

“嘿，”一个星期天的下午，我们又一次正常完成了到图尔库的降落任务，从隔离区出来，我问安德里娅，“你想去喝一杯吗？”

“有别的计划了，迪兹。”她说，而且态度很冷漠。我认出了这个隐藏心事的表情，和我上一次与田中谈话时他的表情一样。

大家的记忆到底是怎么回事？在他们想通之前，在他们意识到自己不能置之不理，还希望一切都没事之前，脸上永远都挂着这种表情。

“安德里娅，你还会支持我吗？”

“当然了，但他们现在有了一些非常好的点子。我认为他们掌握了一些技术，可以终结这场战争。”

“比如让我们互相炸飞对方？”

“不，不是那样的。我得走了。只不过是……他们……也许我们还是应该相信一下军团，哪怕就这一次？”

“你蠢到没救了！”

“你说话小心点儿！”

“是的，长官。”

人是受情感控制的动物。

没有人能依靠逻辑赢得战争。

因此，我对眼前的事一点儿都不惊讶——瓦上尉召集了整个连队，安德里娅和其他排长站在一起，兴高采烈地听取公司最新编造的故事。

“我们需要一些志愿者。高层找到了一种方法，能够终结地球上的火星威胁。”瓦上尉说。我经历过了这个任务了，很清楚他们找志愿者是想干什么。

我们要把他们全部摧毁。

既然我们的基础设施已经恢复了，那这就是继续前进的唯一途径。

我们必须要自由。

火星让我们永远获得不了自由，因为军团不允许他们那样做。

“这是一个实验的过程，”瓦上尉说，好像我们在部署期间所做的一切都不是实验似的，“没有人会被命令或者被强迫去执行这项任务。但我可以告诉你们，你们将会成为英雄。你们都会化身光之手的一部分，成为消灭地球上的火星威胁的重拳，把他们都赶回那块红色石头上去。如果有人不想执行这项任务，就退到一边去！”

我、琼斯和马里诺一起继续站在队伍里。田中和桑多瓦尔站在两人远的地方。奥玛拉斯和不死人站在我前面。还有排里其他人——他们都在这场血腥的战争闹剧和无休无止的终局游戏中存活，都像我一样站得笔直。站在我身边的是我的兄弟姐妹们，是光之英雄，是帝国的突击部队。

我们已经不是参加强制训练的那群人了。我们变成了更强悍、更愚蠢的一群人。我们为了彼此才撑过这场战争，我们也将一同结束这场战争。

没有任何人退出队伍。

我知道如果这就是去那座闪亮城市的降落任务，这也就是我九个月以来第一次跳出时序的降落机会。因此，我不会让他们独自前往。我最后发现自己同意执行最终解决方案，并不是因为我认为可以阻止大家，而是因为这是打破循环的机会。

他们带我们去了降落场地，我下定决心这就是我最后一次降落，最后一次真正的降落。是时候掌控局面了。

现在我知道该做什么了。心理医生说我们所经历的都是不同的未来。那么能否一举打破这个循环，就看我的了。

不过，有时候为了打破循环……你必须要回到开始的地方。

回到最初。

我深吸一口气，闭上眼睛。

我们开始震动。

我已经闻到火星上刺鼻的铜臭和硫黄气味了。

第一次降落。

这一次我们要做对的事。

42

漫游于时空中。

全身分解成光。

那股难闻的气味。

回到过去。再来一次。

这是唯一的出路。

我吃力地吸进一大口火星空气，眯眼凝视着奶油色的天空，无法抑制地咳嗽起来。

“迪兹？迪兹？”

听到这声音，我的眼里顿时溢满了泪水。她用手碰了碰我的肩膀，我哭了起来。

“该死！迪兹，”穆妮奥斯说，“你们都到了吧？把手指给我看。”

我又哽咽了一下，举起双手。虽然通信还没上线，但她的护目罩是掀起来的，所以我能看到她的脸，她真实的容颜。我抬起手，想碰碰她，但她把我的手拍开了。

“老天，你真是个废物！”她说，“别那么歇斯底里了。”

小爆竹站在不远处，拍着作战夹克的口袋，“我想抽根烟。”

阿巴斯卡尔站在下巴骨旁边，而下巴骨正在拼命呕吐。排里剩下的人都在这里，我的第一个排——田中和赫雷拉，维拉和许，还有站在山脊上的我们最熟悉的矮胖身影，她就是瓦上尉，哦不，瓦少尉。我真想把他们全部搂进怀里，狠狠地亲吻他们，但我只是尽量振作起来，抓住穆妮奥斯头盔的正面，让她把脸转过来看着我。

“你怎么回事啊，迪兹！”

“在你降落出问题的时候，你看到了什么样的未来，穆妮奥斯？赶紧告诉我，趁通信还没上线。我看到的是一场疾病。它是人为释放的。地球上所有人都死了。你看到的呢？我必须知道！”我说。

她的眼睛睁大了，用双手捧住我戴着头盔的头说：“你死于一次火星战斗任务。你在火星上射杀了一个孩子，而马里诺杀了你。最后……只有光和爆炸。我们把一切都炸毁了。整个世界都毁灭了。”

在我们视线的一角，通信信号闪烁起来。她猛地甩开我，向后跌倒，摔在地上。

我们互相凝视了很长一段时间，然后她动了起来。

“你们快报到，把手指给我看！”穆妮奥斯在班频道上说。

“下巴骨……完好无损。”

“小爆竹，还没抽上烟，真的很不高兴。”

“阿巴斯卡尔，感叹着迪兹的屁股。”

“迪兹，”我说，“都在。”

我感觉到一阵恐慌，赶紧用鼻子吸气再呼气。我敢打赌我们看到的所有未来都是死胡同。如果不是，那我们也不会被困住。我们要怎么样才可以摆脱束缚呢？

该死！

我跟在穆妮奥斯身后，想要弄清楚方向。

“穆妮奥斯，你带着你们班的人到山脊上去。”瓦少尉在我们班的频道上说。

“收到。”

我追上穆妮奥斯，扫视着前面的山脊。田中是怎么说的？我们中了埋伏。因此，我们会遭到伏击。好吧，我们要怎么样才能……不对。

不能重蹈覆辙。

我知道必须要做什么了，它正抓挠着我的心。穆妮奥斯永远都不会原谅我。我们班的人也永远都不会明白。

穆妮奥斯爬上山脊，我们也都跟了上去。我几乎立刻看见了一只狙击镜的闪光——火星人赶在我们前面侦察了这片区域，并且计划好了在两个山脊之间伏击我们整个排。

我最后看了一眼穆妮奥斯，然后跳下山脊。

我向下滚去，空中扬起漫天红沙。它们渗进所有地方，包括我的氧气面罩里面。

班频道一下子炸开了。“迪兹？迪兹？”穆妮奥斯大喊道。瓦少尉也在叫。

我在山脊之间的小峡谷里停下来，抬起头，看到穆妮奥斯和我们班其他人都跟着我下来了，又掀起了一大片尘土。穆妮奥斯的声音再一次从班频道传来，她在呼叫支援。“迪兹倒下了！我在头戴式设备上发现有动静。我们需要……”

我抓起怀表，打开扰频器，在她还没来得及告诉他们更多情况之前，就阻断了我们的通信。

我转过身来，看见那个狙击镜的闪光，于是站起来，双手高举在空中。我的步枪掉下来砸中泥土。

对方一枪打中我的肩膀。

我狠狠地摔倒在地上。

我忘记了怎么呼吸。

“迪兹！”穆妮奥斯在我旁边大喊。阿巴斯卡尔开枪回击。

火星人也再度回击。

“别开枪！”我扯下头盔，“别开枪！”我举起双手，左肩一阵灼痛。“阿巴斯卡尔，把枪放下！”

“为什么？”不过阿巴斯卡尔还是犹豫了一下，这就足够了。

“我们投降！”我高喊道，又用英语喊了一遍，就连葡萄牙语也用了。

“我们不投降！”穆妮奥斯说着，猛拽了一下我的胳膊。我在流血，我能感觉得到。

“穆妮奥斯，”我说，“这是打破循环的唯一方法。听我说！你告诉他们你是情报部门的人。你很聪明。他们想要什么信息你都可以给他们。我需要你帮我逃出去，然后在战争结束的时候把我送回圣彼得堡。”

“你是不是疯了？”

“是啊，”我说，“我知道圣彼得堡是唯一一个不会受到疾病侵袭的地方。总裁和该死的诺伯格都会在那里。相信我，穆妮奥斯。我已经思考过无数遍了，感觉像经历了无数次人生一样。”

“这怎么……”

“你会明白的。你们都有一些我不知道的信息，随便编点儿什么出来吧，但一定要把我救出去。之后就留在这里。待在火星上你会很安全的，只要你和抵抗组织站在同一边。不要跟我来！”

“我……”

“举起手来！”一小队士兵冲进山谷，身穿破烂的红色盔甲。他们说的是西班牙语，这让我松了口气。他们朝我们和我们排之间扔了烟幕弹，还有一些闪光弹。

我抓起穆妮奥斯的手，让她和我一起举起手来。

“我们投降！”我又说一遍。

那个小队朝我们走过来。

下巴骨扔掉枪。阿巴斯卡尔还想抬手反抗，但他们开枪打掉了她的枪，同时也打中了她的手。她号叫着倒了下去。

“别开枪！”我又说一遍，“我们投降！真的！”

“你的朋友好像并不这么认为。”领头的女人说。她有一头沾满沙尘的黑发，说话带马苏基桑口音。

“今天是什么日期？”我说，因为我已经很久不清楚日期了，实在太想知道了。

“星期二。”

“不是星期几，是几号？哪一天，哪一年？”

“你是认真的吗？”

“这些法西斯僵尸都跟异族殖民者一样疯狂。”她的一个同伴说。

“今天是7月17日，05年。”

“是火星纪年吗？”

“不，是你们的法西斯纪年。毕竟是你这个法西斯分子在问，我为什么要告诉你火星年呢？那你的脑子不就更糊涂了吗？”

“那……好吧。”我说，可以确定我在时间线中的什么地方了。这一定是火星探测任务，我的第一次降落。我成功回来了。我突然感到一阵头昏眼花，意识到自己还在流血，连忙把手按在胸前。

“我收回我的话，”女人的同伴说，“你脑子都糊涂成这样了，想疯也疯不起来了。”

“我看这一队人精神都出问题了。”女人说，“列兵，你以为今年是哪一年呢？”

“我见过09年的春天。”

“很有意思。那时候战争进行得怎么样了？”

“很糟糕。”

“对你们来说很糟糕？那太好了。”

“是啊。”我说，“太好了。”

我用拇指戳了一下穆妮奥斯，“她是情报部门的人。”我说，“你们想知道什么，她都会告诉你们。她会让你们这个小小的火星抵抗组织免受叛乱分子的影响，我也会。我知道他们什么时候会袭击你们在火星和地球上的殖民地。我可以拯救你们在纳萨坎的人民。”

“这还有待观察。”那女人说，然后就用枪托砸了我的脸。

我不能怪她。

我自己活该。

审讯五

受审者：#187799

日期：341 年 6 月 25 日

时间：晚上 9 时

房间号：101 号

审讯人：这是第五次会面，审讯对象是 187799。仅音频。先前的情况简介请参阅情报部门说明。恐怕这是我们最后一次见面了，朋友。

受审者：别对我动真感情了。

审讯人：我承认我没想到你有这么大脾气。既然你已经花时间休息过了，那你现在打算告诉我为什么你觉得能逃出去了吗？

受审者：你又把我的鞋子给拿走了，你肯定是真的把我当回事了。

审讯人：不是我的决定。我的上级很谨慎，而我对你的乐观态度没那么感兴趣。不过我还是很好奇。你怎么这么愚蠢，从头蠢到尾呢？

受审者：虽然花了这么长时间，但我已经看透了你的把戏。

如果我不把这出戏演完，自由火星剩下的人就永远不会自由，而他们是这个太阳系未来唯一的自由和希望。我们把自己的生命交给了几家大公司，以求换得干净的空气、健康的食物和好的基础设施，还有那些我们本可以为了自己而共同完成的东西。我们忘记了人民就是力量。这就是为什么公司会那么努力地控制我们。

审讯人：你这话说得很像火星人。

受审者：这场战争中我花了很多时间在火星上，同时还在地球上。我能做到一举两得。

审讯人：我有一个看法。

受审者：讲给我听吧。

审讯人：我觉得你就是造成那场“闪袭战”的罪魁祸首。

受审者：我看这是个不错的猜测。你又不觉得我是一个替身了？

审讯人：我觉得你还要更特别。讽刺的是，如果没有那场“闪袭战”，也就不会有这场战争了。

受审者：这是个谎言，就像说圣保罗的人们本应该活下来一样。六巨头不能让社会党思想在这里传播，所以他们想要开战。如果火星人在这里成功了，在他们那里也成功了，那就会毁掉你们所有精心的政治宣传。决战时刻就要到了。

审讯人：你是怎么带着追踪器，在我们眼皮子底下躲了四年还没被发现的？

受审者：我没有追踪器。我们会说到这件事的。

审讯人：我对时间穿越的事还有些疑问。你是怎么……

受审者：我来这里不是为了跟你谈时间穿越的，不过我很高兴你终于搞明白了。你是不是跟谁谈过了？过去几天你在这里问了一系列问题，但没有一个是跟这件事相关的。

审讯人：你们的社会党民主不能在火星上生存，在哪里都不能生存。不管什么政府，人们都会屈服于恐惧。虽然过日子的普通人不想打仗，但想要说服他们易如反掌。政府会决定政治上的优先事项，只要利用恐惧，就很容易把人们拉到你身边来。你只需要让他们相信他们的生活方式正在遭受攻击，谴责所有宣扬和平主义与自由主义的滥好人，还有自我感觉良好的异端分子，以及社会弃儿与受过良好教育的人。把他们说成是公知和势利小人，说他们与真正的爱国者们之间相互割裂。把造谣生事的人说成是恐怖分子，说他们的存在削弱了国家。到了最后，政府不必做任何事来平息异议。他们的邻居会主动帮政府铲除他们。

受审者：也许是吧。一切都在循环往复，但这一次，你的时间……已经结束了。现在是我的时刻了，是我们的。虽然我也知道这都是老生常谈了，对吧？最古老的故事——黑暗大战光明。黑暗永远是比较容易走的一条路。权力。统治。盲目服从。短时间内，恐惧确实能帮助建立秩序，但它不能长久。

审讯人：你总不可能靠着讲漂亮话来赢得这场战争吧。

受审者：本来就没有什么要赢的。我们要做的只是生存下来而已。六巨头是自取灭亡。士兵们得到的只有最烂的选择——杀死敌人来拯救自己，拯救朋友，然后继续犯下杀人的罪行。如果他们不开枪，就可能会死，他们的朋友也可能会死……因为这个选择，他们甚至还有可能输掉战争。这正是一个士兵自己的选择。你知道的，对于那些能怀孕的人来说也是同样的抉择。当然了，现在大多数公司都要给你一张生孩子的许可证。但是很久之前，有一种观点认为，是否要继续妊娠是一个残酷的决定，只有孕妇本人才能做这个的决定。士兵们的决定正是如此。

审讯人：为什么你能在降落部署的时候穿越时空？

受审者：我怎么知道？我又不是后勤部的人。火星侦察任务是我参与的最后一个任务，但也是我真正被部署的第一个任务。我花了很长时间才弄明白这一点。打个比方，你可以把时间看成一个圆圈，所有的事件都绕着它一圈又一圈地转着，好像我们都被绑在一只轮子上一样。你们把我们分解成光的时候，也就让我们和这只轮子分离了。我们在轮子里面颠来颠去，一会儿脱离时间，一会儿回到时间内，以乱序的方式经历一切。我就在这两个地方来回度过了这场战争。

审讯人：那是不可能的。

受审者：当然是可能的。六巨头都知道，尤其是特内－西尔维亚。不过他们并没有意识到这有多糟糕，反而认为只要让我们接受足够的心理治疗，就能试着引导我们找出正确的未来——一个对他们有利的未来。我的心理医生肯定也是同谋。他们知道我没疯，只是不知道这背后的水有多深。我们都只不过是一群豚鼠罢了。

审讯人：那你到底为什么要来圣彼得堡呢？为什么不再待在火星上高枕无忧地看着你的小游戏结束？

受审者：因为我需要你，诺伯格。我需要你把我带到这个非洲南部的寒冷小牢房里，这样一来我们就能让这个圆圈闭合了。

审讯人：“闪袭战”……

受审者：这是一个很大的圈，亲爱的。时间就是个谜题。

审讯人：你怎么知道我是谁？

受审者：你怎么还没弄明白？我倒不惊讶。对你来说，我什么都不是。霸凌者就是这样。他们对你做的事深深地影响了你的生活，但他们通常连你的脸都不记得，更别说你的名字了。你不知道是吗？我是迪兹，诺伯格。我是你当中士的时候，在你手上人间蒸发的某个人的孩子，那个人你可能都不记得了。我在“闪袭战”之后就加入了特内企业军团。

审讯人：这种事……不可能。

受审者：当你摆脱了时间的束缚，一切都是可能的，诺伯格。

（笑声）

审讯人：你必须告诉我这怎么可能。你坐着一艘火星飞船来到圣彼得堡，而且已经接种了抗瘟疫疫苗。你到底是怎么做到的？是火星人给你的疫苗吗？

受审者：好吧，诺伯格。从你的表情我能看出来我快没时间了，我也能感觉到了。你知道吗？我能感觉到时间跳跃的来临。但是要把所有你想知道的事情讲给你听，我需要从头开始。还有……啊，对了，我想起来了。有一个马苏基桑小队在外面捣乱，他们快要清除掉你的安保人员了，而我的班级刚刚抵达。

（录音结束。）

“你已经落在我手上了，”诺伯格说，“为什么你还能这么兴高采烈呢？你无处可去！我们把你抓出来的时候，你像一只老鼠在着火的甘蔗地里面逃窜。火星上已经终结了！”

“我兴高采烈是因为知道一些你不知道的事。”她说。

“你知道什么？”

“跟我们打仗的从来不是火星人。你们在火星上毁掉的是公司持有的火星资产。至于火星抵抗组织？真正的火星？我把一切都告诉了他们。你们会攻击谁，攻击哪座城市，还有什么时候。我们把百分之九十的平民都救了出来，而你们的士兵连脚都还没沾地。这一切都是公司一手造就的一个时间跳跃的大圈，但孕育出了一个火星抵抗组织，它会比你们所有人都活得更长久。走在我们头顶上的我的小队也会比你活得更久。那么身处这里的我呢？我的下一步棋就是要彻底将死这一整条该死的时间线！”

43

闪光弹。

永远都是好兆头。

我跳过桌子，掐住诺伯格的喉咙。这种感觉真好，可能都好得过头了。

她又踢又打，咳嗽不已。警报响了。有人开枪。我听到更多闪光弹的声音。我把诺伯格的头狠狠地撞在地板上。

两个警卫进来了，但我已经准备好对付他们了。原来待在火星战俘营的那几年，我真的有很多时间可以用来思考见到过的未来，而那个未来终于来临了，就在这一刻。

我撂倒第一个警卫，手掌出击，直击喉咙；又打碎另一个警卫的膝盖骨，四秒钟之内结束了战斗。

我低头看着他们被打烂的脸，想起多年前的弗兰基。如果我那时就拥有现在的本领，又会怎么处理那个情况呢？

然而我不打算回到那么遥远的过去。我也不需要。

我把警卫的枪挂在肩上，抓起他们的闪光弹和最重要的东西——电磁脉冲过载器——跑进走廊里。我以前见过走廊的炮塔，当然是在走廊的另一头看见的，我知道它还会在那里，于是朝它开了一枪，它爆炸了。

我跑下大厅，赤脚踏在金属地面上，转过拐角来到地下室。该死！

这股味道！这股味道还是一样的——发红泥土的气味和来自大海的咸味空气。

炮塔的爆炸惊呆了门口的小队。我开了两枪——这种步枪里面装的都是标准火力的弹药。我要做的只是弄晕他们，随便开枪打点儿什么东西，不会打头。我把电磁脉冲过载器扔进房间里，一下让他们都昏过去了。

这个小队的人——我们班，包括我自己——瘫倒成一堆。他们倒在这里的其他尸体中间，那是一个离群的马苏基桑小队，我们班当时发现他们正想攻破这个大院。就是这些人行了个方便，帮我触发了刚才的警报。

我走到他们跟前停下来，兴奋得头昏眼花。天哪！我的老天，我做到了！就是这样。

我望着面前被击晕的这些人。艾克森、齐克尔、托兰索斯、夏普……而倒在他们面前的，就是想用身体保护他们的大傻瓜——我自己。

我看起来还很小，很年轻，直到刺耳的警报声在我身后再次响起，才回过神来。

我怀疑诺伯格在这里根本没几个警卫，但稳妥起见，我还是关上审讯大厅的大门，用一支脉冲步枪拴住门把儿。原来这支枪是我自己的。该死，这种有两个自己的事真的太烧脑了！

我从另一个自己，也就是更年轻的我的腰带上，拔出那把多功能刀。我忍不住拉开另一个自己的衣领，看到胸前那块没有伤痕的皮肤，又本能地揉了揉自己的伤疤，田中坚持说我会有的那个伤疤。那时我还没有伤疤，但现在有了。

我从年轻的自己的肩胛骨之间取出追踪器，吞下去。我只是暂时需要它一下。我把头戴式显示器镜片也取出来，塞进眼睛里。我抱起另一个自己的身体，长叹了一口气。

集中注意力。我需要追踪器来联系到后勤部门，连接到光之网，连接到时间破碎之地。我进入排频道说："我是迪兹。队伍遇袭了。我们需要立即撤离！"

"收到，列兵迪兹，等待撤离。"

我又成了这个班级的一员。

我们分解开了。

我眼前什么也看不见了，像被一堵黑色的墙挡住了一样。

我举起另一个自己倒转时间，如此沉重，以至于我打破了时空本身的结构。

我在开普敦的边缘显形了，这里是开普敦最热闹的所在，有一个繁华的海滩。一个好奇的孩子盯着我看，好像我是一个传说中的怪物，突然复活在他们眼前。我可能真的是。

我把以前的我轻轻地放在这里，动作非常轻柔，然后掀起头盔，轻声说："我们能做到。我们可以打破循环。我相信你。"

我再一次崩裂了，虽然还处于只有部分显形的状态。

意志。

掌控构建。

我需要去到另一个时间点。另一座城市。

回去吧，迪兹。回到最初的起点。

我知道应该去到何时何地。我知道一切是从哪里开始的，也知道它会在哪里结束。

我在这座城市长大，所以认识这里。我凝望着圣保罗的灯光，好像回到了八岁。那时的大海不像现在这么近，但我还是能闻到风中海的味道。

我知道这个地方，也知道这一天。这是在一切的终结之前，也是在结局的开始之前。

我在一条尘土飞扬的街道上聚集成形。这条街夹在棚户区的两排房子中间，这些房子都是房主用任何能找到的东西搭建起来的。它们缤纷的色彩最能给人留下深刻印象。站在外面清扫台阶的人们毫不逊色于大城市里的居民。这就是我曾经熟悉的圣保罗，也是我现在看见的圣保罗。这些熟悉的劳工营提醒着我们本身就很伟大。这里的人们本身就很伟大。

我抬起头，看见我弟弟托马斯站在最近的那个住处的大门口。

他目瞪口呆地看着我。我张开双臂。

托马斯跑过来，我拥抱了他。

我希望他永远平安。我希望我们大家都能平安。

"我就知道你会来的。"托马斯说。

"小维在这里吗？她有没有找过你？"

他点了点头，握住我的手，"她在这里帮忙。提供免费的法律咨询！"

我没有纠正他，小维不是律师，但也没关系。我的胃翻腾起来，心也怦怦直跳。她会说什么呢？

托马斯把我带去小巷尽头的一个临时帐篷。她坐在一张临时桌子后面，那张消瘦苍白的脸庞显得十分严肃，曾经柔软的双手沾满了灰尘，长满了老茧。她把一缕卷发撩到额上，眯起眼睛看向面前的男人递过来的一张旧纸。

有那么一会儿，我只能盯着她看，做不了别的。

"来吧，"托马斯说，"过来。"他拉起我的手。

我们来到离她只有几米远的地方，然后我不得不停了下来，一动也不能动。看到她在我面前，我像被钉在原地一样。在那一刻，那个非常可怕又极度美妙的一瞬间，我明白了我所做的一切都是为了什么。因为火星人在这里所做的一切，危害到了小维、托马斯和我的表兄弟们，所以我才立誓要向火星复仇。原来这一切都始于被火星人夺走的这些人。

现在我又找回了他们。

她看见我了。

我们的目光隔着桌子相遇了。我的手掌沁满了汗水。如果她拒绝我呢？她完全有权利这么做。那我又该怎么办？直接崩碎成齑粉，什么都不剩？

小维绕过桌子走过来，嘴巴半张，“吉娜？”她说。

“是我。”我说，长舒了一口气。我已经好多年都没听到过别人叫我的名字吉娜了。

“你怎么会……不对，是托马斯带你来的，当然了，我只是没想到……”

“当时你说要来这里，我真的不知道该怎么对你说清楚我的想法。我恼羞成怒了。好像你眼里根本就没有我，也没有……我们的未来。你……但是都不要紧了。小维，这里会发生一些很不好的事情，如果我们现在不离开的话，一切都会分崩离析的。”

试着从内部做出改变的日子早已过去。有时候你只能任由这个世界在身后燃烧。

“我需要你相信我，小维。哪怕是最后一次。”

“那他们呢？我们不能把你的家人丢在这里啊！你弟弟，还有你的表兄弟们，还有这里所有人……”

“我也会带上他们。我会尽我最大的能力，能救一个是一个。”

“但我们要去哪里呢？”

“我也不知道。你想跟我一起找出来吗？”

“吉娜？我从没想过你会来。”

“那……是好事，还是坏事？”

她的眼中盈满泪水。“再好不过了。”她张开双臂，我把她拉进怀里，感受到她真实的心跳。

我们在圣保罗上空分解开来。

我成为一束巨大的能量光波，扰动周围的人的身体。我的原子所及之处，一切都在改变。

我们变成了数百万个光点。

一闪而过，我们消失了。

我一个人拯救不了所有人，但我可以拯救一些。我可以把我们全部带去……另外一个地方，去到别的时间、别的地点。那里没有战争，公司会按我们的规矩来，自由也不仅仅是军队控制的新闻站所播放的片段。

现在，我已经升到了城市的高空。我们已经失去了这么多人。

如果发生了战争，却没有人参与会怎么样？

我是在自欺欺人吗？数百万来自不同阶层、不同职位的人，“食尸鬼”、居民、公民……他们有像小维和托马斯这样的人，也有像我的表亲和公民股东那样的人。他们会想要重建一个一模一样的世界，为了追求熟悉感和安心感，那个世界也会由同样的人来掌管。

这里没有未来，只有过去。留在这里的人注定会和其他人一起死去。我只希望我们要去的那个地方能给我们一个机会。如果我不能拯救这个世界，至少我可以拯救他们。

这不是结束。还有其他的世界，其他的星球。那里有着别样的未来。也许到了那里，我们能做得更好。也许那里战争再起的时候，没有人会参与。

也许那里会充满光明。

尾声

“不管你的生命中破碎了什么，你都可以用它的碎片来重建想要的生活。”

——华伦 · 埃利斯[1]

我仍然相信军队有存在的必要。我相信有时候会有更大的邪恶需要消灭。只不过虽然我们不愿意承认，但在更多的时候，世上并不存在更大的邪恶，只是被一种压迫的恐怖替代了。战争是老人的游戏，是富人的游戏，是那些免受恐惧不断滋扰的人们的游戏。

我不后悔告诉别人我在这场冲突中的动机，不后悔最终让我走到这一步的所有事情。也许你想要的是一个不一样的故事——一个更多答案，更少模棱两可的故事。然而那不是我在这场战争中的故事，像马查多 · 德 · 阿西斯说过的那样，“我知道阁下更喜欢微妙的谎言，但我不知道有什么比真相更微妙了。”

这就是我能抵达的离真相最近的地方。

现在我拥有两套记忆。我有着火星上的记忆，在战俘营里度过的那些年，我听了很多历史、地理与智力方面的书。我也记得战争发生时的

[1] 华伦 · 埃利斯，英国漫画家、小说家兼编剧。他创作的故事以批判社会演化而闻名，时常融入超人类主义和民俗题材。

事，另一个我，一个更年轻的我经历了那一切，在那里逞英雄。

它们是不同的战争，也是同样的战争。一场我再也不希望还会有别人经历的战争。

我会永远记得那个圣保罗的抗议者，她让我放下武器，加入她的行列。我现在意识到自己从来不是个英雄。

她才是英雄。

英雄永远是那些追求不平凡变革的平凡人。

腐败的政府和根深蒂固的公司，它们的掌权看似无可避免。然而在他们之前，国王与地主的统治也没有人怀疑是可以动摇的。

但是现在的我更清楚了——我知道还有一种更强大的力量，它是属于我们的。这种更强大的力量就是我们自己。

等我们的碎片重新拼凑完整，这就是我们在即将到达的地方要建立起来的世界。

一个光明铸就的未来。

致谢

非常感谢我的经纪人汉娜·鲍曼，是她建议我把短篇小说《光能战士》改编成一本长篇小说的。从结构上讲，这是一本很难理解的书，是她帮我理顺了书中的情节。

还要特别感谢约书亚·鲍曼。我和汉娜必须把人物代进情节里通读一遍，才能看出书中的情节是不是都已经安排妥当。是他帮我们列出了数学图表，并且告诉我这是一条穿过二分图的定向哈密顿回路[1]。结果，他做的这条结构化的时间旅行路径，帮我扫除了所有藏在角落里的困难。我所设想的这些时间旅行事件，背后的大部分理论要归功于卡洛·罗韦利[2]，正是他所著《时间的秩序》一书为我这本科幻小说提供了最接近于科学事实的东西。

感谢我的编辑乔·蒙蒂，他忍受了我的拖稿，还因此缩短了编辑的时间。他和汉娜一个扮白脸一个扮黑脸，真是一个双剑合璧的伟大编辑组合，就是他们确保一个半成型的点子，变成这本长篇小说。

我的助手丹妮丝·贝库尔也同样为这个项目付出了很多时间，除此之外，她还在很多方面都为我提供了帮助。多谢她特别冷酷无情的监督，这本书才能顺利出现在它的第一次售书介绍会上。

[1] 哈密顿回路，由天文学家哈密顿提出，有一个固定的起点和终点，而且不重复经过中途的节点。

[2] 卡洛•罗韦利，意大利著名物理学家，圈量子引力论的主要创建者之一。

一如既往，特别感谢杰森·乌兹，是他忍受了我醉酒后的咆哮，自杀式的交稿期限，还有各种讽刺的冷幽默。我可是个很会搞笑的女孩。

这本书里有很多引用的作品。我希望你们能尽情享受找彩蛋的乐趣，但也要知道，几乎在所有的情况下，它们都是我刻意放入文中的致敬。我不是第一次这样做了，所以请不要在网上打扰我。

最后，我要给你们我所有的爱，你们都是支持我的赫莉真爱粉，感谢你们的支持、鼓励、买书和写书评，还有你们在这个世界上播撒的善意。

朋友们，不要只和黑暗缠斗，我们都要化身光明。

写于大红屋

2018 年夏天